赵园，1945年生，河南尉氏人。1969年北京大学中文系本科毕业，1981年北京大学中文系研究生毕业，师从王瑶先生。中国社会科学院文学研究所研究员。由现当代文学转治明清思想史，著有《艰难的选择》《论小说十家》《北京：城与人》《地之子》《明清之际士大夫研究》《易堂寻踪——关于明清之际一个士人群体的叙述》《制度·言论·心态——〈明清之际士大夫研究〉续编》《想象与叙述》《家人父子——由人伦探访明清之际士大夫的生活世界》以及散文集《独语》《红之羽》等。

赵园文集

论小说十家

图书在版编目(CIP)数据

论小说十家/赵园著.--北京：北京大学出版社，2025.6.--ISBN 978-7-301-36166-5

Ⅰ.I207.42

中国国家版本馆 CIP 数据核字第 2025BW2015 号

书　　　名	论小说十家 LUN XIAOSHUO SHIJIA
著作责任者	赵　园　著
责 任 编 辑	艾　英
标 准 书 号	ISBN 978-7-301-36166-5
出 版 发 行	北京大学出版社
地　　　址	北京市海淀区成府路 205 号　100871
网　　　址	http://www.pup.cn　　新浪微博：@北京大学出版社
电 子 邮 箱	编辑部 wsz@pup.cn　　总编室 zpup@pup.cn
电　　　话	邮购部 010-62752015　发行部 010-62750672 编辑部 010-62756467
印 刷 者	北京中科印刷有限公司
经 销 者	新华书店 650 毫米×965 毫米　16 开本　16.25 印张　235 千字 2025 年 6 月第 1 版　2025 年 6 月第 1 次印刷
定　　　价	79.00 元

未经许可，不得以任何方式复制或抄袭本书之部分或全部内容。
版权所有，侵权必究
举报电话: 010-62752024　　电子邮箱: fd@pup.cn
图书如有印装质量问题，请与出版部联系，电话: 010-62756370

目 录

修订本前言   1

郁达夫：在历史矛盾与文化冲突之间   1
老舍：北京市民社会的表现者与批判者   22
吴组缃及其同代作家
    ——兼析《菉竹山房》   58
张天翼与30年代小说的艺术演进   69
沈从文构筑的"湘西世界"   89
蒋纯祖论
    ——路翎和他的《财主底儿女们》   135
骆宾基在40年代小说坛   152
端木蕻良笔下的大地与人   168
论萧红小说兼及中国现代小说的散文特征   179
张爱玲的《传奇》：开向沪、港"洋场社会"的窗口   210

附录一 "五四"小说家简论
    ——庐隐·王统照·凌叔华   225
附录二 《赵园自选集》自序   247

修订本前言

本书并非据1987年由浙江文艺出版社出版的《论小说十家》重印，而是那本书的修订版。

2007年末，台湾的吕正惠先生提议由台北人间出版社出版那本书的繁体字版，并就选目提供了建议。台湾版较之原书，有个别篇目的抽换删减，并未改动入选诸篇的文字，以存原貌。吕先生为台湾版写了序言，我则写了带有解释性质的后记，以方便台湾读者的阅读。兹将后记的部分文字略加改动录在下面。

……当年收入《论小说十家》的十几篇文字，写作时间由一九八〇到一九八五年，事后看去，跨度像是不大，当时的感觉却不然。大陆的一九八〇年代是一段特别的岁月，尤其一九八〇年代初，"文革"刚过，风气日转。记得将关于郁达夫的一篇随感文字送到文学刊物《十月》的编辑手中，编辑曾很觉得异样的，今天读来已太过平常甚至平庸。其时"文革遗风"仍在，"文革八股"依然流行，那些平常甚至平庸的文字，有可能是力求新变，经了一番挣扎才写出，得来并不容易。……一九八〇年代的中国大陆，某些文学刊物、学术刊物，某些文学编辑、学术编辑，承担了非今天所能想象的"使命"；而文学刊物较之学术刊物，更易于接纳另类，鼓励了我从事学术之初对文体的追求……为所写内容寻找形式，努力使写作方式有助于向研究对象的趋近。

写吴组缃的一篇，最初也发表在《十月》上。作为小说家的吴组缃、张天翼，是一九三〇年代左翼作家之翘楚。"文革"后对政治的有意疏离,曾使得被长期作为"主流"的左翼文学遭遇冷落。这种情况已有改变。近年来,左翼文学、"左翼文艺运动"重又吸引了一批有实力的学者,其中就有有志于研究中国政治史、革命史的年轻学者。当然,他们看取中国革命、左翼文学的眼光,与前辈学人已有不同。

以论文形式写老舍,在我,多少出于偶然。七十、八十年代之交写作硕士论文时,因选题未获通过,临时选择了老舍。不曾想到的是,一些年后,衍生出了《北京:城与人》(一九九一);当初仓促的选题,竟成就了一段缘。……也如写老舍,写沈从文,是论文集中较为用力的一篇,曾删节后发表在大陆某权威的学术刊物上。该篇在与已有的沈从文研究对话时,极力面对论者自己的阅读经验,或许说出了一点"沈从文热"中别人不说、不愿说、不便说的东西。

三位被专业界划归"东北作家群"的小说家中,端木蕻良、骆宾基被忽视已久。写端木,多少因了与"大地"有关的一份情怀。也是在一些年后,像是为了还愿,写了一本《地之子》(一九九三),以寄寓我对于乡村、乡土的复杂感情。撰写骆宾基一文时,正被"四十年代"所吸引,下笔即试图给出一九四〇年代新文学的鸟瞰图。直到徜徉在了"明清之际",也仍然不忘在各种场合提醒年轻人关注四十年代文学。至于萧红,也如张爱玲,在我写作的当时,已是"偶像级"的人物,最初吸引了我的,却是文字。现在也还记得当时那种将自己的文字感觉传达出来的努力。关于沈从文、萧红的两篇,均作于一九八五年,在本书所收诸篇中写作时间较后,写得也较为尽兴。

关于张爱玲的一篇,据说是"文革"后大陆发表较早的研究张爱玲的文字。《传奇》当时令我目眩的,也仍然是文字、意象。我倾倒甚至震慑于作者的才情,却并不迷张。至于看张的角度,固然受制于当时的视野,不也正看出了某些被蓄意屏蔽的东西?

此次重编,取舍之际,仍然不出于"文学史地位"的考量;大致依时期排序,却也并非为了更系统。事实上,原书就有明显的缺口。不写鲁迅,因力有未逮;茅盾则在别处已较多涉及。听取了吕正惠先生的意见,抽去了写孙犁的一篇;关于路翎,则换用了《艰难的选择》中的《蒋纯祖论》。吕先生的意见总是中肯的。重读中最感刺目的,是某些处的表述方式,包括所使用的概念术语。由此一端,也感到了自己在二十多年中的变化——你所思考的,与你借助来思考的。现实主义/浪漫主义,主观/客观,形式/内容,个性/共性,喜剧/悲剧,是其时文学研究的基本范畴;传统/现代,现象/本质,"东西文化的碰撞",则是文学界与思想界共享的范畴与命题。评论作品大量使用"美学""审美""典型""科学"一类概念,亦当时的风气。至于好以"完整性""统一性""思想—哲学"等等衡文,又系于我的个人趣味。而"封建社会""封建思想"云云,代之以"传统社会""传统思想",则是这组文章发表后的事。倘若某些表述方式使台湾读者难以接受,我完全能够理解。这里不但有时间的更有空间的距离。但重编中我仍然保留了当时的书写习惯,不试图抹拭"时代印记",包括用语的意识形态色彩,以存原貌。保留的,甚至有知识方面的错误,如鲁迅的《狂人日记》已不被认定为"第一篇中国现代小说"。校订中除对注释的内容作必要的增补,改动的主要是标点符号。滥用着重号与引号(用引号也意在提示),是当时的一种习癖,唯恐读者不明深意,不免要耳提面命。

在收入《想象与叙述》一书附录的《论学杂谈》中,我谈到了自己的由作品集、文集入手,尝试进入某一历史时期,尤其其间知识人的世界。这当然是笨人的笨办法,并不以为有推广的必要;但如我一样的笨人,不妨缘此途径叩问所谓的"历史",虽然较为费时费力,所得或稍为结实、可靠。

在台湾版后记中,我提到了自己写作该书诸篇时,"曾力图捕捉与传达阅读中的感受,尤其对文字的感受",因"文字印象是最基本的印象";说自己写作该书诸篇的缘起,往往也是文字。"而在传达意境方面的努力,将朦胧地感觉到的诉诸文字的努力,又推动了向'作品世界'的深入。"这一层意思,在写作《论学杂谈》时,有更完整的表述。形成于阅读中的文字印象,是我论述的基本依据。选择研究对象的原则,是确有所感——与对该作家喜爱与否不尽相关。当年不写的,现在更不敢写;当年写了的,则只能写在当时,稍晚一些时候就很可能不再能写出。最近有朋友读了本书中论萧红的一篇,说怕的是自己写不过自己。这正是我想说的。

这组小说家论均写于20世纪80年代上半期。那是一个诸种知觉被唤醒被激活的年代,在个人的生命史上已不可能重现。那段时间值得怀念的,就有阅读状态:专注而投入,浸淫其中,遇有所以为的佳篇,甚至会如醉如痴,沉湎而难以自拔。那真的是一种投入了生命的阅读。较之此后的研究"明清之际",也更易于体验表达的快感。那之后仍继续着像是咀嚼那样的阅读,极慢,极拙重,一点一点地啃过去,也就这样敲骨吸髓般地滋养了自己。偶尔仍会迷失在了书中,或许不如说,迷失在了由书中感受到、自己也参与营造的氛围中,如走失了的孩童,一片迷茫。当然,感觉更活跃更纤敏的更是早年,只是当时的感觉已付诸逝水,不能追回也无可印证而已。

欣赏不同的美,出诸不同性情的不同的创造活动,是令人愉悦的经历;其间欣赏者自身的被丰富,是无疑的。无论是否有贡献于学术,这种阅读与写作都滋养了自己的"心灵"。即使仅为此,这段不可能重复的学术经历也值得珍视。

在年轻者的眼里,这本书或许更像一间敝旧的画廊,开在老街、僻巷,散发着过去了的某个时期特有的气味,荒草掩径,门可罗雀。偶尔有人推门而入,看到过气的画师笔下的旧年人物,会恍若隔世的吧。

2011年4月

郁达夫：在历史矛盾与文化冲突之间

我曾经写到过郁达夫。然而当我拟定了上述题目之后，却不禁踌躇了。我突然感到了自己的孟浪。郁达夫及其同代人，是应当由远为有力的笔来描绘的。这样的对象势必向研究者要求相应的修养、知识蕴蓄、学力以及识力，要求如他们那一代人的深厚与博大、明彻与通脱，要求有如他们的深刻的历史感、民族感情、敏锐细腻的审美能力，甚而至于要求个性的生动性、内心生活的丰富性以至于整个人性的深。我比以往任何时候都更加意识到了横在我与研究对象间的距离。这距离感，关于自身的缺陷感却又使我振作。我想试着描绘我所能看到的郁达夫，处在东西文化交汇碰撞，"现代"与"传统"错综重叠之中的郁达夫，他的审美态度以及人生态度，他的文学观念以至思维方式。我所感兴趣的自然首先是**文学家**的郁达夫，是经由文字——主要是文学创作呈现的这一种文化性格，投射在这特定性格之中的中国现代知识分子的共同性格。

在我看来，也许只有那一代人，才是更为完整意义上的"中国现代知识分子"。

现代文学史上的两代人

这里的两代，指郁达夫所属的"五四"一代，与30年代从事创作的那一代，后者又主要指属于左翼文艺运动的一代。之所以比较这两代人，是因为他们是最能体现新文学的精神、**新文学发展的承续性**的两代，是直接以其创造，构成了新文学史的基本骨架与演进路向的两代。

先驱者与后继者,文学前辈及其学生,拓荒者家族与他们的传人,这文学史上血缘最近的两代,是怎样地既由共同性,又由差异性联系着!共同性与差异性,都反映着、规定着新文学史,说明着、解释着现代文学史的特征。我更关心差异性,因为它久被忽略,也因为包含在差异中的联系往往是更深刻的。

由旧社会走出,身上满带着蜕变的痕迹,直接承受着"过渡时代"的矛盾与痛苦,并为这历史交接、文化更替付出了巨大的个人代价的一代,与呼吸着变化了的时代空气、文学空气,在"五四"精神养育庇护下生长、发荣的一代;主要在思想斗争、文化冲突中确认了自己,确认了自己与其时代的关系的一代,与主要是在社会政治斗争、革命运动的环境中自我选择,选择了社会理想、文学道路的一代,其间的差异不消说是深刻的。在门户初启之际外来文化、外来文学思潮的汹涌撞击中辨别、拣选,确立其文学观念的一代,与在相对单纯的文学思潮中,相对单一的文学影响(这主要是苏俄文学的影响)下进行创造的一代;从事启蒙思想宣传,强调着人的解放,高张"民主""科学"大旗的一代,与强调集体意识,谋求社会解放,自觉以文学服务于革命,直至投身实际运动的一代,其间的差异不消说是深刻的——无论社会意识、文学观念、人生哲学,还是审美情趣、个体的气质、风格面貌。即使你并不是文学史家,仅仅凭借作品这中介,你也不至于将他们混淆——是如此不同的两代人!

由深刻的共同性和同样深刻的差异性所造成的文学史的实际联系,定然是复杂的。而我们曾经满足于那个最简单明快的描述:"一脉相承"。我们不大关心创造文学史的具体的人,也不大关心文学时期具体的焊接方式。甚至一些重大、显而易见的事实,也在文学史的通常叙述中被弄模糊了。

本来,发现下面的事实,并不需要特别的敏锐性。在"五四"这样观念急剧变动、人们不惜以极端的方式与旧时代划清界限的时期,受历史之命去实现这种变革的人们自身,却不可能如所期望的那样一下子脱出与既往历史的联系,相反,因其深刻的文化背景,因其精神的丰富性与深刻性,倒往往使历史的承续性在更深的层次完成了。而这一代人的人生理想与美学理想,却注定了要由另一代人去实现——尽管那结果与初衷容或不同。这种情况不可避免地造成现代文学史的如下矛盾:在被认为"形式主义""全盘西化"的"五四"时期,文学史处处现出蜕变的痕迹,而新文学(尤其形式方面)的"西化",却是在形式主义的"五四"时期过去之后,才成为普遍事实的。更具体地说,新小说、新诗与新的戏剧文学,是在30年代那一代创造者手中,才真正成熟,确立了自己的形态,形成了较为明确的新时期的文体意识的。

以为"五四"标志着文学史发展过程的中断,似乎以往文学发展的结果被整个儿否定了,文学史从头写起——这不过是大变革时期通常造成的错觉之一。在事实上,由文学体裁(如胡适、沈尹默的诗,叶绍钧的早期小说,更如周作人、郁达夫等人的散文)、文学语言①这些最为"外在"的方面,也那样容易找到传统文学的遗迹。更不消说包含在作品之中的观念,更不消说**美感**——作家深层精神生活对作品的渗透。

我在这里并非意在校正"断裂说",只不过想提醒人们注意文学史现象的复杂性而已。任何理论概括都不免包含着关于自身的否定,所谓的高度概括更其如此。而在事实上,越是深刻的变革,越是有价值的否定,也越深刻地包含着"历史",包含着对历史价值的强有力的肯定。而以否定形态表现的历史承续性,也仍然属于一种"承续性",只不过衔接的方式异乎寻常,与既往历史相勾连的环子

---

① 在那个大倡"白话文学"的时期,文字上最见文白夹杂,以至因此酿成了一种特别的"五四味"。新文学的开山祖鲁迅,尚且苦于不能脱出文言的影响,因"耳濡目染,影响到所做的白话上,常不免流露出它的字句,体格来"(《写在〈坟〉后面》,《鲁迅全集》第1卷,第285页,北京:人民文学出版社1981年版)。而到了30年代,才有了近于"纯净"的白话,较充分地确立了"白话文学"在文学语言方面的优势,进一步解放了语言,解放了文学的表现力。

被特殊地锻造过了。

这些显而易见的事实,是怎样被轻易地忽略了的?我们是怎样为了方便,把理论与文学实践,把观念的现实与现实文学,把主张、纲领与活生生的创造着的"人"之间的关系简化了的?① 我们看到了那个过渡时代,那过渡时代的诸种矛盾,看到了那蜕变中和因蜕变而经受时代痛苦的人们,我们熟知李大钊关于"五四"时代冲突的描述,熟知鲁迅有关"中间物"的著名论断,同时也熟知他的那些严格而合乎实际的自剖。由"五四"那整整一代人,我们都可以发现上述严肃的悲剧性,和自我否定、自我嘲讽中的喜剧性,发现由于时代矛盾造成的性格悲剧和悲剧性格。然而文学史的过渡形态,却被不经意地放过了——文学史研究中一种如此普遍的思维惯性!

普实克曾经谈到他个人的如下经验:当"初次接触中国新文学"时,他因这种文学与中国旧文学间的"令人难以置信"的"巨大差异"而震惊了。但在更为仔细的审视之下,他终于发现了中国文学中那些"显而易见的新形式同时也深深植根于它的文学传统"。他把"中国的文学革命"归结为"两个不同文化的世界之间发生的伟大的、历史性的碰撞"。② 国外学者竟先于我们的学术界,达到了这一正在受到普遍注意的结论。

在写作本文时,我自然更乐于注视文学史演进中的人的活动,由两代创造者的共同性与差异性所必然导致的文学史过程的曲折性及其复杂后果。

"五四"到30年代,文学的巨大进步,已经被各种版本的文学史描述过了。即以小说而论,30年代在小说形式方面的彻底新变,无疑是对"五四"文学精神的真正继承。无论你对外来影响的过分扩

---

① "五四"新文化运动的功绩,首在"思想解放"。为了与旧有的思想文化传统断然区分开来,一时期的理论主张往往趋于极端。不取科学严谨(尽管高张的大旗上写的是"科学"),而取其足以警视骇听。但历史究竟是由实践着的人构造的。意志与能力、企图与其实现之间也许是永恒的矛盾,必然使观念的现实多多少少地与现实文学脱节。

② J. 普实克:《抒情诗与史诗》,艾晓明节译,《中外文学研究参考》1985年第9期。

张如何地怀着戒惧,你都会承认:只是因了那一番"欧化",我们才得有今天的成熟了的小说样式,今天的小说界,和为这小说界所造成、所依赖的读者群!文体的成熟与创造者的普遍成熟(较之"五四"的一般作者,那是怎样富于才华而又均衡发展着的一代!),将新文学以令人惊讶的速度推上了自己的全盛时期。文学的现实主义发展,与作家对于时代生活的投入,提高着整个文学的境界,使新文学走在了它的开创者所企望的道路上。然而即使如此,新文学的进程也并不合乎进化论的一般原理。本来文学史就有它自身的逻辑,并不注定要呈现为一连串的上升运动。

30年代的文学繁荣是以某种牺牲为代价的。30年代文学体裁的成熟,创作在一定程度上的规范化,就不可避免地牺牲了"五四"文学所提供的更广泛的可能性,更歧异的发展路向;而30年代文坛的相对统一性,文学家的更强固的集团意识,生活选择与审美选择的同趋,也部分地牺牲了"五四"文学的生动性、个性化和选择的空前多样性。你在"成熟的"30年代,看到的是较之"五四"时期远为明确的社会意识和远为自觉的审美意识,却同时会想到,"五四"文学因其不成熟、因其观念的未定形与审美选择的某种不确定性,反而使文学更富于包容,文学的结构形态更具开放性,也因而这种创造像是出自更为自由的心灵。你在成熟的文学繁荣的30年代,看到了几乎是崭新的文学,彻底地脱出了旧文学的影响的更充分意义上的"新文学",你却又会感到,30年代那一大批新起的作家,固然由于了无"过渡"的痕迹而见出崭新,却也因了这"了无痕迹"而同时见出单薄——文化背景的单薄,作品的文化蕴蓄的单薄,以至文学语言中的文化沉积的单薄,你会想到,那种较之"五四"时期显得过于"纯净"了的文学空气,固然有助于新文学的确立,却是否无助于造成文化—心理面貌更加丰富的一代人?你觉得这一代生气勃勃的人们缺少了点儿什么——也许正是"五四"一代所有的深厚与凝重。你将重新回眸,凝视那"拓荒者家族"。你更加深切地感到了那一代人在某些方面不可企及的彻底性,他们的思考在某些问题上的超前性质。的确,他们较之此后的人们,更矛盾,也更多痛苦。但就连他们的矛盾与痛苦也像是更富于深度。处在新旧交汇、东方文化与西方文化碰撞的关头,作为被历史选定了执行重大使命的一代,他们与既往历史的联系,无论出之以肯定的还是否定的、批判的形式,都深刻地反映着现代中国历史的本质与中国现代知识者的特性。

也因此,这一相对幼稚的文学时期,倒是更能承受人们的不断审视,对于研究者产生着持续的吸引力。而这种吸引力又在相当大的程度上,系于那一代创造者的个人魅力——那的确是中国现代史上最富于魅力的一代,无论对于文学史还是思想史,都具有远未被充分发掘的丰富性与深刻性。我正要谈论属于这一代的郁达夫,作为典型的"五四"知识者的郁达夫。我应当承认,我对于"五四"文学的上述认识,我对两个文学时期、两代创造者的某些比较,或多或少正是依赖了这一具体的对象而形成的。

"古典美"的沉醉

没有人会怀疑,郁达夫是凭借了他的外国文学修养和现代意识,才在新文学的初创时期,以其《沉沦》之属,使"一些假道学、假才子们震惊得至于狂怒"①的。没有那份修养,就不会有作为新文学家、文学革命骁将的郁达夫。何况那又是怎样深厚的修养!在"五四"时期之后,如同郁达夫及其同代人那样,博通外国语言与外国文学,深具现代知识(包括自然科学知识),兼容并收,且化为了自己的精神血肉的,毕竟是罕见的了。

却也正因为上述情况,人们不免忽略了这一代人与中国传统文化的那一重联系,使得如郁达夫这样的新文学者的形象片面化了。事实上,即使在《沉沦》里,郁达夫也并不曾试图掩饰他对传统文学的偏好。那种修养与偏好,不但润饰了他的文字,而且滋养了他的气

---

① 郭沫若:《论郁达夫》,《人物杂志》1946年9月第3期。

质、性情,是一种溶入血肉、浸进了灵魂中的东西。而他的个性、气质、心态,又从一个方面规定着他早期创作的面貌。

在自传文字中,郁达夫曾述及自己早年浸淫在古典诗词中的情状和那种难以言说的陶醉:

> 真正指示我以做诗词的门径的,是《留青新集》里的《沧浪诗话》和《白香词谱》。《西湖佳话》中的每一篇短篇,起码我总读了两遍以上。以后是流行本的各种传奇杂剧了,我当时虽则还不能十分欣赏它们的好处,但不知怎么,读了之后的那一种朦胧的回味,仿佛是当三春天气,喝醉了几十年陈的醇酒。
>
> (《孤独者——自传之六》)

这种陶醉和兴奋,伴了他的一生。与嗜酒同样成癖的,也许就是这对于旧诗旧籍的偏好吧。他的本来强烈的时代感、"现代感",有时就被这繁重的历史文化的阴影遮蔽了。

粗看起来,这份文化影响于郁达夫的创作生涯,是因时期而有比重的不同的。情况似乎是,他的早期小说更有现代气息,由内在精神到外在表现,更得力于外国文学的启导;而到得他把"履痕"遍印浙、皖、闽中的名山胜水,写那些简澹清雅的小品文字时,他才特意去和中国的旧籍相亲。"青春期"的郁达夫,像是更需要热情浪漫或感伤颓丧的外国文学作品作为心灵的伴奏,只是到了这心灵沉静下去,它才想到向更为熟悉的古旧文化中寻求慰藉。这种观察并不全无根据,却不免表层。人是不能如此分拆的。人的自身统一性必然投射在创作中,构成创作的某种内在统一。事实是,两种互有冲突的文化、文学修养,与此相关的历史感、现实感以至文学观念的矛盾,自始至终规定着郁达夫创作的风格面貌。这种矛盾也构成了郁达夫本人的悲剧性矛盾,解释着这个人的性格与命运。在郁达夫那里,更为强韧的,仍然是与传统文化、传统文学的那一重精神联系与文学联系。外国文学修养固然部分地决定了他早期创作截取生活的角度、作品的外在形式,以及所负载的那些易于把捉的观念(比如个性解放、爱情自由等观念),而传统文学却透入了更深层的审美活动,潜隐地规定着他创作中意象的选取、意境的创造、情调、美感——某些被公认为郁达夫创作的特有标记的美学特征。

在我看来,意象、美感,通常包含着更大限度的心理真实。体现于具体描写之中的审美选择,创作者的审美心理定势、审美价值取向,对于判断作品的深层内容,更具有可靠性。读《沉沦》,也许只是研究者的目的明确的选择,才使他们乐于摘引如"你快富起来,强起来吧"这样的文句,而读者通常接触到并乐于品味的,却是感性的形象,完整的意境,是弥漫在郁达夫作品中构成其作品散漫中的统一的情调、氛围。读郁达夫的作品,你会感到那些明晰地表达出来的意念,出于过分清明的理知,像是嵌上去的,在信笔为之的形象意绪之间,会略微显出生硬。他无法像鲁迅那样将观念与感性内容熔铸在一起。二者的黏合不牢也难免造成审美的割裂感,尽管这缺陷也同时意味着一种时代性、"现代性"——无论诉诸理念的方式还是理念本身都是道地"五四"式的。

那些具体描述,才更属于郁达夫个人。在那些文字里,由于审美心理定势,由于创作者个人的趣味、情调,意象往往过熟,造境不免古旧,是古典美学境界在现代文学中的重新构造,而不是对于现代美的发现。不追求新异,不追求新异的刺激,而追求温熟了的旧境,因而美感不但缺乏现代特征,而且也缺乏充分意义上的独特性,与理念的时代性、现代性不相谐和。旧文化过于"烂熟",拈来时常不自觉,由此更见出濡染的深。这也是这个"文化过熟"的民族,文学创作中难以避免的现象。① 郁达夫以审美的方式,把自己在今天与昨天、现代与传统间那一种惶惑,无意间给泄露了。

郁达夫的趣味,使他更适于如严陵钓台、苏州古城的情调与美

---

① 但郁达夫又毕竟是郁达夫。他常在写旧情景时,插入极俗极实的一笔,把人一下子拉回尘世、现实。这份诚实,也是郁达夫特有的。

感:前者的那种静穆的美和隐逸气氛,后者的中国式的既优雅又黯澹的格调,以及如郁达夫所指出过的"悠悠的态度"。

烟雨中游苏州,苏州情调正与他在这一点上谐调:"……我觉得苏州城,竟还是一个浪漫的古都,街上的石块,和人家的建筑,处处的环桥河水和狭小的街衢:没有一件不在那里夸示过去的中国民族的悠悠的态度。这一种美,若硬要用近代语来表现的时候,我想没有比'颓废美'的三字更适当的了。"(《苏州烟雨记》)苏州遂园这"中国式的庭园",竟叫他忍不住叹道:"啊!遂园吓遂园,我爱你这一种颓唐的情调!"

他偏爱凄寂的情调、衰飒的气氛——现代人眼里的略带病的美。这种情调和气氛,才便于他"在沙上建筑蜃楼","从梦里追寻生活"。自己一旦动起手来,也不取太真、太近、太实,而要来点儿迷蒙、空灵、萧疏澹远;要之,近于传统的诗境。在进行具体的审美选择的郁达夫那里,令人分明见出"先入的"文化的那一种优势①。那才是基调、底色,而且不只是作品的,也是这个人人生的。

由不同的方式,鲁迅与郁达夫各自抓住了中国古文化的那个魂儿。鲁迅经由经验与理性,郁达夫则凭借直觉。鲁迅"看中国书时,总觉得就沉静下去,与实人生离开"②;郁达夫则听街头卖艺人的胡琴,感到其"有使人一步一步在感情中沉没下去的魔力"(《还乡记》)。所不同的只是,郁达夫往往乐于这"沉没",而鲁迅则力图挣脱"魔力"而振起。

你在郁达夫的作品里,自然也就找不出如郭沫若《行路难》中的大江大河,和那大江大河般的笔势。那种美与他的心灵并不相通。

在临平山头,眼见"钱塘江一线的空明缭绕",与夫隔岸青山、"烟树人家",郁达夫不觉兴味盎然。及至瞥见"沪杭甬路轨上"跑的

---

① 这"先入的"文化,甚至影响到他对于外国文化的理解与选择,不但与鲁迅等人,而且与其他创造社同人如郭沫若也不同。
② 鲁迅:《青年必读书——应〈京报副刊〉的征求》,《鲁迅全集》第3卷,第12页。

客车、车头"乱吐"的白烟,却不伦不类地比拟为"麦克白夫人当行凶的当儿",所听到的"醉汉的叩门声",以为"有了原是更好,即使没有,也不会使人感到缺恨"(《临平登山记》)。你可以设想,倘若这高踞山顶的是郭沫若,该会有怎样的一番感兴与议论!

郭沫若以其情绪的律动,应和了时代的律动;以其健旺的精神和阔大的气魄,捕捉并传达了20世纪的某种信息、节奏。较之郁达夫,他的情感明朗得多,色彩明亮得多。由他创造的美学境界,也更富于现代性。他那些取材于古人古事的作品,因了其人其事的"现代化",倒是愈益见出作者对"现代"的执着。

郁达夫柔弱的心性、气质,都使他更缠绵于既往。他本不是那种能慨然不顾、奋身前行的战士。用了流畅的白话,他写得最熟也最美的,是古老的主题:离人的别绪,羁旅的哀感,客居的乡愁——漂泊人间此身如寄的孤独感。富于现代知识的郁达夫就是这样,一面思考着现代中国,感应着他的时代,一面沉醉于中世纪式的古旧情调,旧梦一般既亲切又凄凉的美感。

倘若说郭沫若以其存在和作品,强调着"现在"与"未来",那么郁达夫所强调的,则是与"过去"的联系。对于构造历史,上述联系不可或缺;但在个人,总有点儿"片面"。

因而很可以说,郁达夫是较之他的人物更充分意义上的"零余者"。在"五四"时期的文化氛围中,他的"零余感"不能不是真切的;在"五四"以后中国的社会政治空气中,他的"零余感"也不能不是真切的。却又正是这真切的人生感受,使他与中国现代历史相通,限制了又助成了他的文学个性。在这一方面论得失,也令人难以遽下结论的吧。

"生活的艺术"

这些人一来到世间,就被安放在历史矛盾的夹板间、社会斗争的铁砧上,仿佛就是为了来遍历历史转折期的时代痛苦,遍尝过渡期人生的五味似的——这是首先创造新文学的一代人的普遍命运。

处身在这大时代、现代中国,郁达夫生气勃勃地生活过了。即使他的不幸(无论婚姻的不幸还是"刀下作鬼"的大不幸),也是生气、活力的证明。那是现代人的不幸,是自己时代的积极的生活者的不幸。郁达夫是作为现代人,以现代人的勇气承担时代痛苦与个人命运的。在这方面他也属于典型的"五四"知识者。但却不大有人称他为"战士",即使他确曾战斗过。这概念对于这个人显得不称,像是一件不大合体的衣裳。人生态度上深刻的矛盾,在这儿也破坏着郁达夫的自身统一,为你的描述、概括制造着困难。但人性的丰富性,"中国现代知识者""'五四'知识者"特性的深刻性,也就由这矛盾中呈现出来。

郁达夫从不讳言自己对于隐逸生活的浓厚兴味。那在他,差不多是一种永远的诱惑。这不消说绝不像是一个"战士"的梦,却未必不是现代中国知识者的梦,尤其新旧交接期的一代知识者。一方面是对现代生活的投入、干预,一方面是对散发着传统文化的温馨的闲适情调的陶醉——在那一代的知识者,这种人生态度上的自我矛盾是如此地普遍,"过渡时代"在这儿也打下了自己的印记!

周作人说到过自己"不知怎地总是有点'隐逸的',有时候很想找一点温和的读,正如一个人喜欢在树荫下闲坐,虽然晒太阳也是一件快事"①。让人陶醉的,还不只是"闲适情调",而是与传统文化粘连着的那整个生活方式。

"五四"时期,鲁迅等一班《新青年》同人,调侃过刘半农的"'红袖添香夜读书'的艳福的思想"②。类似思想何止刘半农有!正如作文取象,常取古典诗文中烂熟了的意象,实际的生活享受中,郁达夫也常常有意无意地追求着古意盎然的境界,而且越完整越好。因而单是瘦西湖的水光树色,还不能使他餍足,还须有"容颜姣好的船

---

① 周作人:《竹林的故事序》,《谈龙集》,上海:开明书店1927年版。
② 鲁迅:《忆刘半农君》,《鲁迅全集》第6卷,第72页。

娘"并"酒与茶",才能凑足雅趣。游杭州的西溪,必"带了酒盒行厨",也才够味道。他是在**享受**山水。这也是中国式文人的一种传统态度,文字中透露着享受中的快感、满足感。这自然也不同于以对象为纯粹客体的那一种观照态度。中国有"饱餐秀色""秀色可餐"那一种说法,就出诸一种"享受"态度。对山水美人,正如对一餐美味——强烈的生活欲即在其中,也不妨认为是一种极"现实""实际"的审美感情。当然在这里只有沉浸而没有超越,是审美的也是实际生活的。以古典式的意境、情调为生活,使得郁达夫常常在感官中混淆了艺术与人生、现实与梦。当这种时候,他与他所艳羡的古人间的距离,似乎在他个人的心理空间中消泯了。

郁达夫曾半庄半谐,说是纵使生在乱世,也宁生在晋或明末。明末究竟"还有几个东林复社的少年公子和秦淮水榭的侠妓名娼"及"柳敬亭的如神的说书"。这愤世语里,谁说没有十足的真诚!到得闲居杭州,有意"求田问舍",他使用的构造梦境的材料,也是由古文化提供的。

鲁迅和周作人都曾经谈到过,中国人缺乏如西方人那样的宗教意识。没有明晰的哲学信条,"传统"反倒更加内在化为人的整个人生态度。也许正因为"古中国"不那么具体,它才无所不在,如鲁迅所谓的"鬼打墙"。不只在经籍、文物中,而且在千万人的日常生活里,你才更能找到古中国的顽强的灵魂。

在郁达夫这个东方式的文人,审美态度与人生态度,本是合致的——一种鉴赏与享受的态度。而那种人生态度,或者更确切地说,对人生的审美态度,也更加不着迹地显示着传统文化无所不在的渗透力。郁达夫对于最为平凡的"生活美"的鉴赏、享受态度,透露的的确是东方的"生活的艺术"所造成的审美情趣。在这一方面,郁达夫的趣味也不是纯粹个人的。老舍对北京四时饮馔、周作人对北京茶食的鉴赏态度中,正有世俗化了的中国传统哲学。这里有中国知识分子关于"艺术化的生活"的理想及其具体标准。种种最凡俗的生活欲求,与最深的文化根柢连在一起。无论周作人的《生活之艺术》《喝茶》《北京的茶食》,还是郁达夫的《北平的四季》,所讲都是一种文化,而且是同一种文化,出于相似的体验与审美态度。

这种享受决不豪奢,与西方商业巨子、金融界大亨们的享受绝对不同。它是精巧的,有微妙的"味",给予人的,与其说是实际的不如说更是心理的满足——如同山光水色所给予人的那样。这是中国人在其物质条件下所能现实地享受的生活,所可以营造的"生活的艺术",而且非有文人、士大夫的那一种文化修养则不能得其深永的味。

郁达夫于《北平的四季》外,集中谈"生活的艺术"的,还有如《饮食男女在福州》这类文字,也令人感到中国知识分子一种世俗化、平民化的趣味、态度。"民以食为天""食色性也",即使孔夫子,也"食不厌精,脍不厌细",绝不以言"吃"为粗鄙。

至于郁达夫,则不但不讳言"饮食男女",而且特意在题目中标出,也可以看作中国知识分子以俗为雅的一种通脱吧。张翰因秋风而思鲈鱼,虽然意别有属,不也见出中国知识者在这最俗常的物欲方面的通达态度?正如在生活中不避俗事,郁达夫的散文小品往往也雅俗并陈,俗极反近于雅。这里就有中国传统文化所鼓励的那一种洒脱,中国读书人所能欣赏的那一种洒脱。因而"洒脱"不全系于气质、性情,也来自学养、文化背景。

价值最难估定,"美"是多种形态的。从最为普遍、平凡的生活中体味美,未尝不是出于积极的人生态度,何况又是这样一种"平民化"了的美感、趣味!但过分沉醉,过分耽溺,在那个大背景下,也仍然是一种贵族式的、士大夫式的奢侈吧。鲁迅宁取上海的喧嚣、多刺激,而舍弃北京的宁静,尽管北京的空气很可以助成他的文学史写作计划。这里也有审美选择与人生选择的一致性。相形之下,郁达夫对于种种精致的人生享受的沉湎,在那个时世,又终究算不得健旺的人生态度、生活趣味。而一再重复梦破了的悲哀,所加之于他的无穷痛苦,则是他为自己的那份"文化"所付出的代价。这代价岂不也太沉重了?

何况以他的现代意识,以他敏锐的时代感,他本来就是个清醒的"梦游病患者"!"……枕上的卢生,若长不醒,岂非快事。一遇现实,哪里还有 Dichtung 呢!"(《扬州旧梦寄语堂》)

以郁达夫的性情,绝对不可能如闲云野鹤似的浑忘世事。他的敏锐热烈的现实感,非使他由那种沉湎耽溺中堕回现实不可。而作为现代知识者、新文学者,郁达夫也像他的同时代人,从不缺少直面人生的那份勇气。正因对古文化所提供的那一种生活理想过于认真、执着,才有他深切而痛楚的幻灭感;又因对幻灭感的认真、执着,不肯欺人自欺,才有他文字中、人生中那样深刻的矛盾。

寻访名山胜水,原意也许确实在"寻梦",但梦破之后的那一种印象、感触,他却往往更写得痛快淋漓。即使"奉宪游山",写类似"旅游指南"之类他所谓"灵魂叫卖"的文字,他也忍不住要说出真相,为此不惜煞风景,更顾不到"美文学"的艺术完整性。他难得有的,偏偏又是那一种纯粹的审美态度。

因而不妨认为,郁达夫在他的文字间比之在生活中更士大夫气。对他那些"不想再回到红尘人世去"一类的话头,也可以当作"诗"来看的——自古以来文人作熟了的那一种诗。

中国式的文人,何尝只是"文"与"言"分离,作文章的态度有时也与实际生活态度分离。试读郁达夫的《住所的话》,即知他在作生活打算时,是何等的实际,并不肯为了"古趣""野趣",而牺牲了现代城市生活的诸种便利。一种文学形式太古老,技术因积累而太精巧,也会造成思维定势,使写作者难以自主。因而也只有以"文"与"人"相互参照,才能窥见全貌。

中国知识分子的某种处世态度,系于他们在中国政治生活中所处的矛盾地位。"穷则独善其身,达则兼善天下",看似达观,其中有苦衷不欲明言罢了。郁达夫在骨子里,也是这样的中国式的士子。他没有鲁迅那种"知其不可而为之"的韧性,挺身"与黑暗捣乱"的豪气。能用世即热心用世,"知其不可"则优游林下,看起来一派闲逸洒脱,其实深心里常常苦得很。他不鼓吹"闲适",未尝没有闲适过;

不以"救世"标榜,却最难忘的是救世。读郁达夫写于大革命后的那些"闲书"而只看到了闲逸的,还不曾读懂郁达夫。

中国知识者真悟得了禅机的,怕是不写文章的吧。一味在文章里"飘"的,其实并不能超脱。周作人岂不是适例?比之周作人,郁达夫的矛盾没有那样深刻,却表现得更有戏剧性,发挥得淋漓尽致。因此他偶尔现出的那一种"自由主义"态度,并不是"自由资产阶级"的"自由主义",倒更近于中国式士大夫的"自由主义"。

由北京而粤,由粤而沪,由沪而杭,由杭入闽,是一段曲折、时有辛酸的历程。但郁达夫仍然是郁达夫,他又由福州、杭州而武汉,而"南洋",终于以淋漓的血,写下了自己历史的最末一页。在对于传统文化的"出"与"入"上,才能见出一个完整的郁达夫;作为"五四"新文学者的郁达夫,在历史蜕变期承担了历史矛盾因而自我矛盾着的郁达夫。

两种功能观之间

郁达夫的散文小品,如"五四"诸散文大家一样,"常常取法于英国的随笔(Essay),所以也带一点幽默和雍容"[①]。但诸家之间又见出了分别。周作人、郁达夫的那一种散文体式、风格,应当说与中国传统文学渊源更深的吧。只不过周作人的,多半是学问家的散文,而郁达夫所作,于"知识性"之外,更兼有名士才情而已。

"……浙江的风土,与毗连省分不见得有什么大差,在学问艺术的成绩上也是仿佛,但是仔细看来却自有一种特性。近来三百年的文艺界里可以看出有两种潮流,虽然别处也有,总是以浙江为最明显,我们姑且称作飘逸与深刻。第一种如名士清谈,庄谐杂出,或清丽,或幽玄,或奔放,不必定含妙理而自觉可喜。第二种如老吏断狱,

---

① 鲁迅:《小品文的危机》,《鲁迅全集》第4卷,第576页。郁达夫在他的《〈中国新文学大系·散文二集〉导言》中也谈到"英国散文对我们的影响之大且深"。

下笔辛辣,其特色不在词华,在其着眼的洞彻与措语的犀利。……浙江的文人略早一点如徐文长,随后有王季重张宗子都是做那飘逸一派的诗文的人物;王张的短文承了语录的流,由学术转到文艺里去,要是不被间断,可以造成近体散文的开始了。毛西河的批评正是深刻一派的代表。清朝的西泠五布衣显然是飘逸的一派,袁子才的声名则更是全国的了,同他正相反的有章实斋,我们读《妇学》很能明白他们两方面的特点,近代的李莼客与赵益甫的抗争也正是同一的关系。俞曲园与章太炎虽然是师弟,不是对立的时人,但也足以代表这两个不同的倾向。"①如果不避粗陋和武断,那么同属于浙籍文人,郁达夫的风格可归入"飘逸"一流,而周氏兄弟中的鲁迅则显然更近于那"深刻"一派。

郁达夫在他的《〈中国新文学大系·散文二集〉导言》中谈到"英国各散文大家所惯用的那一种不拘形式家常闲话似的体裁"。中国固有的文章体裁中,形体与精神上略近于此的,是"笔记"一体吧。郁达夫"平时喜翻阅前人笔记及时文别集"(《娱霞杂载》),他的随笔文字,固然有英国式散文的影响,却更不乏"前人笔记"的笔意。他利用随笔这种极为方便的形式写时评,嬉笑怒骂,对朝政肆口"讪谤"。也说古论今,写民俗,写日常琐屑,写偶然的感兴。立意虽未见得"庄严",却常有知识趣味,而绝无"帮闲气"的。

"五四"退潮后,以西方实证主义整理国学之风渐盛,郁达夫的趣味终与此无关。对待古文化,他所用不是学问家的态度,而是鉴赏家的态度。他不喜在文章里谈学问。书卷气是潜在地存在于气质风度中的,也是化为了底蕴的东西。"学问"是他整个修养的底子,却不是意识到了的工具。因而在行文中虽偶有征引考辨,也多半为了便于与人共同赏玩。更多的时候,不过拉来新典旧典助兴佐餐而已。但这不也正是一种中国文人式的态度?在那一时期,对文学功能的不同理解几乎都能找到"传统"的对应物。只不过人们为了方便,过

---

① 周作人:《地方与文艺》,《谈龙集》,第12—14页。

分强调了"载道"的传统,把文学史上的"功能观"单一化了。在未能以文字卖钱(测字、卖卜不在内)的时代,文人是常常要以闲情入诗入文的。正因"统治思想"强调"教化",才偏有大量的无关宏旨的文字。"文以载道",概括不了中国传统的文学观念、文学功能观念。有"载道",即有其反面,比如消闲意味、游戏态度,而且从来如此。

社会责任感、入世精神,与这种文人式的"个人主义",结合于郁达夫这样的知识分子,没有什么不谐调,也仍然合于"达则兼善""穷则独善"的原则。在人,尤其有着如郁达夫这样的文化背景的读书人,本来生活与性情就是多方面的。即令战士,也要吃饭、性交,并不足怪。所不同的也许只是,郁达夫将其他某些现代作家所不采用的那一部分生活材料,也一股脑儿地倾入文章,从而见出他关于文学功能、文字效用的个人理解而已。这一部分作品之所以不大为研究者所留意,就多少因为包含其中的,不是已被公认的典型"五四"式的文学意识。

以《沉沦》为起点的郁达夫的创作,毫无疑问地显示了"五四"一代作家的文学观念、文学功能观念。尽管出于门户的偏见,郁达夫曾以小说嘲弄关于文学应当写"血泪"的主张,他自己的《茑萝行》《春风沉醉的晚上》《薄奠》诸篇,却不但"为人生",而且有淋漓的血和泪。在早期创作中,他几乎每作都有明确的题旨,意在控诉、揭露。即使因诉诸明晰的理性而使人感到生硬,也因其"生硬"更见出一种自觉的、意识到了的追求,一种确定的标准、原则。

但即使在当时,这也并非全部——郁达夫作品内容的全部,他的文学观念的全部。及至居杭之后,那一种"游戏态度"自然又有发展,笔下更增多了闲逸气氛。至若调弄那支笔,写些应酬文字,使人不禁惋惜他滥用了才情。但这闲适情调与那种激昂态度,同出于郁达夫的性情,也都联系于中国知识分子的文学观念。

由此看来,中国现代文学,无论小说、散文还是诗,都还有相当一部分未被研究者作为对象的"剩余材料"。在更宽容的标准下,文学史或许会比现有的多几种色彩?当然,这绝不至于掩盖或淆乱了主调、基色,只不过使主要色调得有衬映罢了。文学观念的狭隘,使我们拒绝了多种形态的美。即使如鲁迅那样的战士,也会以文字偶寄"闲情"的。非要从字行中寻出微言大义,有时是否使我们怠慢了它们本有的美感、情趣和意蕴? 现代文学研究中散文研究素来薄弱。散文因形式"过熟"而较少新变,固然不利于刺激研究热情,一部分散文缺乏如小说那样的现实感,也难免会使研究者感到难以措手。用了这种最为"传统"的文学体裁,一些作家把不那么尖锐、"直接现实"的感受印象,容纳其中了。但难道不也正因此,散文为研究中国现代知识分子精神生活、现代作家的文学意识,提供了有独特价值的材料?

"五四"时期一度轰轰烈烈的作者,到30年代,在群星灿烂的天幕上,大多见出黯澹。郁达夫也不例外——却又绝非由于"才尽"。他的创作,虽然以《沉沦》为世人所知,技巧更圆熟,艺术上更精美的,却是他那些散文小品文字。令人微觉悲凉的是,他的那些以现代形式包藏古散文神韵的作品,在"五四"以后的中国,再也不能如他的早期作品那样引人注目,到现在更是知音者寥落,渐成绝响。这本来也无足惜。世易时移,现代散文在蜕变中形成了自己的面目。但也正因同样的理由,郁达夫在散文这一文体的兴衰流变中,更应当占有一个不能易移的特殊的位置。他那些久被冷落的作品,也应当成为文学史研究的对象。

还应当提到的是,郁达夫的散文才能对于他,不仅仅意味着那相当数量的散文佳作。如果你发现了正是他的古典诗歌、散文修养,使他在中国现代小说创作的拓荒期,创造了一种特殊结构的小说,介乎散文与小说之间的富于形式上的开放性的小说,你会对他的散文更感兴味。传统文学的修养助成了一种"现代风格",这也算得一种奇特的现象,指示着一种耐人寻味的因果联系的吧。对于新的文学形式的创造,旧文学的储积并不总是负值。事实是,在对文化、文学的有选择的占有中,你越富有,就越有自由。

他这样思考世界

"五四"是个以谈哲学为时尚的时期。在追逐新潮的青年人中，固然有以搬弄新名词为夸炫的浅薄之辈，却也尽有追索"根本"（包括"人"的本体存在）、探寻"终极"的严肃的思考者。无论问题还是提问的方式，都是"非传统"的。尽管在当时，这往往是一种得不到结论的思考，上述时代空气却提示了一种至为重大的可能性：改造中国人几千年来形成的思维方式的可能性。限于社会环境也限于思考者的自身条件，"可能性"的实现还只能期诸将来，但"五四"时期的上述哲学热情仍然是现代思想史上的特殊现象。如同"五四"启蒙运动的其他很多方面，它所包含的，也首先是对于**将来**的意义。

郁达夫也与此种风气无关。终他的一生，几乎不谈尼采、柏格森、弗洛伊德，也几不谈儒道佛。这自然不妨碍他去游佛寺道观。但那仍然是一种审美态度——属于风雅的游客而不属于朝圣进香者或探求宗教奥秘的哲人。在这一点上，他甚至与同代作家比如许地山、冰心也比如鲁迅、周作人不同。自魏晋以后，中国最有教养的知识者们，几乎都与佛或道（指道家）有某种精神联系，经受过有关的思维训练。到近现代，这种情况更看得清楚。郁达夫作为"五四"时期最有教养的知识者中之一人，他对于中国传统哲学的理解，无疑与他的整个知识水平相称。但在文学创作中，他却近于执拗地避免诉诸哲学。

《娱霞杂载》引录了清人李调元《诗话序》中的一段文字："夫花既以新为佳，则诗须陈言务去；大率诗有恒裁，思无定位。立言先知有我，命意不必由人。诗衷于理，要有理趣，勿堕理障。诗通于禅，要得禅意，毋堕禅机。言近而指远，节短而韵长，得其一斑，可窥全豹矣。"不只是作文的原则，也是思维方式，是一种以传统哲学以至全部传统文化作**底子**，却诉诸诗人的直觉，诉诸感性，诉诸艺术语言的方式。

郁达夫有清彻的理性,有理性地把握生活的那一种能力。他写于两个时期——大革命时期与抗战时期——的时评、政论文字就是证明。他在这里显示的也仍然是中国现代作家的共性:首先是社会历史判断的那一种"理性",而非哲学思辨的那一种"理性"。而支撑社会历史判断的,又主要是经验与直觉能力。但在郁达夫,那可能是何等清醒的诗人的直觉!凭着这份天赋,他竟然不止一次地,把握住了现实的本质方面。他的批判是片面的,往往带有诗人式的偏激和过盛的意气,但同时却也正有诗人式的智慧。

据说歌德由于"天性过于活跃,过于富有血肉",因而不喜欢抽象的哲学思辨,更不消说建立庞大体系。郁达夫的思维特征固然也因他"天性活跃"而"富于血肉",却更因为民族文化中既经确立的美学规范,比如含蓄蕴藉,"不涉理路,不落言筌",等等。这里有自觉的艺术选择,中国式的文学艺术所培植了的自觉。

也许正因为较之同时代人,审美活动在他的全部生命活动中占有更为重要的位置,他与传统文化的联系也才那般强韧的吧。这里有的是文学活动的特殊条件,作家艺术家特有的精神生活方式,非泛泛的"过渡时代"所能解释。

激情迸发的那段时期过去之后,郁达夫很少再有发表长篇议论的冲动,在散文小品这最传统的形式中,他回复到自己最基本的审美态度。笔下有的是偶发的感兴,形态是片段的。"感兴"要有触才发,不是逻辑的发现而是"生活发现"。未必有哲人的睿智,却饱含了中国人世代积累着的人生经验和生活智慧。郁达夫在本性上始终是个诗人,只不过是更长于用传统方式思维的诗人,而不是力图使诗与哲学调和起来、力图把思辨的语言"翻译"成形象的语言的现代诗人。

民族文化传统在这种场合,对于他也同样不是外在的,不是漂浮在他作品表层的东西,不是他这个人衣服上的一块锦绣或一片霉斑,而是他的意识结构的有机部分。那种思维方式和传达思维的方式,是使郁达夫成其为郁达夫的精神血肉。

在中国现代作家中,把思辨的才能与诗的才能统一于一身,以思想的穿透力和形象的感性力量铸造了作品的艺术完整性的,是鲁迅。承继着明清以来进步思想传统,积极地改造着中国知识者的思维内容和方式的,是鲁迅。鲁迅也有其与传统文化的联系,而且较之同时代人更为深刻;却也因此他的批判态度的彻底(在郭沫若,是"激烈"),为同时代人所难以比并。他主要以批判的、否定的方式,与"过去"联系,使人由这个无比丰富的巨人那里,既看到了历史阶段间的衔接,又看到了历史在"过渡"中的重大进步。

鲁迅是思考者、批判者,较为彻底地摆脱了昨天的第一代"现代人"。他的周围,则有郁达夫这样的以及别样的类型,展示着历史蜕变期生活世界与观念世界的复杂性,显示着今天与昨天、现在与过去的联系的多样性,近乎无穷多样的"过渡形态"。

何等丰富复杂的文化现象!

这就是"现代中国"。

1984年12月初稿
1986年3月改定

老舍:北京市民社会的表现者与批判者

老舍的文学活动,开始于中国现代史上的这样一个时期:持续了半个多世纪的反帝反封建运动,已经把中国历史推近了黎明期,而暗夜仍然不愿从生活中退走,中国大地上还印着旧时代的大块阴影。中国现代文学史,反映着这个时代,描绘着今天与明天、光明与黑暗参错更迭的历史画面。一代知识分子,不是在思考着"绝对精神"一类纯粹抽象的命题,而是在思考中国的未来命运……

老舍主要是以小说家而非思想家的身份,承担了他所理解的任务的。小说家的老舍对于中国现代文学最重要的贡献,是他对市民阶层、市民性格的艺术表现,和对于中国现代小说民族化的独特道路的探索。他由上述两个方面,拓展了进步文学反映生活的领域,丰富了中国现代小说的艺术传统。作为小说家,老舍的贡献是如此独特、不可替代,以至任何一部对于老舍的文学成就缺乏充分估价的文学史著作,都不能指望得到学术界的承认;而如果从现代文学的形象画廊中摘下属于老舍的艺术形象,整个现代文学都将因之而黯然失色。

一

中国现代文学史没有产生如同《人间喜剧》《战争与和平》那样的足称一时代纪念碑的艺术巨构,文学作品中的现代中国的形象,应当说,是经由几代作家之手而共同构筑的,是一种集体的艺术劳动的成果。这里,作家的艺术个性首先就在于,他们是从什么角度,即由哪个社会阶层,社会中哪部分人的命运、要求、生活感受出发,去观察、反映民主革命的历史过程,以及由这种观察、反映所达到的对于时代本质的揭示的程度。反映着不同作家不同的思想特色、生活经验的"独特角度",是作家艺术个性、作品风格的重要标记。

"艺术家是这样的一个人,他善于提炼自己个人的——主观的——印象,从其中找出具有普遍意义的——客观的——东西,**他并且善于用自己的形式表现自己的观念。**"①

老舍及其艺术的独特性首先在于,他是中国现代文学史上最杰出的市民诗人,是中国市民阶层最重要的表现者与批判者。这不仅是指,他的艺术世界几乎包罗了市民阶层生活的一切方面,显示出他对这一阶层的百科全书式的知识,更重要的是,他经由对自己的独特对象——市民社会,而且是北京市民社会的发掘,达到了对于民族性格、民族命运的一定程度的艺术概括,达到了对于时代本质的某种揭示。

小说家老舍的艺术个性,正是依赖了他的特殊的对象世界而形成的。这一世界对于他的创作活动是那样重要,以至不仅他的作品的社会内容,而且他本人的审美趣味,他的艺术修养,他的世界观的积极和消极方面,都必须由他所生活和赖以取得创作素材的那个环境来解释。

选择题材领域,并在对这一领域的发掘中形成自己的创作主题,老舍在这里经历的过程,也正是他的小说思想和艺术不断发展和走向成熟的过程。

当20年代后期,老舍以他的第一部长篇小说《老张的哲学》敲叩文学殿堂的大门时,他并没有赢得引人注目的成功。在这部小说以及相继问世的《赵子曰》《二马》中,偏见和艺术上的幼稚、粗糙结合在一起,妨碍了人们对于这个作家的风格与巨大潜能的认识。然

---

① 高尔基:《给康·谢·斯坦尼斯拉夫斯基》,《文学书简》,曹葆华、渠建明译,第426页,北京:人民文学出版社1962年版。

而,才华,即使在不成熟的形式中,也照样要闪烁的。对于老舍的这些早期作品,人们可以指摘它的散漫,指摘它思想的肤浅和缺乏为文学所珍视的时代感,却不能不为其中生动逼真的市民生活画面、呼之欲出的市井间小人物的形象而击节叹赏。眼光明敏的批评者,由这些与沙砾混在一起的零金碎玉,也可以有把握地预言这位作家未来的成功。

由三部小说发端,中经《小坡的生日》,老舍进入他创作的成熟期。在丰收的30年代,老舍小说在描写对象的多样与统一中逐渐呈露出自己的面目。而在探索追求的途程中,值得作为标志刻上路碑的,是《离婚》与《骆驼祥子》。

对于老舍的创作发展,《离婚》的意义首先在于,作者通过这部作品,明确地提出了他的小说的一个重要主题——批判市民性格,批判造成这种性格的思想文化传统。研究这一主题的孕育过程,你可以追溯到《二马》,然而它却是在《离婚》中成熟了,并获得了相应的表现形式的。正是由这部小说开始,老舍自觉地把市民社会作为自己的对象,在对这一对象的日益加深的认识中,形成了自己小说的美学风格。"目的性"从思想和艺术两方面刷新着老舍作品的境界,较为深刻的社会历史内容,与洗去"油滑"的幽默、趋于简劲的文学语言结合在一起,终于使更多的人认识到这位作家的艺术活动的独特意义。由《二马》到《离婚》到《四世同堂》,或者还可以包括《邻居们》《柳屯的》《哀启》等短篇小说,是一个连续的发展过程,显示出作者对于同一种生活现象的不断关注和持久的批判热情。《四世同堂》固然表现了敌伪统治下北京人民的苦难与斗争,然而更足以作为特色,使老舍这篇规模宏大的作品从取材到命意,与同时期的其他小说区别开来的,是小说中生动地描写出的市民人物的性格弱点,以及这种性格被民族斗争所改造,这一阶层自身不断进步的过程。而小说内容的这一重要方面,正是与《离婚》等的批判内容一脉相承的。老舍小说中占有相当比例的这一部分长时间被冷落,是一个值得特别注意的现象。对于说明现代文学研究中存在的问题,这种现象也是典型的。

《离婚》之后不久，老舍在《月牙儿》《骆驼祥子》中，提出了更为尖锐迫切的社会问题，描写了城市下层人民、劳动者的苦难和挣扎。在此之前，他的作品几乎没有接触到劳动者的命运问题，尤其没有从经济方面观察劳动者的命运。他的小说中，在题材和主题方面可以归入这一类的，还有中篇《我这一辈子》、短篇《柳家大院》。尽管在他全部创作中这只是一部分，然而却是最可珍视的一部分，是老舍对于现代文学的可贵贡献。

对于生活的进一步的发现，使老舍不再满足于批判市民人物的精神弱点。两大主题交叉着。上文提到过的《四世同堂》，就提供了市民社会的更为完整的图景。作者画出了这一社会本身存在的层次，处在不同层次的人们的相互关系。你在这里可以看到《离婚》中人物的精神矛盾，也可以听到《骆驼祥子》里"苦人们"的呻吟。

由这些作品构成的连锁，显示的是一个渐进的过程，一个社会历史视野逐渐扩大，小说主题日益深刻，现实主义创作道路愈趋开阔的过程。在这一系列作品中，老舍以巨大的规模，几乎把整个北京市民社会"艺术化"了，而对自己在市民社会文化环境中形成的艺术手段的运用日趋纯熟，则使形式与内容实现了比较完美的结合。三四十年代，老舍以他自己的题材领域和艺术构思，与同时期其他小说家区别开来；以他所熟悉的性格和融化着他的个性的幽默风格，与其他描写市民社会的作家区别开来。新中国成立后，他又开始了更宏伟的构想，在"残灯末庙"的晚清历史的广阔背景上，铺展北京市民社会的巨大图画。虽然宏愿未偿，作者赍志以殁，然而十一章遗稿，在老舍一生的小说创作中，却是一个有力的句号，是才华与潜力的最后一次证明。

上述分析当然还不能概括老舍作品丰富的生活内容。在他那里，你还能看见讽刺西崽、洋奴的《牺牲》《东西》，揭露反动政府无能的《上任》，嘲笑市侩恶习的《马裤先生》，以及表现民族工商业者的悲剧命运的《老字号》《新韩穆烈德》（按，韩穆烈德即哈姆雷特），等等。然而这只能进一步证明"独特对象"对于老舍的意义。正是依赖于描写市民社会所获得的成功,老舍奠定了他独立不倚的文坛地位。

尽管"独特",老舍笔下的市民世界却绝不是一座孤岛。它与整个时代声息相通。透过这个具体的世界,一些"个别"的人物,老舍从两个方面,画出了现代中国的形象,表现了这一时期民族生活的一般特点。

首先,他的作品生动、多方面地反映出中国社会生活中存在的浓厚的封建性。在这一方面,最值得称道的,当然还是下文中将要进一步探讨的老舍小说对于传统思想文化的批判。与此相联系,对于带有浓厚宗法封建性的人与人的关系(所谓"人情世态"),尤其是对于旧式家庭内部人伦关系的有力表现,也构成老舍小说的鲜明特色。"社会关系",是个含义广泛的概念。一般地说,一个作家不大可能对于社会关系的每一环节有同样的把握。人伦关系,也属于社会关系。而且中国的情况,正符合于恩格斯的如下论断:"劳动愈不发展,劳动商品的数量、从而社会的财富愈受限制,社会制度就愈在较大程度上受血族关系的支配。"①通过人伦关系反映人的本质,反映一定社会生活的本质,是中国文学富于民族特色的内容。老舍笔下的社会生活图画,没有巴尔扎克作品那种包罗万象的宏伟性,但他在错综复杂的现实关系的网中,抓住了最为自己熟悉,最适合于他的才能的部分,他的《离婚》《牛天赐传》《四世同堂》以至《正红旗下》,正是以他所拥有的那份生活经验为依据进行艺术构思的。这些小说由一种过时的生活方式中发掘出的"琐碎卑微方面的悲剧性"②,在那一时代中国人民的生活中,具有极大的普遍意义。

其次,中国社会殖民地化的历史,在老舍的小说中,也得到了独

---

① 恩格斯:《〈家庭、私有制和国家的起源〉第一版序言》,《马克思恩格斯选集》第4卷,第2页,北京:人民出版社1972年版。
② 高尔基:《回忆录选》,巴金、曹葆华译,第163页,北京:人民文学出版社1959年版。

特的反映。在老舍的小说中,那些固守着因袭的生活方式的市民家庭和市民人物,无不处在没落中。整个市民社会,从各个方面感受着现实的无情冲击——祥子等城市下层劳动者日益贫困化,底层社会的女子(《骆驼祥子》中的小福子,《微神》《月牙儿》的女主人公)被抛向街头,点缀着都市的畸形繁荣;老拳师沙子龙的"镖局"改了客栈(《断魂枪》),"老字号"转让给精于商业欺骗的新主人(《老字号》);新的现实改塑着市民性格,在金三爷一流江湖豪客身上注入市侩的成分(《四世同堂》),同时打造出蓝小山、张天真、牛天赐等新的市民类型(《老张的哲学》等);新的变动还不可避免地侵入市民的家庭生活,使张大哥、祁老人主持的模范市民家庭也进入了解体的过程。被破坏着的不只是旧的家庭关系,"一切固定的古老的关系以及与之相适应的素被尊崇的观念和见解都被消除了……一切神圣的东西都被亵渎了"[①]。老舍以一个现实主义作家对于生活的忠实,既批判地表现了市民生活方式的封建性,和由这种生活方式造成的市民性格的保守性,又揭露了新变动中包含的悲剧因素;既反映了市民群众对于中国资本主义发展、殖民地化的批判态度,同时也反映了这种批判本身的正义性和落后性。

老舍从他独特的角度,反映了特定历史时期中国社会生活的某些本质方面。从这个意义上,我们完全有理由说,老舍小说也是那一时期中国社会的一面镜子。

二

在中国现代小说史上,在所提供的市民人物的丰富性与生动性方面,几乎找不到另一位作家可与老舍匹敌。如果将这些人物集合起来,那将是一个完整的市民王国。三教九流,五行八作,三姑六婆,从洋车夫、剃头匠、"窝脖儿的"、行商坐贩、唱戏的、演鼓书的、说相

[①] 马克思、恩格斯:《共产党宣言》,《马克思恩格斯选集》第1卷,第254页。

声的、拳师、土匪、娼妓，到巡警、"吃铁杆儿庄稼"的八旗弟子、市民阶层的知识分子……对于他所选择的对象世界，他的艺术几乎是包罗万象的。然而由这些千差万别各有其"个别性"的形象内在的精神上的联系，仍然可以把他们分别归入以下两个主要的形象系列：家境小康，带有浓厚的宗法封建色彩的"旧派"市民，和以城市个体劳动者为主体的城市贫民。

构成由老舍所建造的形象王国中一个庞大的形象系列，而又集中地体现着老舍小说的喜剧风格的，是那些善良、驯顺而又保守、因循、中庸、怯懦的市民人物，那些"老中国的儿女"。他们无论是小商(《二马》中的老马先生，《牛天赐传》中的牛老者，《四世同堂》中的祁老人、祁天佑)，是小职员(《离婚》中的张大哥)，是旧式家庭妇女(那些张大嫂、牛太太、大姐婆婆们)，都可以看作精神近亲。这些在中国古旧城市中，保持着古旧的生活情调、传统的道德观念、宗法封建性的人伦关系的旧派人物，其主要特征，不同于张天翼笔下那些极力钻谋、巴结，被"向上爬"的欲望燃烧着，同时又被"不稳定"的自我感觉折磨着的小市民，他们的生活目的，不在于取得没有得到的，而在于小心翼翼地保守住已有的；无论智愚贤不肖，他们多半没有非分之想，不愿也不敢苟取苟得，他们聊以自慰的，是自己的知足，与世无争，是个本本分分的老百姓。

小职员张大哥(《离婚》)，是带有几分漫画化的喜剧形象，这个人的生活理想，生动地包含在下面的这段描写中：

> 张大哥对于儿子的希望不大——北平人对儿子的希望都不大——只盼他们成为下得去的，有模有样的，有一官半职的，有家有室的，一个中等人。科长就稍嫌过了点劲，中学的教职员又嫌低一点；局子里的科员，税关上的办事员，县衙门的收发主任——最远的是通县——恰好不高不低的正合适。大学——不管什么样的大学——毕业，而后闹个科员，名利兼收，理想的儿子。作事不要太认真，交际可得广一些，家中有个贤内助——最

好是老派家庭的,认识些个字,胖胖的,会生白胖小子。……

这正是张大哥所属的这一市民层中极具代表性的心理特征。这种"理想的儿子",也正是模范市民的型范。为这种性格传神写照,《牛天赐传》关于牛老者的比喻,也是普遍适用的:"假若他是条鱼,他永远不会去抢上水,而老在泥上溜着。"

在《离婚》中,老舍恰当地将张大哥的哲学与社会变革对立起来,这种哲学的本质也只有在这种对立中才看得清楚。《离婚》构思的巧妙处,即在用象征、讽喻的手法,把这一整套精致的人生哲学的要义,概括在婚姻、家庭问题中。小说开头,看似突兀地这样写道:"张大哥一生所要完成的神圣使命:作媒人和反对离婚。""离婚",在张大哥的辞典中,其含义已不限于一对夫妇的离异,而是意味着一切既成秩序的破坏。他一生的事业,是弥合裂缝,调解争端,消弭危机,以使天下太平。无衣食之忧的小康的经济地位,是这种哲学的物质基础;社会阶级结构的"夹缝"中的位置(既见弃于统治阶级、上流社会,同时又对无产阶级及其斗争隔膜),决定了这种哲学的狭隘性质,使这一阶层的人们对于政治冷漠;暂时稳定的生活状态,使他们产生了一种"宁静""安全"的幻觉;而与他们的地位相应的知识水平,又使他们易于接受封建的文化思想的熏染。

与《离婚》的情况相似,《四世同堂》从书名到整个艺术构思,都清楚地表达出对于保守苟安的生活理想的批判态度。

四世同堂的祁家的老太爷,那位善良、蒙昧、识见不出狭小的生活范围,谨奉着"知足保和"的古训的老人,与小职员张大哥一样,是"常识的结晶",自我保存的市民智慧的化身。在小说的开头,祁老人纯粹由于习惯,还半梦幻地生活在他一贯的轨道上。即将把整个民族卷在其中的战争,对于他,不过像是一种遥远的市声。听他与长孙媳妇韵梅谈起战事,那口气,仿佛在谈论一件邻里家庭纠纷的新闻。他最关心的,是家里是否"存着全家够吃三个月的粮食与咸菜",在他看来,只消"关上大门,再用装满石头的破缸顶上",便足以消灾避祸。因为正如他聪明的长孙媳妇所说:"反正咱们姓祁的人没得罪东洋人,他们一定不能欺侮到咱们头上来!"

虽然自己也地位卑微,由市民阶层文化教养而来的偏见,仍使他"在心里"把小羊圈的各色人等分了尊卑贵贱;尽管忠厚善良,真诚地同情于邻人钱诗人的遭遇,但他仍会在即将踏上钱家门槛的那一刹那改变主意,因为他毕竟是个苟安的小百姓,"他绝不愿因救别人而连累了自己","他知道什么叫作谨慎"。

这是作者最熟悉的一种性格。作者本人早就发现了这一点:老马先生(《二马》)的形象之所以成功,是因为"他是我最熟识的;他不能普遍地代表老一辈的中国人,但我最熟识的老人确是他那个样子"①。之所以熟识这类人物,是因为"在我廿岁至廿五岁之间我几乎天天看见他",以至"我看见了北平,马上有了个'人'","这个便是'张大哥'"②。直到新中国成立后,作者还表示,"我了解'老'人,不十分了解新人物。"③这是生活给予作者的一份极可珍视的生活经验。这份经验使他具体地认识了中国现代生活中普遍存在的封建落后性,由此形成了他对于生活的批判态度。

着墨往往更少,然而较之上述形象毫不逊色的,是这些市民家庭中的女性形象。早已有人注意到了这一点:老舍的技巧的惊人之处,特别在写"女人和家庭","尤其是在家庭中处于太太地位的女人"。④ 对于老舍作品的艺术构思来说,也许没有什么比这些太太们在家庭中的位置,更能表现这种生活的宗法封建色彩了。《老张的哲学》中值得提到的形象,不是代表邪恶势力的老张,也不是代表正义的王德、李应,而是那个可笑可爱又可悲的赵姑母。《牛天赐传》所提供的最成功的人物形象,也不是主人公市民子弟牛天赐,而是"乐天知命"的牛老者,和他那位精明强干、心高气盛、好讲"官派"的

---

① 老舍:《我怎样写〈二马〉》,《老牛破车》,第 20 页,上海:人间书屋 1938 年版。
② 老舍:《我怎样写〈离婚〉》,《老牛破车》,第 52 页。
③ 老舍:《毛主席给了我新的文艺生命》,《人民日报》1952 年 5 月 21 日。
④ 李长之:《离婚》,《文学季刊》1934 年 1 月创刊号。

太太。这一大批旧式家庭中"处于太太地位的女人",既包括在家庭生活的狭小范围内处于支配地位的"太太",如牛太太、大姐婆婆(《正红旗下》),也包括实际上处于家庭奴隶、家长意志的执行者地位的"太太"。写前者的势利、忌刻,以及由生活造成的褊狭,他往往采用漫画笔法。择取几个细节,略加点染,就使人物"现形纸上,声态并作";写后者,他的笔端又流泻着那样深沉的怜惜之情。这里,我不能不谈到那两个诗意的形象:韵梅(《四世同堂》)与大姐(《正红旗下》)。

两个形象都是那样晶明透亮,清新喜人。这是那种旧式家庭中的好女子,具备为她们的生活方式所要求于她们的美德、柔韧、明敏、聪慧、干练。她们被抹杀了个人意志和独立价值。大姐,更是"有比金刚石还坚硬的成见的婆婆"发泄专制淫威的对象。这个形象本身,就是一首沉静悲凉的诗。深挚的感情和精细的笔触,使这个形象水葱儿一般鲜活,玉人儿一样玲珑剔透。大姐作为大家少妇,于端庄贤淑中见出可爱可怜,而在普通市民妇女"小顺儿的妈"韵梅那里,美,却偏在人物行为的"俗气琐碎"处。但对于概括中国妇女坚忍、刻苦、自我牺牲的传统美德和对于民族的生存发展的贡献,概括她们平凡的悲剧命运,两个形象都是典型的。

这些旧派市民男女的形象,使读者获得极大的快感,因为一切都那样自然、本色,那样贴合人物的身份、性情,充满着不可形容的和谐。整个性格(它们是在仿佛信笔点染中"完整"起来的)在人物活动的每一瞬间,都是统一的。"熟识",使作者几乎无所用其技巧,而不工自工。

也许正由于老舍在这一方面的成功,他的小说中那些旧派市民的后代,那些市民社会中"新派"人物的形象,相形失色。从《二马》老、小二马的对比中,从《黑白李》黑、白二李的对比中,从《离婚》中张大哥父子的对比中,从《牛天赐传》老少两代的对比中,从《四世同堂》祁老人与祁瑞全的对比中,都显示出艺术上的不平衡。他能用极省俭的笔墨,似不经意地写活祁老人那样的"老一辈的中国人",

韵梅那样的"新时代的旧派女人",而写"新派""洋派"男女却绝少成功。

老派市民形象在老舍的形象世界中,之所以占有重要的地位,除了形象所包含的作者的独特经验,形象所体现的作者对于封建文化的批判态度外,还因为正是这类形象,最集中地体现着老舍小说的喜剧风格。这些人物和时代的矛盾与他们性格的内在矛盾,是老舍小说喜剧性的重要源泉。在他的早期作品中,这种喜剧性的形态比较单纯,《离婚》及其以后的作品,由于对旧派市民人物精神弱点的进一步认识和基于这一点的明确的批判主题的形成,喜剧性中更融合了悲剧成分——他看到了包藏在那些卑微可笑的市民人物精神弱点中的深刻的悲剧性。同时从喜剧和悲剧两方面观察与表现人物,丰富了老舍作品的色调,提高了老舍小说的美学境界。他终于找到了一种平衡——喜剧与悲剧、幽默与冷隽之间的适度安排,找到了一个理想的焊接点,把相互矛盾的艺术成分焊成一块风格统一体。可以说,最足作为老舍艺术个性标记的"含泪的笑"的幽默风格,主要是在这一部分形象的塑造中形成的,也只有联系这一部分形象,才能给以恰当的说明。

就某一方面的精神特征看也可以归入这一类,而在这一形象系列中又极其特异的,是老舍小说中的旗人形象。如果说张大哥、祁老人所代表的旧派市民形象,已足以使老舍的艺术获得独特性格的话,那么清末旗人的艺术形象,则是独特中的独特部分。把旗人作为一种特殊的对象来表现,始于《四世同堂》,到《正红旗下》,即由附庸而蔚为大观。这个由末代封建统治者以其腐朽性造成的寄生阶层,是封建制度必然崩溃的人证;这些人物自身,又承担了历史性的悲剧命运。没落贵族、大姐公公正翁,"似乎已经忘了自己是个武官,而把毕生的精力都花费在如何使小罐小铲、咳嗽与发笑都含有高度的艺术性,从而随时沉醉在小刺激与小趣味里"。正如正翁是个不习武的"武官",大姐夫多甫是个"不会骑马的骁骑校"。他的兴趣却不在蛐蛐、蝈蝈,而在玩鹞子、养鸽子、糊风筝。他说:"咱们旗人,别的不行,要讲吃喝玩乐,你记住吧,天下第一!"作者写出了这些破落的旗人贵族性格中的可爱方面:豪爽大方,气度雍容,举止闲雅,而且谦和豁达,随遇而安。然而悲剧性也正在这里。他们将豪爽浪费在提笼架鸟、养蝈蝈斗蛐蛐、走票唱曲这样的"生活的艺术"上,他们谦和温厚到失去了对一切不公正的反抗本能。《正红旗下》中"放花炮"一节,写这类人物的气质风度,最能传神:

> 二姐跑到大姐婆家的时候,大姐的公公正和儿子在院里放花炮。今年,他们负债超过了往年的最高纪录。腊月二十三过小年,他们理应想一想怎么还债,怎么节省开支,省得在年根底下叫债主子们把门环子敲碎。没有,他们没有那么想。……老爷儿俩都脱了长袍。老头儿换上一件旧狐皮马褂,不系钮扣,而用一条旧布褡包松拢着,十分潇洒。大姐夫呢,年轻火力壮,只穿着小棉袄,直打喷嚏,而连说不冷。鞭声先起,清脆紧张,一会儿便火花急溅,响成一片。儿子放单响的麻雷子,父亲放双响的二踢脚,间隔停匀,有板有眼:噼啪噼啪,咚;噼啪噼啪,咚——当!这样放完一阵,父子相视微笑,都觉得放炮的技巧九城第一,理应得到四邻的热情夸赞。

除去那些纯属于旗人的特殊气质和命运,这些人物因循、保守的生活态度和精神特征,与所属形象系列不但十分谐调,而且可以视为这种特征的漫画形式。《正红旗下》是老舍的喜剧艺术最后的也是最完美的体现,流贯其中的更为深潜的悲剧性,使十一章遗稿具有一种近于抒情诗的美学风格。

然而抒情特征在老舍的这一部分作品,即表现市民人物的另一型——以祥子为代表的城市底层人物、劳动者命运的作品和章节里,更为集中。《微神》《月牙儿》,以及《骆驼祥子》《四世同堂》中的部分章节,是老舍创作中最富于诗意的部分。如果说在对市民人物前一型的描写中,通俗喜剧的色彩往往构成主要色调的话,那么在写底层社会时，那种严肃的悲剧性，和深沉的抒情性，就自然成为作品的基调。

洋车夫赵四(《老张的哲学》)，是老舍小说中第一个都市个体劳动者的形象。北京市民阶层的这一重要组成部分由"配角"而成为"主角"，在老舍所创造的市民世界里，占有一个与他们在实际生活中的地位相称的位置，还是在30年代《月牙儿》《骆驼祥子》等小说问世的时候。这些城市底层人民的形象，也完全应当被看作老舍对于现代文学的独特贡献。"'五四'以后的新文学创作中，在一段相当长的时期里，描写城市贫民的作品，数量少，对于社会现实的反映比较狭窄或者浅露，艺术上往往失之单调，思想倾向又大多停留在空泛的同情；与同一时期里以农民或者知识分子生活为题材的作品比较起来，成就就要低得多。""打破这种局面的，是老舍。"①

无论从哪个方面——思想，还是艺术——着眼，《骆驼祥子》被作为老舍的代表作，都是有充分理由的。由《离婚》到《骆驼祥子》，是愈来愈坚实的现实主义风格形成的过程。后一部作品，标志着老舍对于北京市民社会的观察、认识已经实现了重大的突破。这是两种性质不同的悲剧性：张大哥、祁老人的悲剧，在于他们欲顺应而不可得，在于他们的庸人哲学本身的可悲；而在祥子们这里，悲剧在于想以最大的代价和最低的条件求生存而不可能。祥子，即使他的精神悲剧，也是在"求生"中发生的。这正是那个时代最大多数人民的共同命运，也是社会革命的最直接的原因和依据。从劳动者的命运出发进行社会批判，提出更为尖锐严重的社会问题，人们清楚地看见了深入中的社会革命给予一个旋涡之外的作家的影响。对于生活在同一境遇的城市劳动者，祥子形象的典型意义还在于，这一性格的发展，概括了他们的共同经历。近现代中国都市的劳动者群，主要由破产农民构成。祥子所演出的，也正是这种贫苦农民"市民化"的历史。

---

① 樊骏：《论〈骆驼祥子〉的现实主义》，《文学评论》1979年第1期。

对小说中初上场的祥子,没有比这更为恰当的比喻了:"他确乎有点像棵树,坚壮,沉默,而又有生气。"他是从乡野的泥土中生长出来的。即使穿着白布裤褂站在同行中,他也彻里彻外的是农民,甚至他的那种职业理想——有一辆自己的车,也是从小农的心理出发的:车是像属于自己的土地一样唯一靠得住的东西。都市商业竞争的铁律,来自社会各方面的黑暗,绝不会放过这个青年农民。小说令人惊心动魄地写出了,恶魔般的社会环境怎样残酷地、一点一点地剥掉祥子的农民美德,将他的性格扭曲变形,直到把个"树"一样执拗的祥子连根拔起,抛到城市流氓无产者的行列中。

更足以显示作者现实主义艺术的深刻性的是,作者不止从社会环境,而且从这些人物自身发掘他们悲剧的原因,写出生活给予这些人物的限制。正是那种分散的个体的职业活动,使祥子所属的一帮各不相顾,"他们想不到大家须立在一块儿,而是各走各的路,个人的希望与努力蒙住了各个人的眼,每个人都觉得赤手空拳可以成家立业,在黑暗中各自去摸索个人的路"。作者不可能用幽默的眼光看这种惨痛的悲剧,甚至不可能用"一半恨一半笑"的态度对待这些劳动者自身的局限。美的毁灭在他那里激起的,是悲怆和愤懑的激情。他要代这些奴隶喊出他们的控诉。与这种悲愤的诗情相联系,对劳动者精神美的发现,也是这一部分作品抒情风格的基础。《牛天赐传》《四世同堂》,那些生活在大小杂院的小人物坚忍顽强的生活意志和相濡以沫的朴质感情,为阴冷的画面染上一抹暖色,是小说中真正可以与丑恶相对照的东西。同样不应忽略,在这部分小说中也写了赤裸裸的丑恶,写了这些人物心灵中的污垢和暗影。堕落后的祥子的行为是丑恶的,同书中洋车夫二强子的形象,则仿佛是对祥子未来命运的预言。短篇作品如《柳家大院》,描写了这些小人物由于悲惨的境遇,由于统治阶级的精神毒害,形成的冷酷、麻木、令人战栗的精神堕落。这些畸形的生活现象所引起的,是对陷人物于非人命运的社会的愤恨,不但无损于作品的思想价值,而且正见出作者现实主义创作态度的严肃性。

《骆驼祥子》《月牙儿》标志了老舍悲剧艺术的最高成就,肯定这一点,并不意味着贬低老舍艺术风格的另一面的价值。这里,悲剧风格和喜剧风格不是相互取代的关系,不是一个否定另一个,而是以其各自包含的美,构成了老舍小说美学风格的多样性。

这里较多地谈到了祥子。祥子不是作者所提供的唯一的而是最成功的底层劳动者的形象。在《骆驼祥子》以外的其他长篇作品中,底层人民的形象,一般是作为次要角色出现的。然而形象在作品中的位置并不总与形象的艺术价值成正比,老舍那种人所公认的"三笔两笔地画出个人来"①的绝技,往往在勾画这些次要人物时最见精彩。因而这些人物不只构成主要人物活动的生动背景,而且也借了老舍的笔,获得了自己的生命。老舍创造的底层人民的形象,一向为学术界所重视。对于老舍小说在这一方面的成就,也只有将他的作品作为一个完整的对象进行全面研究,才能估价适当。

正是由于老舍在以上两种市民人物类型的刻画中获得的成功,我们有足够的根据称他为"中国现代文学史上最重要的市民诗人",说他的小说中有一个完整的市民社会,而且是富于中国特点、富于地方特殊性的市民社会。这种"完整性"不只依赖于形象的多样性、形象所包含的生活内容的丰富性,而且也依赖于赋予这些形象以独特生命的作者的艺术风格,依赖于这种风格的统一性。尽管"个别性"使这些形象彼此之间区别得那样清楚,它们中的每一个,仍然让人立即想到它的"创造主",因为在它们那里,有着如此鲜明的老舍的个人印记。这种在作者的主观条件(作者的经验范围、艺术构思、思想认识、美学风格等等)与客观生活材料的结合中产生的形象的统一性,较易于被把握的,是以下几点:小人物,人物的地方特征,人物性格的喜剧性,等等。

小人物。市民阶层的主要构成部分小手工业者、小商人等,本来就属于"小"字行,而作者所着意表现的,又是这种小人物的平凡性。

---

① 老舍:《〈龙须沟〉的人物》,《文艺报》1951年第3卷第9期。

不止张大哥、牛老者一家,祥子及其同业,祁家四代,以及那些大杂院中的男女,可以包罗在"小"字中,而且作为这些市民小人物的对手的,也往往不是大奸巨猾。老张(《老张的哲学》)固属市井无赖型,狡刁的小赵(《离婚》)也只是一个工谄善诈的科员,至于《四世同堂》中的主要反面人物冠晓荷,充其量不过是个插科打诨的"二丑"。这一点对于老舍不是无关紧要的,这里划出了老舍自己的经验范围。在这个小人物的世界里,他运斤成风,游刃有余,而一旦离开了自己熟悉的生活圈子,他的艺术也会顿失光彩。①

人物的地方特征。"礼义之邦"的"首善之区"北京,是中国道德传统的渊薮;而市民阶层由于自身的保守性,特别有利于保存这种文化特点。在老舍的作品中,这种具有普遍意义又具有鲜明的地方性的文化特点,成为浸透在人物风度、气质中不可剥取的东西,成为如血肉一样的人物肌体的一部分。为避免割裂,只能聊示一斑,以例其余。如北京人的"礼"。由于历史的原因,"多礼",成为北京人尤其是北京市民的行为特点。老舍正是传达这类地方特点的好手。《四世同堂》第一章,无论战事如何紧张,祁家人也不能不为祁老人做寿:"别管天下怎么乱,咱们北平人绝不能忘了礼节!"不唯祁家的"家风"如是,连城中的走卒贩,以至城外的乡民,也一起受了熏染,而别有风度。当这种文化教养和市民的落后性结合在一起,德行同时也是可悲的精神弱点。小说中有一段极沉痛的文字,写"文化讨熟的北平人"祁老人面对便衣侦探肆行滋扰时的反应:

> 老人一辈子最重要的格言是"和气生财"。他极和蔼的领受"便衣"的训示,满脸堆笑的说:"是!是!你哥儿们多辛苦啦!不进来喝口茶吗?"

---

① 老舍《答复有关〈茶馆〉的几个问题》:"我不熟悉政治舞台上的高官大人,没法子正面描写他们的促进与促退。我也不十分懂政治。我只认识一些小人物。"《剧本》1958年第5期。

便衣没再说什么,昂然的走开。老人望着他的后影,还微笑着,好像便衣的余威未尽,而老人的谦卑是无限的。

在老舍小说里,强调这种地方性,用意很深。除艺术上的需要外,在许多场合,更是由批判封建的文化思想传统这种总的意图出发的。

至于人物形象的喜剧性,上文已经涉及,下文中还将说明。

当我们试图在老舍小说如此众多的人物形象中寻找"统一性"时,上文所谈到的是一些较易于把捉的方面。更为内在的是这样的一种"统一性",即把这些人物本质地联系起来的"市民性格"。

在《离婚》中,知识分子老李,将张大哥所代表的人生哲学归结为两个字:"敷衍"。而所以实现"敷衍"的,则是软弱,妥协,向一切既成秩序低头。正是出于对这种因循、敷衍、软弱、妥协的生活态度的批判热情,产生了《离婚》的独特构思。张大哥式的夹缝中的生存哲学,事实上概括了这一社会阶层普遍的生活态度和性格特征。不仅在老舍小说中那些旧派市民那里,而且在他笔下的底层社会,都可以看到生活打上的类似印记。祥子"要强"。但是一只白乌鸦的命运总是不妙的。不公正的世道终于扭曲了他的个性,把他抛进"敷衍"着的市民群中。"将就着活下去是一切,什么也无须乎想了。"这一阶层的经济生活中处于两个等级的市民人物,正是在这一点上彼此接近了。能洞彻这一点的眼光,是深刻和锐利的。张大哥说:"我得罪过谁?招惹过谁?"祥子说:"我招谁惹谁了?!"《我这一辈子》的主人公说:"我对谁都想对得起,可是谁又对得起我来着?"这是被社会环境、被历史传统压瘪了灵魂的市民社会小人物无可奈何的"天问"!

在这里,对中国市民阶层的状况作一点说明,是必要的。

市民阶层作为一种社会中间阶层,在中国,主要是由如下成分构成的:小业主(包括小商贩、小房产所有者等等),城市个体劳动者和其他城市贫民,无业游民,以及属于市民阶层的知识分子。除东南沿海资本主义生产关系发展较早的地区外,中国的现代城市,是在封建社会长期的历史发展中形成的。中国的市民阶层,其形成的历史,以及在社会结构中的位置,与欧洲资本主义国家有显然的不同。① 由于中国封建的生产关系长期以来不曾遭遇过根本性的破坏,由于没有建立过占优势地位的资本主义生产关系,市民阶层的构成情况,到老舍从事创作的这一时期,尚未发生过重大的变动。尽管属于这一阶层的人们的经济地位极不稳定,时见上升或跌落,然而作为一个阶层,不曾像欧洲中世纪的城市市民那样,成为"近代资产阶级的前身"。这种经济生活的特点,既限制了祁老人、牛老者们,使这些小私有者未能像欧洲资产阶级那样,作为一种新的生产力的代表,与封建制度及其残余对抗,同时也限制了祥子、李四爷(《四世同堂》)一类的小生产者、城市个体劳动者,使之与现代无产者区别开来。考察这一阶层的精神特点,当然不能忽略来自政治方面的影响。亚洲式的专制制度,从来是"顺民性格"的制造者,城市居民较之农民,又更为直接地承受着政治压迫;新民主主义革命以乡村为中心,也使市民群众较难于感受到革命气息,妨碍了他们的迅速觉醒。正是上述经济和政治方面的原因,造成了我们称之为"市民性格"的保守、因循、软弱、妥协等精神弱点。②

当然,老舍不是从对"市民性格"的纯粹抽象的认识出发,而是从生活出发写他的人物的。"好心眼"的赵姑母顽固地反对一对小儿女的婚姻,这里,市民的保守性、市民意识的落后性是与"善良"等传统美德混合在一起的。张大哥既古道热肠又圆滑混世;圆滑而不

---

① 欧洲中世纪的城市,"不是从过去历史中现成地继承下来的,而是由获得自由的农奴重新建立起来的"。马克思、恩格斯:《德意志意识形态·费尔巴哈》,《马克思恩格斯选集》第1卷,第57页。
② 中国的市民群众也具有反封建的传统,但由于这个阶层并不代表先进的生产关系,他们的反抗要求也从未越出封建性的生产方式和生活方式的限制。这一阶层既非新兴的进取的社会力量,不构成现存制度的直接对立物,因而也从未在近现代任何一次重大斗争中充当过主角。

掩其热心、善良,肠虽热也绝不致热到铤而走险的地步。传统美德与市侩习气,在这一个市民人物那里统一了。即使在祥子的性格中,也结合了反抗与奴性、挣扎与隐忍。这也正是下层人民的普遍性格,矛盾着的两个方面都反映着他们在生活中的实际地位。

老舍对于市民性格的批判,其意义绝不仅限于题材本身。每个作家都有自己的联结"独特"与"一般"的方式。经由对市民性格的表现,达到对民族生活中一种带有普遍性的精神病态的批判,才是老舍自觉追求的目标。①

恩格斯曾经谈到德国小市民性格:"作为一种普遍的德国典型,也给德国的所有其他社会阶级或多或少地打上它的烙印。"②马克思也表述过类似的观点。③ 当马克思、恩格斯谈到德国的小市民性格的时候,事实上是在分析德国人的民族性格,指出一种普遍的精神病态。同样,为高尔基所一再批判的"小市民习气",也是一种渗透俄国社会生活的消极的精神现象。因而不妨这样认为,"小市民性"是一种由一定经济条件、社会关系所造成的人类弱点。中国的市民阶层远没有德国小市民那种精神影响力。由于经济活动的规模极为狭小,与其说中国的市民阶层为其他社会阶级打上它的烙印,不如说其他社会阶级的人们具有类似的性格,是由同一种社会历史条件和思想文化传统造成的。

留意于带普遍性的精神病象,注重从历史传统、思想文化方面搜求病源——老舍观察社会问题的角度,显然受到"五四"启蒙思想的影响。在老舍创作的丰收期,20世纪20年代末到30年代,仍有人继续着对"国民性"(或民族性)的研究。沈从文的《阿丽思中国游记》(1928年)、张天翼的《鬼土日记》(1931年)与老舍的《猫城记》,观察中国问题所取角度,都显示出对前一时期思想批判的

---

① 参看老舍:《我怎样写〈二马〉》(《老牛破车》)、《我的创作经验》(《刁斗》1934年12月第1卷第4期)。
② 恩格斯:《致保·恩斯特》(1890年),《马克思恩格斯选集》第4卷,第472—473页。
③ 参看马克思:《〈黑格尔法哲学批判〉导言》(《马克思恩格斯选集》第1卷)等。

继承性。①

马克思主义经典作家从来不离开"人"谈论物质生产关系,谈论社会的一般发展。"任何人类历史的第一个前提无疑是有生命的个人的存在。""社会结构和国家经常是从一定个人的生活过程中产生的。"②同样,他们也从不离开人的一定的生活方式、社会关系,谈论超历史超社会的所谓纯粹的"人"。他们总是把人的改造与无产阶级的最终目标联系在一起,把人从一切形式的精神奴役下的解放、人在精神上的健全发展,作为新社会诞生的必要条件。他们的一切理论和实践,正是通向这样一个目标:造就摆脱了一切奴役的人,造就这种人的生存所必需的物质条件。关于人的改造的思想,必然归结为这样的革命结论:"**必须推翻**那些使人成为受屈辱、被奴役、被遗弃和被蔑视的东西的**一切关系……**"③

创作由《老张的哲学》到《四世同堂》一系列小说时的老舍,并没有达到这种科学认识。然而他对于市民性格和造成这种性格的社会环境的批判,是与时代的方向一致的,是服务于无产阶级改造人、改造社会的历史任务的。也只有从这一角度,才能更充分地估价老舍的文学活动对于今天和明天的意义。

三

对于市民性格的发掘,集中地体现着这位小说家的哲学,是使老舍小说较具思想深度的重要条件。然而,这种深刻性是同作者的认识的片面性结合在一起的,同样,艺术的独创性也和艺术上的缺陷结合在一起。

---

① 参看王瑶:《关于中国现代文学研究工作的随想》,《中国现代文学研究丛刊》1980年第4期。
② 马克思、恩格斯:《德意志意识形态·费尔巴哈》,《马克思恩格斯选集》第1卷,第24、29页。
③ 马克思:《〈黑格尔法哲学批判〉导言》,《马克思恩格斯选集》第1卷,第9页。

在性格与环境的关联中,最为老舍注重并紧紧握住的,是这样一环:造成这种性格的文化背景。《离婚》反复强调传统文化销蚀人的意志,使人苟安。老舍形象地称这种文化是"烂熟了"的,说:"设若一种文化能使人沉醉,还不如使人觉到危险。"在《猫城记》与《四世同堂》里,他反复地不厌其烦地发挥了这一思想。

重视对于封建的思想文化传统的批判,的确构成老舍小说的重要思想特色。这种批判,有其历史和现实的根据。中国封建社会长期的发展过程中,形成了相当完备的封建思想体系,对于中国的社会发展、中国人民的精神生活,这一思想体系产生过而且至今仍在产生深刻的影响。这一整套封建的思想文化,无孔不入地渗透在人们的观念、行为、习俗、信仰、思维方式、情感状态之中,自觉或不自觉地成为人们处理各种事务、关系和生活的指导原则和基本方针。[①] 这种思想文化,在形成以封建正统观念、宿命论、因循保守为特征的市民意识的过程中,无疑产生过重大的影响。

认识到这种影响,并不意味着能够恰当地予以解释。观念形态的东西、精神现象,从来不是历史发展的"终极原因"。而且,意识形态本身,也"必须从物质生活的矛盾中,从社会生产力和生产关系之间的现存冲突中去解释"[②]。作为经济树上或近或远的枝叶包括政治、哲学在内的诸因素中,政治,是离经济最近的枝叶。鲁迅1933年在杂文《沙》中指出:小民的像"沙","是被统治者'治'成功的"[③]。前此,写于1928年的《文学的阶级性》一文,即表述过人的性格、感情受"支配于经济"的科学观点。[④] 这些认识,标志了鲁迅沿"国民性批判"的思想线索的进一步前进。而在"五四"时期"国民性"问题上存在过的片面观点,30年代以后较长一段时间,仍然影响着老舍对于生活的观察。在他那里,"文化"的作用被不适当地扩大了,有时

---

① 参看李泽厚:《孔子再评价》,《中国社会科学》1980年第2期。
② 马克思:《〈政治经济学批判〉序言》,《马克思恩格斯选集》第2卷,第83页。
③ 《鲁迅全集》第4卷,第549页。
④ 同上书,第127页。

甚至被作为市民性格赖以形成的唯一的原因。这种认识的片面性，在《猫城记》中表现得特别集中。"文化"被描写成超历史的某种飘浮空际、亘古不变的东西，由此不可避免地导出历史宿命论的悲观结论。①

关于这一问题，更值得讨论的，还不是小说中那些正面表述作者见解的议论，而是小说的艺术构思、形象体系，是作者的思想在艺术描写中的实际表现形式。问题集中在这样一点上：作者的主观认识和生活的客观内容，在艺术形象中是怎样结合在一起的，即作者的主观在何种程度上并以何种形式体现在艺术形象之中。

我想从被公认为老舍形象创造的重要特点和优点的"个性化"说起。人们都对此表示欣赏：只要老舍在他的作品中安排一个角色，那么他总有把握使之与同台人物区别开来。作者本人也一再说到过这一点。然而细心的读者也不难注意到，老舍那样精于"写人"，那样善于表现个别性，他所提供的形象，足称典型的，却是屈指可数的。他的人物的个性，有时使人感到浅露。症结主要还不在技巧的运用，而在未能把"个性"与"共性"（这里主要指人物的社会阶级属性）结合起来，未能从复杂的社会关系的总和把握人的本质。人们在这里看到了作者关于"文化"的片面观点对于形象创造的影响。

冠晓荷是《四世同堂》中的一个小汉奸，然而小说却始终没有让

---

① 在《猫城记》中，关于"文化""文明"有这样的议论："猫国这个文明是不好惹的；只要你一亲近它，它便一把油漆似的将你胶住，你非依着它的道儿走不可。猫国便是个海中的旋涡，临近了它的便要全身陷入。……设若这个文明能征服了全火星——大概有许多猫国人抱着这样的梦想——全火星的人类便不久必同归于尽；浊秽，疾病，乱七八糟，糊涂，黑暗，是这个文明的特征；纵然构成这个文明的分子也有带光的，但是那一些光明决抵抗不住这个黑暗的势力。"
小说结束在这样阴惨的画面中，猫国（关于中国的幻想形象）在外敌入侵下，国广种灭。作者用挽歌的调子写道："世界上又哑了一个文化，它的最后的梦是已经太晚了的自由歌唱。它将永不会再醒过来。它的魂灵只能向地狱里去，因为它生前的纪录是历史上一个污点。"这种似是而非的议论给人造成这样的印象：既然有这样的"文化"，这样不争气的祖宗，就无可避免"沉滞猥劣"的命运。

我们看到一个汉奸的心理状态,小说所具体表现的,差不多只是这个人物的"无聊"。作为一个无聊的小市侩,冠晓荷是具体的,而作为一个汉奸,冠晓荷就是抽象的了。在同一部小说里,冠晓荷无聊,汉奸蓝东阳无聊,通同作恶的祁瑞丰也无聊。作者恰恰不能令人信服地写出,这些无聊的人们何以竟至"卖人害命",委身事敌。当他试图提供人物的重大恶行的心理根据时,他又找到了"北平文化"。而人们要求知道的却是,何以同一文化环境中的人物会如此不同。作者不能作出回答。因为他不能抓住在这种情况下将人物本质地区别开来的阶级的政治的因素。企图以"文化"解释一切,结果一切都不能彻底解释。在其他作品中,也存在着类似的情况:反面人物往往不使人感到是一个阶级一种社会势力的代表,而是一些偶然作恶的市井无赖。对于他们的描写——借用作者的一句话——不是"抄着总根来的"。

　　类似的问题,在反面形象以外的其他人物(包括为作者所熟识的旧派市民人物)那里,也不同程度地存在着。可以设想,对于牛老者、祁老人,如果作者不但从人物作为"旧派市民"的一面,而且从人物作为旧派商人的一面去表现,那么,这些形象只会更加饱满丰富。由此还可以想到,如果作者能在他的《离婚》《牛天赐传》中将对于传统的思想文化的批判与更广泛的社会批判、政治批判结合起来,不但不会因而使作品丧失艺术构思的独特性,反而会由于主题的深化,使作品的独特性更易于为人们所认识。

　　正是由于缺乏对于人的社会本质的深刻把握,"个性化"有时掩蔽了人的复杂性,使人物单纯化、简化了。把"个性"单纯地归结为某种品质,不能不导致"性格"的片面。因为人的任何一种品质,"都未必能够完全决定一个性格"[①]。不存在矛盾的性格,是不完整的。人们谈论形象的"立体感"。没有多侧面的组合,没有光暗,就没有

[①] 高尔基:《论剧本》,《文学论文选》,孟昌、曹葆华译,第249页,北京:人民文学出版社1959年版。

所谓"立体感"。"个性化"本可以达到典型化,但如果离开了对于人的本质的全面把握,反而会缩小形象的典型意义。人物性格的任何一个具体侧面,如果从形象整体中分割出来,无论具体描写有多么生动,都会在某种程度上使人物抽象。

与形象创造的得失关系密切的,还有老舍的幽默。

老舍小说艺术风格最突出之点是幽默,而最能败坏人们胃口的也恰恰是幽默。在文学作品中,真正的喜剧性是由描写对象本身的喜剧性和作者从喜剧方面看生活的主观态度的结合中产生的。当老舍真正把握了市民生活、市民人物性格中实际存在的喜剧性矛盾时,他的幽默是自然的。旧派市民人物的美德与落后的市民意识的矛盾,以及这种市民意识与变化着的时代条件,与新的道德观念、价值标准的矛盾,是老舍抓取的真正喜剧性的矛盾。《老张的哲学》中,赵姑母用她那番糊涂透顶的"老妈妈论"训诫侄女,"哭的泪人儿似的"把侄女送进火坑,她的每一句话、每个动作,都是可悲又可笑的。而老马先生(《二马》)这位迂腐、颟顸、昏不可当的旧派人物,一被安置在近代英国这样的环境中,真正的喜剧因素就出现了。《四世同堂》里"拉房纤儿的"(房产交易的中间人)金三爷有江湖豪侠气,也有市侩气,二"气"相遇,酿成喜剧性的情节,使这人物可笑又可爱。正是对于这种喜剧矛盾的把握,形成了老舍小说的幽默风格:温和的嘲笑和善意的揶揄,"笑里带着同情"①。这里谅解、悲悯的主观态度,固然来自作者的个性,更来自作者对于他的人物的理解。这种温和的讽刺,因其笔有藏锋,含蓄,有余味,与同时期其他讽刺作品的风格区别开来。然而在另一种情况下,当幽默不是从对性格的发掘中产生,不为情节所需要,而是一种外加的"佐料","为招笑而招笑"时,他的幽默就显得肤浅。这种情况在他的早期作品中最为常见。更足以对作品的思想意义造成损害,则是在这种场合:当他的讽刺遇到了如冠晓荷、蓝东阳一类对象的时候。老舍曾著文《谈幽默》,

---

① 老舍:《谈幽默》,《老牛破车》,第76页。

以为"所谓幽默的心态就是一视同仁的好笑的心态"①。这种说法之所以不科学,正因其"一视同仁"而未将对象本质地区别开来。"温和"本身不足为病,病在要求无情鞭挞,要求火一样的憎恨时,他所表现出的温和,甚至宽容。老舍的幽默风格的效果,也如契诃夫那样多种多样。它有时使可笑的见出可爱,使可悲的同时可悯,有时却使可憎的仅仅可嫌,事实上缓和了读者的愤怒。对于后一种情况,仅仅从风格方面解释,就显得不够用了。这里才用得着作者的那句严格坦白的自我批评:"我的温情主义多于积极的斗争,我的幽默冲淡了正义感。"②

在"文化"问题上认识的片面性,还对老舍小说中的知识分子形象造成了损害。老舍长于写实,长于工笔画式的细节描绘,而他在《离婚》《猫城记》《四世同堂》中却弃长用短,发了过多的关于"文化"的议论。这些小说中的知识分子,不同程度地被当作了作者的话筒。人物有时不是在演他们自己,而是在代作者立言。他们的议论,又往往不过是一种同义反复,以至成为老舍小说中最沉闷累赘的部分。

在老舍创造的那个形象王国中,两极——"正面理想人物"和反面人物——是最苍白、最少光泽的部分。在"理想人物"(如《赵子曰》中的李景纯,《二马》中的李子荣,《四世同堂》中的钱默吟)那里,问题具有更为复杂的性质。不习惯于从政治上观察和思考问题,不等于没有政治态度。这类形象的问题正在政治方面,在通过这些形象反映出的,作者对于中国政治现实的认识和改造中国的道路的思考方面。这些问题由于本身尖锐的政治性,要求明确的回答,而老舍在描写"病象"时,得心应手,一涉"病源",即见幼稚,当他试图开"药方"时,就往往是混乱的了。③

---

① 老舍:《谈幽默》,《老牛破车》,第84页。
② 《老舍选集》,自序第13页,上海:开明书店1952年版。
③ 文学并不承担开救世"药方"的任务。既然老舍开了此类"药方"(并影响及于他某些作品的整体构思),我们即可以对"药方"估出价值。

在《赵子曰》中,他通过李景纯这个人物教诲赵子曰一班青年:"学银行的学好之后,便能从经济方面改良社会。学商业的有了专门知识便能在商界运用革命的理想。"而"几时在财政部作事的明白什么是财政,在市政局的明白市政,几时中国才有希望……"同书中的青年因而大彻大悟:"把一切无理取闹的事搁下,什么探听秘密咧,什么乱嚷这个主义那个问题咧,全叫瞎闹!"而另一理想人物李子荣的形象,在《二马》中也同样包含着训诫的意义。这是一个英国式的实业家的形象,他在小说中的存在,只是为了给"那群摇纸旗,喊正义,争会长,不念书的学生们"作楷式。当写到这些人物那种脱离群众的个人反抗活动时,就更清楚地反映出这位市民意识的批判者自己的市民意识。李景纯的谋刺军阀,钱默吟的剧场掷手榴弹,或者还可以加上王德在老张婚礼上的一击(《老张的哲学》),令人疑是市民文学中的侠客义士形象的现代版——当看不到解脱困厄的现实道路的时候,市民群众只能向"行侠仗义"的江湖豪客那里翘盼福音。①

作为现代作家,老舍的思想矛盾是深刻的。他不满于他所熟悉的市民的宗法封建性的生活方式,厌恶这片生活的沼泽里滋生的退婴、萎缩、与人的进取精神不相容的毒菌,真诚地期望在这一世界里发现对于人生的积极态度,期望他所既恨且爱的市民社会小人物能意识到自己的本质力量,恢复被"传统"锢蔽了的人性。然而同时,他又不理解生活中实际发生的摧毁这种封闭状态的变动,尤其不了解代表着未来的社会力量,不理解他们的斗争。他不无同情地批判市民小人物的现在,不无眷恋地描写他们的过去,却没有看到已经近在眼前的、可以看得见的未来。因此,他的思考和追求,每次只能达到一个界限。当他写到政党斗争,写到有组织的阶级对抗时,他的口

---

① 还应说明,李景纯、李子荣等,只是一些穿上了衣服的概念,这些形象是缺乏现实性的。钱默吟稍有血肉,然而由于并无坚厚的生活基础,所以当作者试图"提高"这一人物时,却将人物拔离了地面。

吻(通过他的"理想人物",或者由作者亲自出面)有时也完全像一个小市民。作者本人的这种思想特点,不难令人想起他笔下的知识分子老李和祁瑞宣,想到这些人物动摇于两间的矛盾心理。

事情就是这样:市民社会这一环境为自己造成了老舍这样杰出的表现者与批判者,然而老舍本人思想和艺术的某些缺陷,仍然须由这个环境来解释。这种情况也令人想起俄国小说家契诃夫。契诃夫是俄国小市民习气的伟大批判者,但他个人的思想弱点,"除去其他种种原因之外,也需要到他青少年时代形成个性时的生活条件和环境里去找寻。归根结底,契诃夫很早就开始憎恶的小市民习气在这方面也不无影响"①。老舍关于群众斗争、关于党派斗争的长期存在过的偏见,正是与"他青少年时代形成个性时的生活条件和环境"相关联的。

但是,早年的生活环境,从来不能完全地解释一个人的思想的性质,对于老舍的思想发展有更大影响的是,抗日战争以前中国现代史上的几次重大斗争,不幸他都未能直接参加②,而他的生活环境又使他在相当长的一段时间未能更切近地接触社会斗争的主潮。这限制了他的政治视野,使他摆脱精神负累的过程显得特别艰难和漫长。尽管艰难缓慢,前进却不曾中止。在他的《黑白李》《铁牛和病鸭》《柳屯的》《不成问题的问题》《且说屋里》等短篇小说,更在《骆驼祥子》《我这一辈子》《四世同堂》等中、长篇小说中,可以清楚地发现作者思想演进的轨迹。抗日战争是一大转折。至此,这位老作家终于以斗士的姿态出现在统一战线文化团体的左翼一边。这样一位正直、严肃的小说家,热情、坦白的知识分子,一旦认准路向,就立即表

---

① 叶尔米洛夫:《契诃夫传》,张守慎译,第29页,北京:人民文学出版社1960年版。老舍本人也谈到过这一点:"我的读者是谁呢? 大概地说,他们多半是小市民和一部分知识分子。他们为什么是我的读者呢? 因为气味相投——我的思想和他们的思想距离不大,我的思想不会教他们害怕。"(《毛主席给了我新的文艺生命》,《人民日报》1952年5月21日)

② 参看老舍:《我怎样写〈赵子曰〉》《我怎样写〈二马〉》(二文均收入《老牛破车》)。

现出极大的热忱,而且从此没有动摇过。

我们在这里谈论作者及其创作的缺欠,正是把老舍的艺术作为一个不断发展、完善的过程着眼的。老舍的无可怀疑的艺术成就,才使得人们能以一种苛刻的态度评价他的作品。缺欠,绝不掩老舍作品的光彩。也许可以说,正因为有成就有缺欠,这些作品才成其为人的创造物,而老舍才成其为完整地真实地存在过的人。

四

来自市民社会的老舍,在艺术形式、手法的运用方面,却极少市民的保守性。属于在"五四"新文化运动的启迪下走上文学道路的那一代作家,他表现了对于外国文学(尤其英国文学)的强烈兴趣。但使二三十年代的读者感到惊讶的是,这位在伦敦开笔写作长篇小说的作家,作品中却绝少"欧化"的痕迹。他似乎有着足够坚强的胃,使他总能消化、吸收对方,而不致被对方所消化。① 在有意"模拟"外国文学的早期创作中,他使人感到的是十足的中国风味、浓厚的中国气息。民族色彩随着老舍小说在艺术上的成熟,不是日渐消淡,而是愈益鲜明,成为他的艺术风格不容割裂剥离的有机部分,成为他的小说艺术独特性的突出表现。解释上述现象,研究形成老舍的审美趣味的诸条件,自然不能忽略他早年的生活环境。

"也许是由于老舍出身在满族家庭里的缘故,他从小对曲艺就很爱好。老舍小的时候,满族人中还有很多人会吹拉弹唱,不少家庭

---

① 老舍在《我怎样写〈二马〉》一文中谈到英国文学,以为"心理分析与描写工细是当代文艺的特色"。老舍本人的小说,在注重内心刻画与心理描写手法的多变方面,最能见出外国文学的影响。但老舍的小说中却极少外国小说常见的静态的心理分析。除大量运用人物的内心独白,以及以感官印象映照人物心理外,他还往往把"心态"与"动态"结合起来;而在小说中矛盾冲突尖锐、"戏剧性强的地方",更是叫人物"用行动说话,来表现他的精神面貌"(老舍:《人物、语言及其他》,《出口成章》,北京:作家出版社1964年版)。老舍以自己的方式,结合了来自外国文学与中国古典小说两个方面的影响,形成了自己心理表现的特色。

中有三弦、八角鼓这类简单的乐器,友人相聚的时候,高兴了就自弹自唱起来,青年人也往往以能唱若干段大鼓或单弦而自傲。当时的茶馆里,曲艺节目是必不可少的,大都长年邀请艺人表演曲艺节目。老舍在怀念自己幼年挚友罗常培(莘田)先生的文章中曾有过如下的记载:"我从私塾转入学堂,即编入初小三年级,与莘田同学。……下午放学后,我们每每一同到小茶馆去听评书《小五义》或《施公案》。"①

老舍在北京的街头、茶馆、戏园接受了最初的美感教育,而且将对于市民文艺的这种兴趣保持到他的晚年。对老舍小说民族风格的形成至关重要,在中国现代小说家中足称特异的,正是这种与市民文艺的联系。作为现代作家,老舍不是仅仅由"遗产"接触民族文化,而是直接从活在民间生机蓬勃的艺术中汲取营养的。他之所以对于外国文学能消化、融合,与市民群众所喜闻乐见的艺术活动的密切联系,无疑是持久地起作用的因素。你从老舍的小说,从其中的幽默趣味,从作者撷取生活中喜剧材料的角度②以及人物描写③等方面,都不难感到这种联系的存在,这种联系在形成老舍小说的文字风格方

---

① 胡絜青:《老舍和曲艺》,《曲艺》1979 年第 2 期。
② 幽默趣味本为中国传统文学所固有,而在市民文学中,"诙谐嘲弄(噱)"更构成特征性的标志(参看胡士莹《话本小说概论》、陈汝衡《宋代说书史》等)。市民文学固然也辛辣地嘲笑反动统治者,但也往往以诙谐幽默的态度批评市民社会中的不合理现象、种种损人利己的恶习。这一特点在近代出现的市民艺术形式(如相声等)中更加突出。民间艺术家们善于抓取市民思想行为中那些与现代人的现代意识扞格的特征,使之在新的道德观念、价值标准的映照下,见出其荒谬性。老舍短篇小说《抱孙》《马裤先生》,长篇中的不少讽刺性片段,以及幽默小品《一天》《不远千里而来》等,在撷取喜剧材料的角度和讽刺手法的运用方面,显然与市民文学相近。
③ 如夸张手法的运用。老舍在人物(尤其是喜剧人物、讽刺形象)的描写中常用夸张,特别是夸张人物的喜剧特征,放大那些构成喜剧性矛盾的性格侧面。夸张,是市民文学为取得喜剧效果惯用的手法。老舍曾谈到,市民艺术家在街头演出时要当场出彩,非"形容得过火一点"不可(《制作通俗文艺的痛苦》,《抗战文艺》1938 年 10 月第 2 卷第 6 期)。老舍所以能"三笔两笔地画出个人来",正由于他善于抓取特征并略加夸张地渲染形容。但在他的早期创作中,夸张失度也往往致病。

面的作用,也是值得研究的。

铺张·简净

在两种极端的场合,最能见出老舍小说的笔墨趣味。一种是当他铺张扬厉、笔酣墨饱地信笔挥洒时,一种是当他字斟句酌、惜墨如金,用极省俭的文字状物写情,表现出高度控制的时候。有话则长,无话则短,铺排时巨细不遗,省俭处一笔不苟,正是为市民群众喜闻乐见的说话艺术以及戏曲剧本、古典白话小说等我国传统文学的一种特色。

老舍早年出入书场,他的早期作品的语言风格带有明显的说话艺术影响的痕迹。《老张的哲学》中描写中国旧式饭馆的一段文字,就类似说书艺术中的"书赞",正所谓"如丸走坂,如水建瓴",极铺张之能事,用笔"泼辣恣肆"①,而又顿挫强烈,响脆上口。"铺张"在他此后的作品中,仍然随处可见。如《骆驼祥子》写烈日暴雨的那段著名的文字,即是适例。他有那样的本领,使你从一段描写中,同时领略到声、色、情、味。丰富的感性、繁复的形象,令人应接不暇。他的长篇中集中写风俗的部分,都不乏这种妙笔。《离婚》中写西四牌楼的早市,不但使人感到烦嚣的市声盈耳,而且简直嗅得到鱼肉的腥味。同书中另一段文字,写知识分子老李单恋着同院的马少奶奶,除夕夜呆立檐下,伫候着意中人,却另是一种韵味:

> ……她出来了,向后院走去,大概没有看见他。他的心要跳出来。随着一阵爆竹声,她回来了。门外来了个卖酪的,长而曲转的吆喝了两声。她到了屋门,楞了楞,要拉门,没有拉,走出去。他的心里喊了声,去,机会到了! 可是他像钉在阶上,腿颤起来,没动。嗓子像烧干了似的,眼看着她走了出去。街门开了。静寂。关街门。微微有点脚声。她一手端着一碗,在屋前

---

① 老舍:《我怎样写〈二马〉》,《老牛破车》,第15页。

又楞了会儿。屋内透出的烛光照清她手内的两个小白碗。往西走了两步,她似乎要给婆婆送去,又似乎不愿惊动了老太太,用脚尖开开了门,进去。

全用白描,不着一点彩色,像分镜头的电影脚本。简约处,用近于古典诗词那种"脱节"的简缩句型,将连词、系词和其他句法标记一概略去,只留下意象。但词断意续,笔不到而意到。人物的每一个细微的动作,都收摄笔底,历历分明。文字化为视觉形象、听觉形象,使你甚至听出了夜的静。而"她"的动态、心态,又是由"他"捕捉到的。因而写"她",同时传达的又是"他"的心理过程。文字利用率之高,委实惊人。正如极度的铺张一样,这极度的简净,也是老舍的。

不但在一篇之内有繁有简,一段之中,也往往结合了铺张夸饰与斩截利落这两种语言特点。

《离婚》中这样介绍张大哥的儿子、时髦青年张天真:

> 天真漂亮,空洞,看不起穷人,钱老是不够花,没钱的时候也偶尔上半点钟课。漂亮:高鼻子,大眼睛,腮向下溜着点,板着脸笑,所以似笑非笑,到没要笑而笑的时候,专为展列口中的白牙。……高身量,细腰,长腿,穿西服。爱"看"跳舞,假装有理想,皱着眉照镜子,整天吃蜜柑。拿着冰鞋上东安市场,穿上运动衣睡觉。每天看三份小报,不知道国事,专记影戏园的广告。非常的和蔼,对于女的;也好生个闷气,对于父亲。

极像相声艺术中的"趟子""贯口活",句型的简缩和描写的堆叠铺排结合在一起。简缩,加快了语言的节奏,令人感到一气贯通,似骏马下坡。出声念,直如"数板""急口令",非一段到底,气不敢喘;听者则须屏息敛神,还生怕追不上作者的笔头。铺排,又使特征集中、强烈,给人以鲜明的印象。

小说在人物刻画方面的繁简处理,不只是语言运用的问题,也是艺术描写的方法问题,控制、把握间,往往最见功力。

《四世同堂》第一卷为市井间浮浪子弟祁瑞丰画像,洋洋洒洒的一段文字,刻画人物穷形尽相,近于评书的"开脸",而同书中写农民常二爷,则一句传神——"一个又干又倔,而心地极好的,将近六十岁的,横粗的小老头儿"。这里繁、简各有其妙。

人物语言,繁处如《离婚》中马老太太对老李一家的叮嘱,一大篇家常话,絮絮不止,但因口吻毕肖,情态活现,富于生活情趣,不使人觉其冗长;简处如祥子,作为一部长篇小说的主人公,总共说了几句话,却因丰富的潜台词、复杂的心理内容,更因恰合于人物的性情,也使人不嫌其简。

在短篇中,这一特点更易见出。《断魂枪》写"神枪沙子龙",着重从侧面落笔,烘云托月,以虚写实。沙子龙多在后台,却使人感到一种威棱,一种神秘,莫测其技艺之神妙。小说的收束尤其有力。短短的一节文字,仿佛全篇里蕴蓄的力量全压在其中。而写沙子龙的"五虎断魂枪"更不过寥寥一行,令人但觉神光离合,以至全篇戛然收住后,仍有余音绕梁。中国传统美术讲求"经营空白""遗貌取神"。老舍善用此法,运用中又有所创造。

俗白·凝练

老舍的语言风格,与他的描写对象之间,有一种惊人的和谐。他的作品使人感到,对于他所选择的人物与生活,只有用他的那种方式叙述,才是最恰当的。

老舍所致力的,是造成"俗白""清浅""结实有力"的文字风格。[1] 这里的"俗",即说话艺人所谓的"话须通俗方传远"的那个"俗",是人民大众的日常用语,是"一般人心中口中所有的"[2];

---

[1] 老舍《我怎样写短篇小说》:"可是大致的说,我还始终保持着我的'俗'与'白'。"《言语与风格》:"文字须于清浅中取得描写的力量。"(二文均收入《老牛破车》)
[2] 老舍:《谈〈方珍珠〉剧本》,《文艺报》1951年第3卷第7期。

"白",则是彻底的白话。"俗白"只是一面,与此相依存的另一面,即凝练,"结实有力"——是一般人心中耳中口中所有的,却是由作者从活人的唇舌间取来进行了加工制作的;是白话,但不是自然形态的白话,是"大白话"中提炼出的"金子"。①

在语言风格上,老舍应属"本色"一派。中国古代戏曲理论家讲求"本色",以为"越俗越家常,越警醒"。② "本色"也是传统说话艺术与优秀的古典白话小说的语言特点。老舍谈语言,强调"现成":"努力去找现成的活字。在活字中求变化,求生动……"③这里的"现成",即自然、本色、"语无外假"④,如老舍自己所说的,"把顶平凡的话调动得生动有力"⑤,烧出白话的"**原味儿**"来⑥。当然,"现成",绝不意味着俗滥。作者的目的,是在俗中求新,在俗中求美,在俗中求情致韵味。

写祥子忠厚正派,一句话:"他仿佛就是在地狱里也能作个好鬼似的。"现成,俗常,又新鲜有力。

写牛天赐为父亲守灵:"猛一点头,他醒了,爸在棺材里,他在棺材外,都像梦。"找不出另一句话,如此恰切地表现此情此景。

不务典雅,不求奇僻,平平常常的字,经了他的点化,就有了生命、活气。

只说语言"形象",不免泛泛。在老舍这里,特色更在于选择怎样的形象,和怎样运用形象。即以比喻为例,他的形象永远是直接取

---

① 参看老舍:《怎样写通俗文艺》,《福星集》,第52页,北京:北京出版社1958年版。
② 黄宗羲:《胡子藏院本序》。
③ 老舍:《言语与风格》,《老牛破车》,第120页。
④ 臧懋循:《元曲选序二》。
⑤ 老舍:《言语与风格》,《老牛破车》,第126页。
⑥ 参看老舍:《我怎样写〈二马〉》。需要说明的是,老舍使用"现成"有两种情况,一种情况指现成的文言文句、成语和书面语、"套话"、"泛泛的形容字"。对于诸如"潺湲""凄凉"之类,他力避使用。但他谈现成,更多的情况下,是指活在人们口头的最为贴切的俗常话。可参看《言语与风格》、《人物、生活和语言》(《河北文学·戏剧增刊》1963年第1期)、《"现成"与"深入浅出"》(《文艺报》第2卷第2期)。

自生活的(所谓"近取譬"),像清早刚上市的青菜叶子,上面还沾着点泥土,挂着露水珠儿:

> 他天生来的是馒首幌子——馒头铺门口放着的那个大馒头,大,体面,木头作的,上着点白漆。
>
> (《听来的故事》)
>
> 告诉你一句到底的话吧,作老爷的要空着手儿来,满膛满馅的去,就好像刚惊蛰后的臭虫,来的时候是两张皮,一会儿就变成肚大腰圆,满兜儿血。
>
> (《我这一辈子》)

奇在不奇之中,新巧出于平凡。与生活的联系使他总能找到人人都能感知,随时可以从经验中唤出的生动意象。

他的比喻固然常出于妙想,他的文字的力量,却更在于"直说"——"直接的捉到事物的精髓,一语道破,不假装饰"①。他避开层叠的形容,去直接刻绘物象本身,使物象仿佛自己从文字间突然出现,"处处亲切活现"②。正因为有饱满的生活、生动的艺术想象,正因为不断地向民间语言"寻求朴素、简洁、用三言两语就创造出形象来的健壮力量"③,老舍的那支笔,才能"把一切东西都写得活泼泼的,就好像一个健壮的人,全身的血脉都那么鲜净流畅"④。

北京市民的唇舌,是老舍文学语言的主要来源。他的作品中北京方言的纯正、漂亮,使人很容易联想到《红楼梦》《儿女英雄传》等古典小说。老舍笔下的北京话,首先是明白流畅的白话,是北京话中最富于白话的生动性的一部分。他不堆积费解的方言,他的着力处

---

① 老舍:《言语与风格》,《老牛破车》,第122页。
② 老舍:《景物的描写》,《老牛破车》,第96页。
③ 高尔基:《给玛·格·亚尔采娃》,《文学书简》,第132页。
④ 老舍:《景物的描写》,《老牛破车》,第95页。

在于以文字传达地方特点,尤其在于表现性格的地方色彩。① 地方性并没有取消普遍性。老舍所创造的生动的文学语言,正属于我们民族语言中有生命力的部分。

老舍小说在语言方面还有一个不应被忽略的特点:可诵读性。这一特点的形成也与作者所受市民文学的影响有关。民间说唱艺术由于诉诸听觉,形成了对于语言的特殊要求。说书艺人不能如小说家那样从容地叙写形容;造句遣词,务求音节响亮,爽脆上口,对于描写对象的特点,则须抓得准、狠,形容得鲜明,富于质感,使人如亲见亲闻。这也就是所谓的"有声有色"。老舍的小说固然"只宜看不宜说"(即"说话"的"说"),却是既宜看又宜读的——上口,可诵,念起来畅达自然,老妪能解。他的小说,不但人物语言达到了戏剧语言的要求:富于动作性,"本色当行",宜于诵读,而且叙述语言也宜读可诵,常令人不禁要脱口念出来。老舍的确将白话的表现力进一步提高了。

我在上文之所以强调老舍小说与我国传统文学艺术,尤其市民艺术的联系,当然是由于题目本身的要求。如果仅由这一方面研究老舍小说的艺术渊源,难免流于片面甚至穿凿。上文已经谈到,作为现代作家,老舍的艺术修养是多方面的。他的文学见解,也如同其他文学大家一样,极其通脱。他的作品与创作谈都令人看到,在借鉴、创造方面,他有着怎样的热情和兼容并包的气度。更值得一再说明的是,老舍是一位在所使用的各种艺术形式中,在运用各种艺术手段时,都力图独辟蹊径的作家。在几十年的文学生涯中,他不断地寻找仅仅属于自己的东西,追求着摆脱了一切模仿的独特性。他在这大千世界找到了自己的题材疆域,在茫茫人海中找到了自己最理想的表现对象,在各种艺术元素中选择最合于自己的个性和艺术目的的

---

① 老舍《谈〈方珍珠〉剧本》:"我避免了舞台语,而用了我知道的北京话。……使演员们能从语言中找到剧中人的个性与感情,帮助他们把握到人格与心理。"《文艺报》1951年1月第3卷第7期。

元素。为老舍本人传神写照,也许没有比这更为恰当的一句话了——"我的好处与坏处总是我自己的"①。

这,才是老舍之为老舍。

1981 年 5 月

---

① 老舍:《闲话我的七个话剧》,《抗战文艺》1942 年 11 月第 8 卷第 1、2 期合刊。

吴组缃及其同代作家
——兼析《菉竹山房》

一时期文学的气运所系,也许总在文坛上最年轻的那一代吧。近几年来"文学新人"的崛起,使我一次次地向另一时期回首。那也是个"新人"整批地崛起的时期,给予过当时的人们以类似的兴奋。那是20世纪20年代末30年代初。那个似乎是突然之间涌现的青年作家群,也正像眼下活跃在创作界的这批新人一样,生机勃勃,富于潜能,与变动着的中国社会保持着广泛的联系,一出手就显示出鲜明的个人风格,而且,每一个都年轻得让人嫉妒——正聚成热热闹闹的一天星斗。那一代也像这一代,不但为历史的动荡所造成,而且像是适应文学史的既定目的而被造就出来。这后一方面往往被文学史忽略了。他们在文学史上常常只是一些偶然出现的单个人。这种叙述至少是片面的。因为在事实上,这是**一代作家**,被同一历史所召唤,由对于文学发展的同一使命组织起来的一代;是显示出鲜明的"代"的标志,而这种标志又实现在各个不同的艺术个性中的一代;是共同创造了一个文学时期,一个有着鲜明性格的文学时期,而创造者自身既在一种共同的追求中完成了自己,又不可避免地表现出共同局限的一代。无论日后政治风云的变幻,文学发展的曲折,使得他们由认识到表现怎样地显得迥然不同,我们仍然可以在这批人中看出"代"的标志,并且正是在"代"的共同性中,更加认识了他们作为单个人的可能的贡献和难以逃避的局限性。

我本来是要谈他——吴组缃的,却先来大谈其"代",这不是故作玄妙?不!我不能把他由历史、文学史造成的"那一代"的客观联系中孤立出来。他是他们之中产量比较不丰的一个。但也正因此,透过这个作者,使人更容易看到那一代作家的思考与追求,看清一代人的情趣中心,他们对于自己的使命的理解,等等。

我打开了他的《西柳集》与《饭余集》。

他是一个以其创作的"质"而非以"量"胜的小说家。在"五四"时期,一个即使不知名的小说作家,也会洋洋洒洒写下几本以至十几本,而《西柳集》《饭余集》已经差不多是他的小说作品的全部。但那个不知名的小说家的十几本作品,也许只是一味地在原地踏步,吴组缃却以十几篇小说,试图向你展示一个广阔的世界。

这是极力达到"广阔"、占有"广阔"的一代。中国现代小说的题材领域,到了这一代手中,才有了空前规模的扩展。他们中的不少人,力图把笔尖探入现代中国社会的各个层次,更有人立意"笼天地于形内,挫万物于笔端",以一支笔画尽社会百态,使自己的作品,拥有30年代中国社会百科全书式的丰富性。吴组缃这样谈到他的同辈作家张天翼,以为他的"作品反映社会生活面十分广阔,中国中下层社会,从城市到乡村,哪个旮旮旯旯他都写到了"①。张天翼绝不属于特例。

大革命及其后社会革命的深入,打开了整整一代人的生活视野与兴趣范围。从社会历史、政治哲学的角度看中国,形成了一代人特殊的眼光与视角。在追求"广阔"的背后,活跃着一种普遍的野心——**从总体上把握中国社会**。"五四"以文学革命从属于思想革命,在中国现代文学史上,构成一个极具特征性的开端,由此产生特点、优点以至局限,贯通了整个现代文学史。30年代的土地革命理论的传播,30年代初思想界关于"中国社会性质问题"的论战,也正如"五四"思想革命的影响于"五四"文学。而"中国社会性质"等问题,取代"五四"时期的"人生问题"之类,成为最迫切最严重的认识

---

① 吴组缃:《如何创作小说中的人物》,《抗战文艺》1941年第7卷第2、3期。

课题。那时的小说家,不论所处理的题材有多么具体、个别,当他们进入创作过程时,有意无意地,都希望对**整个中国社会**说话。一个现成的例子是,尽管思想倾向有明显的差异,他们中却很少有人试图绕过"中国社会殖民地化"这一主题。吴组缃小说内容的两个最重要的方面——乡村破产与妇女命运;后者,继续了"五四"小说家的思考,而表现更加细密;前者,正属于30年代最有吸引力的文学主题。收入《西柳集》的《离家的前夜》,所写还属"身边琐事"之类。自《两只小麻雀》到《栀子花》,到《一千八百担》《天下太平》《樊家铺》,吴组缃以一系列作品,描绘动荡的城市,尤其乡村的图画,使自己的作品与一时期同类题材的作品汇聚而成洋洋大观。半封建的中国乡村社会,从来没有得到过如此规模的描绘。

  吴组缃从时代生活与时代思想中汲取着创作灵感,在最初的作品中,还时而忍不住要把有关"殖民地化"等社会问题的认识,借诸人物之口表述出来。这种直接诉诸理性分析的冲动,亦为一时的风气,可以见出"问题"在知识者思维中的分量。进步文学克服着"理念化"的倾向,但对中国社会的理性认识,却广泛地潜入这一时期的文学创作,在由选题到描写的各个方面留下痕迹。

  这也许可以说,是那一时期文学的理性色彩。生活在历史转折关口的那一代人,还无暇顾及较为玄远的哲学问题,"理性"属于社会认识。这种"理性色彩"提高了文学作品的境界,使其以微观世界反射着宏观世界;这种"理性色彩"有时也不可避免地带来了题材的重复、视角的单一。然而无论如何,对于带根本性的"中国问题"的思考,毕竟构成一代小说家创作活动的内在联系,使他们以不同对象的刻绘、不同色调的涂染,无意间共同创制出一幅宏伟的图画。在这巨型画幅上,你能找到吴组缃的笔触:精确、细密,而又蕴蓄着情绪力量。每一局部都可供你透视"广大",同时本身又极其具体、个别。它们"汇合进"而绝非"融化在"同代人的共同追求之中。

  乡村破产与妇女命运——这也许是对吴组缃小说题材特点的最粗陋的概括,因为同样的概括也可移用于其他作家。我们还没有找到吴组缃,没有找到小说家吴组缃**本人**。

吴组缃一开始就是以小说家的方式思维的。他的创作构思的出发点和中心是人物、人物命运。这里有"五四"以后的小说家日益提高了的对于"现代小说"的自觉。他说过:"什么是写小说的中心?我个人以为就是描写人物。……没有人,就无所谓时代与社会;没有写出人物,严格的说,也就不成其为小说。"小说家吴组缃的创作个性,首先即系于人物与人物命运的独特性。

当我的眼光从吴组缃的小说人物间匆匆掠过,我的第一个发现,是出现在他的作品中的奴隶,无论其为农民,为妇女,大多有着倔强的灵魂。借助他的笔站起来的,不尽是鲁迅所谓"沉默的国民"。那些倔强的人,也许盲目的愤火会烧错了方向,也许无名的怨毒会招致疯狂,反正他们已经不再是沉默而驯顺的一群。

吴组缃写"人的命运",首先是反抗命运者的命运,至少是不安于命运者的命运。似乎这种不只是痛苦着而且在痛苦中辗转挣扎着的人们,更足以引发他的创作热情。这种**选择**中所包含的社会意识和道德评价,绝不是仅仅属于吴组缃个人的。

进一步的观察使我惊讶地发现,这些倔强的人们之中,竟然有各式各样的"罪人"——或者是所谓"名教罪人",如《金小姐与雪姑娘》中的雪姑娘,《卍字金银花》中的那个女人(《菉竹山房》里的姑妈,不也有一段"风流罪过"?);或者是其他"罪人":试图偷窃"一瓶三戟"的王小福(《天下太平》),杀母的线子(《樊家铺》),有人命案子的逃兵(《铁闷子》)。

不必作特意的筛选,这里的确包括了吴组缃小说中最生动的人物形象,他写得最好的那些人物。

在一个本身秩序颠倒、善恶混淆的社会,那些"罪人"以及被目为"罪人"者,或者以其"罪孽"更集中地反映着社会罪恶,或者在"罪人"的恶名下,反倒保留了较多的人性。无论情况属于哪一种,这类性格都曾吸引过中外小说家(其中包括最负盛名的大文学家如托尔斯泰、陀思妥耶夫斯基、司汤达、福楼拜等等)的关注。在这类作品中,关于"罪"与"非罪"、善恶感、美与丑的评价,永远是作者道德、美学乃至政治倾向的敏感的指示器。

写在吴组缃小说中的,是这样的"罪孽":丰坦村的农民王小福,竟然斗胆向据说是整个村子盛衰祸福所系的那个宝物——神庙顶上的"一瓶三戟"伸出手去。乡村社会的这个最本分也最无能的角色,终于向神明菩萨的权威挑战了。对于神的信念的丧失,也正意味着对于人间权威的信念的丧失。这一抬手之间,有着一个驯顺麻木的心灵对于世界秩序的深刻怀疑。吴组缃正是在这个意义上,选中了王小福,让这个敬畏神明、顺应命运的农民,在戏剧性的心理变迁中,传达出乡村"人心大变"的信息。关于"神权"在乡间的动摇,张天翼写过《菩萨的威力》《报应》,线条粗放而顿挫有力。吴组缃的叙述却是流畅的。他把力量凝注于人物的内心过程,使这一长过程中充满了乡村日常生活的悲剧性,使人物最终的惊人之举成其为生活和人物性格发展的合乎逻辑的结果。

吴组缃以深沉的同情,写自发地反抗命运、自身尚未摆脱蒙昧落后的农民;以更深沉的同情,写背负着几千年封建的道德的重担,被迫以惨重的牺牲为社会"维持风化"的妇女。如果说,《天下太平》之属,使人感到了沉重,那么《卍字金银花》给予人的,则是一种凄凉的美。

构思命意更别致的,仍然是《菉竹山房》。

《菉竹山房》的故事,特异而又不失之怪诞;人物行为,乖谬而又合乎人情。不过少男少女之间的相悦相恋,因为"有伤风化",加给一个女人以可怕的压迫,使这个人把自己活葬在古墓一般的菉竹山房,似人又复似鬼。这是现代人生中怪异和枯寂的一角,但仍然是"现代人生"——历史的交错造成的畸形人物与畸形生活。小说的前半,的确有几分是"线装书中看下来的一样",俨若作者弄错了时代,硬让聊斋故事在现代背景上搬演了。小说写到"二鬼窥室",怪异气氛的渲染到了极处,鬼气森森,令人毛骨为之悚然。却也正在这一瞬间,人物还原为最世俗的"人"。似乎生活在非现实的境界中的两个女人,表现出的是极其现实的欲望。这不是鬼的故事,而是"人"的故事,是不正常的生活方式导致人"性心理"变态的故事。气氛、情调愈近《聊斋》,性质则与《聊斋》愈远。写在这里的,是现代人以现代知识(主要是现代心理学知识)捕捉到的心理现象,是具有民主思想的知识分子以其现代意识映照出的人的心理变态。只不过为了自己的艺术目的,文字间颇"饶鬼趣"而已。

《菉竹山房》的结局无疑是喜剧性的,但读者实际感受到的却是那样复杂,以致难以一下子表述清楚。这故事可笑吗?是的,可笑。这一对鬼主鬼奴居然尘念未泯,迫不及待地去窥探一对青年男女的性生活。但你又笑不出来——回味是苦涩的。呵,"人性"该是何等顽强的东西,即使埋进了古墓里,也仍然那样难以死灭!较之《天下太平》,甚至较之《卍字金银花》,这里的意图更加隐蔽。但这绝不会妨碍读者去追究造成"畸形人生"的社会责任,不会妨碍他们大声地问出:"谁之罪?"

对于时代气氛的总的感受,使吴组缃选择了他的人物——在内外两面的挤压下辗转挣扎着的灵魂;也可以说,吴组缃所选择的形象系列,正便于他传达对于时代气氛的总的感受——动荡不安、扰攘不宁,处处酝酿着巨大的变动。

20年代末30年代初,左翼文艺首先抓到的,也许正是——"气氛"。丁玲的《水》《夜会》,张天翼的《路》《最后列车》《仇恨》,茅盾的《路》,楼适夷的《盐场》,田汉的《洪水》《乱钟》……群像式的、速写式的、活报剧式的,其中的一部分,象征性大于写实性,观念大于形象,而作品的主人公与其说是人物,毋宁说是情绪、气氛——为作者们感受到的时代气氛。上述特征的形成,一方面出于有意的倡导,一方面也由于经验材料的欠缺、生活印象的不具体。当创作由粗而细、由速写而素描,人物的个性、个别人的命运再次被注重,左翼文艺在自己的进步中并未抛弃初期创作的特点:对于时代的总的气氛的感受与传达。这种感受影响和规定了一批作家的创作基调,有效地帮助他们避免了猥琐与萎靡。

这里有"主观性"与"客观性"的遇合：社会革命的发展，使地层深处的震动，逐渐达于社会各层；而意识到同时渴望着、期待着大变动的进步作家，则敏感地捕捉、搜集着一切能显示变动的信息，使形象间满孕着动势。你在从丁玲、洪灵菲，到张天翼、沙汀、吴组缃等小说家的作品中，都隐隐感到地火的奔突、岩浆的涌动。"共同感受"也使不同作家的作品联系在一起。

吴组缃1933年写了散文《黄昏》。那不是田园牧歌式的恬静图画，而是苦难与愤怒的交响。震颤在黄昏空气中的，是此起彼伏而又交织重叠的呻吟与怨怒之声。这是那一代作家听到的乡间的音乐，使你如闻《神曲·地狱篇》中那群烦恼的鬼魂的喧嚷，并由此断定，地狱的统治已经维持不久了。

《黄昏》的音乐主题，在吴组缃的小说中一再响起。在《一千八百担》中，它愈趋强烈，终于爆发而为潮涌一般万头攒动的抢粮人群的呐喊，在《天下太平》里，则化入了最后的那幅惊心动魄而又色彩奇丽的画面：

  不知花了多少工夫，他拆去那砌牢瓶底的花砖和云瓦；而后用尽所有气力，一手扳住那瓶口，一手托住那瓶身，连同自己身肢震摇了几下，那"一瓶三戟"就整个儿搬动，抱到自己胸口了。

  霎时间他眼里一阵金星飞舞，看见了神龛里那菩萨，看见许多祖宗，许多钢鞭和许多威严的、铁青色的、古铜色的脸。忽然天翻地覆了。他觉得自己身肢腾了空，又从云彩里飘落；满天金星围着"天下太平"四个白亮的字，红的，绿的，五彩的字，飞逐着，缭绕着。忽然砰的一声巨响，眼前大亮！他看见他的娘，他的女孩，看见他的妻，他的两个孩子。他们在云雾里飞跑着。渐渐眼前变成一个深邃的黑洞；自己有八个，十个，无数的头，腾了空。

  …………

由对时代气氛的总的感受,和对生活趋向的理性判断中,产生了吴组缃小说的节奏形式:先是平缓地推进,如乐曲的"行板"以至"慢板"。然而在表面的平缓下,却令人感到生活节奏、人物心理节奏的内在的紧张。他总有足够的耐心,使情绪在一个漫长迂曲的过程中蓄积,终于引出"饱和"后的爆发。他常常使小说收束在一个强有力的音响上,让余震留在空气中,留在你掩卷后的回味里。这儿是灵魂超负荷后的变异,人与人不可避免的碰撞,社会势力之间势所必至的冲突。正如一湾江流,尽管中途有洄澜、漩流,却还不失大体上的从容。然而流到最后,终于奔雷挟电般地望空泻下,激流飞湍,演成奇观。

也许可以说,直到 30 年代,中国现代小说家的创作,才**普遍**进入了"自觉时代"。"五四"以文学革命从属于思想革命,固然在认识方面有力地促成了小说的"现代化",但小说作为小说,它的特殊规律、审美本质被普遍地发现、认识和注重,则是本文所论这一时期的事。只是到了这一时期,我们才有了成熟的长篇小说(而不是拖长了的短篇或中篇),才有了质与量均衡的大量短篇,才有了短篇小说风格、技巧方面空前的丰富,才有了以对于现代小说艺术规律的自觉把握为特征的整整一代小说家。如果说,鲁迅小说的精神实质,在他从事小说创作的那一时期,已经开始被人们认识,那么他的**小说艺术**,却是到了这个时候,才真正得了传人。

1934 年吴组缃序自己的《西柳集》,序文说:"这里收集的几篇东西,有的似乎是小说,有的其实不是;但都多少说了点故事。内容的五颜六色,正展露着现代一个知识青年如我者之真实的灵魂。写法和所用的文字底调子,也都不甚相同。那是因为自己还在练习的原故。"

看似自谦,其实是很实在的话:"都多少说了点故事",是吴组缃小说的特色之一,区别于相当一些"五四"小说的散漫;"内容的五颜六色",见出知识者人生经历的空前丰富,也因而不像"五四"小说的单纯以至单调;"写法和所用的文字底调子,也都不甚相同",固然也可能意在"练习",试验,但也正反映一种普遍的文学风气——追求形式新变、技法丰富的努力。沈从文、沙汀、张天翼、老舍的短篇创作,都显示着这种努力。他们不汲汲于"完成自己",而是不断地"寻找自己"。尽管吴组缃的创作活动,令人惋惜地过早停止了,但他与他的同代作家对于短篇小说风格、样式的多方面探索与创造,有大功于中国现代小说的发展。

以当代青年的审美趣味,很可能会感到这些作品过于精致,因而过分规范。在某种意义上像是重返"五四"时期,人们在自觉不自觉地追求着打破规范的东西。这也许是当代文学酝酿着重大突破的征兆。但以文学史的眼光看前辈作家的创作,应当说,现代小说由"五四"的自由抒写,到30年代的趋向严谨,正是势所必至。依着当时人们所理解的小说创作的要求,以契诃夫、莫泊桑等大师的作品为范本,追求结构的严谨、技巧的上达,在当时无疑是文学的进步,有不可忽视的积极意义。这是中国小说"现代化"过程中不可少的一环,是小说创作的"自觉阶段"的标志之一。由刻意求工,到"不工自工",由讲求规矩,到"不待绳墨而后能",无论对文学家个人,还是对整个文学,都有规律意义。当代文学是在这样的基础上并依赖于这样的基础而发展的。无论是否意识到,每个正在从事创作的青年作家,都不能完全摆脱以往文学发展的结果——既承受"恩泽",又承受"局限"。

勇于尝试,也许应当看作创作者最可贵的品质。不断地尝试和多方面的追求,看起来使吴组缃的十几篇小说,缺乏一种像有些作家的作品那样强烈统一的"个性"、一种被通常称作"个人风格"的东西。但风格的多面性,也正是一种个人风格。

吴组缃的小说,处处见出训练有素的小说家技巧的圆熟和手法的多变,见出以形式适应内容、为不同题材寻求不同的小说框架的多方面的小说才能。

以《一千八百担》与《天下太平》论,前者主要写乡绅,是"群戏",人物众多,关系错综,要求把对话写精,在纷乱中见出层次;后者写农民,故事单纯而曲折,用笔则须善于回旋,在铺叙中传达出内在节奏。两篇小说,都被公认为吴组缃的力作。

在30年代,尽管尚未引入所谓"全知观点"、人物的"个人观点"等概念,吴组缃和他的同代作家却不约而同地在小说的叙事角度方面,进行了切切实实的试验。吴组缃的《官官的补品》、张天翼的《成业恒》等,就是采用人物的个人角度叙述的例子。而《官官的补品》情况又不同于《菉竹山房》。就叙事者与创作者的关系而言,前者也许可以称为"否定角度"——世界图景在叙述中是倒置的,是非善恶是颠倒的;后者则是"肯定角度",叙述者对于叙述对象的态度,正与作者趋近。前者更新异大胆,因为它要使你由歪曲中读出真相,从颠倒的图景中看到生活的真正秩序。后者则似不足奇。但细读之下你会发觉,作者为这篇小说选择的叙事角度,对于他的创作意图,绝不是无关紧要的。使一个现代知识者担任叙述者,作者并不企图经由叙述直接表达作者本人对于生活的批判态度,倒是意在由叙述者的现代心理与菉竹山房的怪异气氛间的距离,造成特殊的戏剧效果。也像中国古典小说那样,《菉竹山房》虽篇制短小却曲折而有悬念,充满了戏剧性。作者在小说中塑造的叙述者及选择的叙述方式,决定了作品所能引起的心理反应——固然有恐怖,但首先是困惑,虽有神秘感却绝非神秘主义。写一种怪异现象,不是为了把你诱入"人生之谜",而是为了击破朦胧、神秘。你不自觉地由叙述者的角度看小说中的生活,而当故事终结,也与他一同释然。你完全恢复了现实感,不觉悲悯、轻嘲地一笑,在一笑中划清了现代人与旧式人物的界限,感到了身心的舒泰,感到了作为现代知识者的一定程度的解放感。这也正是作者所预期的。

作为小说家,吴组缃绝不只在构思命意等大处用力。"举重以明轻,略小而存大",构思如此,描写亦如此。他精于描写,一笔不苟。对人物、环境,吴组缃从不作过甚的形容,遣词用语,求其传神而已。《一千八百担》写乡绅们得知"客民佃户"赶来抢粮时的反应:"大家怔住了;每个人脸上都马上似乎少去了一件要紧东西,只显着两只大眼和一张洞似的嘴。"写抢粮的农民:"每人都是一身干巴的肉,两条黑瘦的臂膊。"何等简洁有力。

在人物语言方面,《一千八百担》是典范之作。这篇小说围绕一千八百担"义庄"积谷,写出了乡绅集团内部以及乡绅与农民间的冲突,凭借的几乎仅只是对话。聚在"宋氏大宗祠"的,连"义庄"管事柏堂在内,不下十四五个开口说话的人物,话题则由"济众水""白兰地",到"保甲壮丁队",看似"散漫不经",却无不远远近近牵系着那"一千八百担"。因为对于这没落中的一群,一千八百担稻子,已是"叫花子手里的黄金"。深刻的没落感,加剧了这个集团自身的腐败与分裂,而大风雨将至的消息,即由几十条舌头的不经之谈中透露了出来。《一千八百担》是"对话的艺术"。个性、心理、人物关系,都在对话中。这种艺术,非有生活经验的厚积和语言技巧的高度训练,是不敢轻易尝试的。

吴组缃的文字,用力处使人不觉其用力,字斟句酌而后见出平易畅达。这种文字之美,要求更敏感细腻的鉴赏者。据说张天翼当年能背诵出吴组缃小说中精美的片段;兴之所至,挥毫疾书时,往往信笔写下吴作中的某个段落。吴组缃小说的文学语言有如此的魅力!

这一代小说家,他们的创作与当代小说,在艺术上几乎看不出明显的界限——无论文字,还是技法。他们完成了承上启下的使命;此后相当一个时期,小说创作在艺术上没有明显地越出他们已经达到的水准。这种状态应当结束了。结束它的是一代文学新人。这一代新人将如人们所期望的,有自己作为当代小说家的自觉意识,有自己的使命感,有他们之间的呼应和配合。他们将创造自己的文学时期。在每个艺术个性上,人们也会看出"代"的标志。当他们的文学活动成为历史,人们也将不只谈论他们之中的哪一个,而且谈论"这一代",谈论这一"艺术家家族"的共同贡献。

文学史在等待着。

1983年9月

张天翼与30年代小说的艺术演进

文学史上有一类作家,他们似乎只宜于被个别考察。他们在自己的文学时代像是单个的人,没有亲友,甚至没有邻人。他们仿佛偶然地被安置在那个时期——出于造物的疏忽或者恶作剧。实际情况当然绝非如此。只不过这些作者与特定历史环境的联系较为脆弱,或较为松弛罢了。张天翼无疑属于相反的一种,对这种作者只宜也只能够在"时期性"的考察中去认识。他们不妨各有"自己",然而那"个性"却远比前一种作者更足以反射"共性",反射"文学家家族"的家族特性。原因是多方面的。你可以找到诸如作家的时代感、历史感、他们的群体意识、他们自觉的使命感等等方面的解释。这却还不是我写本文的主旨所在。

对于这类作家的研究,使我们至少可以由两个方面受益:认识一个作者;经由一个人去把握一个文学时期(当然只能是有限范围内的"把握")。如果我在写作本文时,试图由一个时期特定的认识课题、社会心理、审美意识等方面解释张天翼的小说艺术,同时更以张天翼为具体材料说明上述文学史的背景,那么首先凭借的是对象本身提供的便利。倘若打这一个窗口是更容易"看开去"的,我们何不为此而尽可能地利用这窗口?

结构与叙述

张天翼是个天生的短篇小说家。

张天翼作为短篇小说家,他的自觉意识的证明之一,即他对于结构与叙述方式(包括叙事角度)的强烈兴趣。结构与叙述,自然不仅仅是短篇创作的艺术课题,然而它对于短篇较之对于长篇(更不必说其他文学样式),意义重大得多——尤其在张天翼从事创作的三四十年代。事实上,由"五四"时期到30年代,小说家几乎只是在短篇小说的框架内,作结构与叙述方式的探索和试验的。而一般说来,小说在形式上的任何重大更革,往往由短篇小说探路,着力处通常又首在结构与叙述。

张天翼小说给予你的第一印象,也许正是结构与叙述方式极度的灵活多变。那个时期(我主要指30年代)短篇小说家对于结构形式的兴趣,今天看来不免让人吃惊。沈从文被称作"文体家"。他的几乎每一个短篇都在寻求一种新的布置:开头,结尾,叙述方式。"文体"大致包括文字风格与结构形式。当然是狭义的"结构",其含义略近于传统说法的"谋篇布局"。同一时期在文体—结构的新变上经营最力,可以与沈从文相比的,大约只有张天翼。张天翼动用了当时已有的小说手段,在结构与叙事方法上穷极探索。仅叙事方式,他的《三太爷与桂生》《蜜蜂》《成业恒》《团圆》《奇遇》《老明的故事》《一九二四—三四》《畸人手记》等,熟练地采用人物的个人角度①,简化了情节,使作者有效地隐藏了自己,造成了欣赏的心理距离。并不单单是技巧问题,还透露出现代小说家区别于古代小说家的对于小说功能的某种理解。这种理解当然不只是张天翼一个人的。吴组缃写《官官的补品》,沙汀写《我"做广告的"表兄的信》,也正在同一时期。

现代小说家不再把读者当作直接的道德训诫的对象,也不以为他们只能经由作者提供的角度、经由作者或其代言者的叙述方能认

---

① "人物"又往往是自身局限较大的,比如成业恒(《成业恒》)为国民党县党部委员,《蜜蜂》《团圆》《奇遇》等的叙述者是儿童,《三太爷与桂生》一篇的叙事人则不但处身局外且对事件的性质懵懵懂懂。吴组缃的《官官的补品》也类此。这种叙事角度的选择,有助于使作品达到含蓄,甚至使某些作品(如《三太爷与桂生》)闪烁、朦胧,富于暗示。

识作品中的生活,而发现生活可以由多种角度看取,读者则大可通过小说提供的复杂多样的生活形态,独立作出判断,即使那生活形态是被具体"个性"剪裁过的。因而对于小说,"表现"而不是直接的判断更合于它自身的目的,"描写"比之"叙述"有时更有效益。

张天翼以他的方式结构小说,遍试了包括"剧本小说"在内的当时可供利用的结构样式。这一代作家以上述探索,多方开掘着小说艺术的可能性,开启着下一个文学时期。以至你由他们那里,可以找到迄今为止我们所拥有的几乎各种小说样式的范本——"五四"小说在形式上无论如何没有过这样花样翻新。在整个三十年现代文学史上,也再没有另一个时期,文学对于形式方面,表现出如此浓厚的兴趣。

中国文学本来就有"载道"的强大传统。前于30年代的"五四"时期,和后于30年代的抗战时期,又都各有其重大无比的"历史主题"。因而也许并非偶然地,30年代文学能略有余裕去关注艺术规律、艺术形式本身。这一时期的文学繁荣,是否也能由此得到一点解释?

结构小说,张天翼注重的,既非事件,也非生活的自然流程。这只要看他怎样省略——省略了什么,以及留下了什么,就可以弄清楚。张天翼善于以短篇小说家的方式"省略"。他的小说是有空白的,有时简直是大片空白。他经由自己特殊方式的省略达到"经济"。这种省略才更能显示他作为**现代小说家**的美学原则。

> 都走着,不由自主地,一个跟一个。……心里空空洞洞的。怕倒不怕:没有工夫怕。已经记不得自己有手,有脚,有脑袋。也记不得自己是什么东西,只是别人走你也走,别人放枪你也放,别人逃你也逃,跟着别人做,老没有错。……大家都在做梦。
>
> 敌人拼命喊着。前进着。放枪着。……
> 散开了。紧紧拿住枪,紧得连手都发胀……
>
> (《二十一个》)

这是典型的张天翼式的叙述。当这个时候,他以"情绪"为主要元素结构他的小说,无关乎情绪的一般过程,全部略去。他酝酿、积累的,是"情绪",以及与此相关的"气氛"。除极少的例外,张天翼不注重故事因素。① 在不同的作品中,他分别注重情绪、气氛、心理内容、性格等等。他极力去省略的,恰恰是故事成分,即构成中国古典小说内容连续性的成分。张天翼强调"动作"(而且多么善写动作!)。"动作"的选取常常不是出于叙述的需要,而是出于动作本身的情绪色彩、心理内涵、性格内容的强烈性、丰富性以及表现力。事件的进程仅仅作为小说的外部结构,而小说的统一更在于它的内部结构——人物的情绪的心理的过程。这也是现代小说的一般特征,中国小说"现代化"的形式体现之一。

张天翼省略"动作"以外的一般性叙述、说明成分,他常常直接**用动作叙述**。时空观念即体现在人物的动作流程(或曰"动作线")中。作为小说家,张天翼捕捉的,差不多仅只是人物的每个行动着的瞬间。这才是张天翼式的叙述中更具个人特色的部分。对于张天翼,时、空的具体性,远没有动作的具体性来得重要,事件的自然进程,远不及它的内在节奏更为他所关心。在《二十一个》《最后列车》那些作品里,他几乎忍不住要敲出重音来——并非依过程本身的节拍、段落,而是依情绪、气氛的起伏、涨落。福斯特曾经就普鲁斯特的小说对一段乐曲的运用谈过小说节奏,但那不免是个较为简单的例子。一般小说作品的节奏并不这样外在,以至像是可以由作品的有机整体中抽出来。在张天翼,小说节奏就是他的整个叙述方式。

到这里为止,关于结构,我们还只触到了较为显而易见的方面——某种"结构表现"。倘若我们肯潜入比如"结构原则"这样一

---

① 张天翼说过,自己往往已经将题材孕育"成熟"了,却还没有想到"故事"。"详细的情节"更"简直没有想到过",因而有人批评他写的小说"太没有故事性"。他却又说,这里指的当然是通常理解的"故事"。如果把"一个小场面,一段独白,一件极平常的小事——都可以叫做故事的话",那么他的小说也是有故事的。见张天翼:《答编者问》,《文学批评》1942年9月创刊号。

些较深的层次,就有可能面对更复杂的情况。仅仅由对文学现象的粗略的观察你就不难发觉:尽管有30年代在小说结构上空前活跃的探索,这一时期的作品仍然让人感到一种形式上(!)的拘谨,倒是那个小说结构相对单一的"五四"时期,文学在形式上更有"开放"的性质。这种矛盾的文学现象自然可由文学史得到解释。

"五四"时期,是中国小说史上最为自由放任的时期之一,一切规矩都未及形成,也输入了外国文学中的典范之作。但鲁迅等少数小说家之外的大批作者,却仅仅是在一般的文学观念上认识"典范之作"的典范意义的。如同对于新诗,对于新小说的形式要求,还不曾被及时提出来。鲁迅作品在"五四"作家眼里,首先是"为人生"的文学主张的有力注脚,至于其在艺术上的示范作用,则还要到"五四"之后,方能充分地显示出来。在"五四"时期影响极大的创造社一派小说家那里,小说也像诗,在形式上容忍着"绝端的自由""绝端的自主"。"五四"文学革命给予小说创作界的一个重大冲击,也正是小说形式的解放。

发展的一般程序是:"解放"在前,"规范化"在后。30年代中国现代小说界没有也不可能承担创造新文体、(完整意义上的)新小说样式的任务,它为自己提出的任务是更为现实的:把由"五四"时期引进的现代小说美学原则肯定下来,确立规范。你由这一时期小说家的作品中,自然也较之由"五四"文学,更能感到19世纪外国作家小说艺术的影响。新文学自身也已有可能求"技巧的上达":小说家们不是在一片白地上耕耘,新小说有了自己的一笔遗产。

"规范化"时期在实际文学运动中还来得更早些。到"五四"后期,小说家已经普遍注意到使小说成其为"小说"的形式限制。由具体小说家(如叶绍钧、王统照、许地山等)的创作演进中,这一趋向可以看得很分明。

30年代文学在"**规矩**"以内多方探索。也许成熟了的文学也如成熟了的人,能达到那样的一种境界:动止中节,"从心所欲,不逾矩"。但任何既成的"规矩",都难免有其保守面。30年代小说在灵活之中的严谨,也多少包含着保守性。

比如当时的小说家关于"结构完整性"的理解。在那一时期的小说意识中,小说即使只能或纵或横地截取一个生活片段,这段生活却必须有其自身的完整性,这种理解的结构表现,见之于包括张天翼在内的大批小说家的作品。这些小说(比如张天翼的《善举》《请客》之属),结构匀称,大多有着发生、发展和高潮,有着"像"结尾的结尾——是一个戏剧动作的完成,而且完成得突兀、强烈。结尾形式在审美本质上当然不同于古典小说的"大团圆",但它通常也是**肯定性**的(是一个"。"或"!";在张天翼,则通常是"!"),并不留下"多解"的余地。这里有当时的创作界和读书界对于短篇形式的理解:短篇应有的容量,截取生活的方式,动作的长度——也即短篇表现力的限度。①

可以明显地看出那一时期小说观念与戏剧观念的相互渗透。②"集中"的要求被实现在浓化生活、强化情节中。而在张天翼,又由于其特有的创作心理状态(这一点我将在下文中谈到)更见突出。短篇截取的是一个瞬间,但却是把生活矛盾收拢来集中显现的那个瞬间,强烈的戏剧性瞬间。这种瞬间即使不能说绝无仅有,至少也是"非常态"的。生活形态被戏剧化了。张天翼的某些小说,即病在"太戏"。这在当时,也有其普遍性。我在下文中还要谈到,这些小说只有依赖"叙述",才足以与戏剧(对应于短篇小说的,通常是独幕剧)在结构方式上区别开来。

这种结构原则显然与如下的认识背景相对应:对于当时的进步

---

① 取材也是标准短篇小说的,没有更大的野心。但也因此,如我在下文中还要继续说到的,限制了容量——尤其思想的容量,内在的深厚性,和可能的张力。形成中的"小说观念""短篇小说意识",多多少少也构成了对创作的束缚。

② 需要说明的是,小说观念与戏剧观念以至散文、诗的观念相互渗透,是合乎规律的,而且并不有害于或妨碍了文体的所谓"纯粹性""纯洁性"。我这里只是说明一个事实,并以为即使在相互渗透中,文体也应不失其独立品格,在"渗透"中并经由"渗透"完善自己。

读书界,世界图景绝不混沌。人们因而希望小说以对每个个别的生活面、局部现实的形象表现,**丰富**他们有关社会整体的认识,而绝不怀疑他们心目中社会图景本身的清晰性。剧烈的政治斗争、社会阶级斗争似乎澄清了生活,使生活内容变得简明而易于把握。小说"肯定性"的结尾,肯定的是一件并非意想不到的事实:"生活难道不正是(或不正会是)这样的吗?"而那生活图景作为整个社会图景的一角,则应当是足以说明、揭示那个大图景的性质的。

这种严格的结构要求,无疑大有助于小说艺术的精进。比如,由散漫无归的"五四"小说发展到30年代,小说家们就普遍意识到了短篇小说对于"集中"的要求。张天翼常常谈到"经济"。"经济"在他,当然不只指文学的简约,更是一种结构原则。他的某些精悍的短篇,叫人想到的,正是一个攥得结结实实的拳头。然而也同样无疑的,过分匀称的结构,势必限制了小说的艺术表现力,限制了小说的生活容量与思想容量。这种局限性,在当代变化着的审美眼光下,也许令人看得更清楚。由这种眼光看来,上述小说结构框架,构成了边界一样的东西。即使生活世界没有边界,艺术世界倘若没有边界仍然是不可想象的;尽管过程在实际生活中还没有终点,人们却总习惯于自己创造的世界有始有终。因而小说必得有严整的架构、清晰的内容疆界。① 一切都合于目的。你看得出作者对生活的剪裁,剪裁方式连同意图都呈露其中。这显然不大合于发展了的文学观念,不合于发展了的人的认识方式和认识能力。当代读者更倾向于看到生活的延展,思想的延伸,人的世界的不可穷尽性。戏剧舞台已在试图打破生活边框,况小说乎?

结构的"完整性"与作品中的生活容量的有限性并没有必然的对应关系。后者不足以造成结构限制。到现在为止,小说样式自身

---

① 张天翼以为,虽然"人生的故事总没有一个道地的'尾'","然则一切文艺作品,其所表现的人生,也都不过表现了人生的片段而已。这人生的历程虽然没有个底止,但其中自可分出许多段落来。或长或短,自成起讫。而作者则选出一些来,一个段落包涵一个主题"。见张天翼:《答编者问》,《文学批评》1942年9月创刊号。

的艺术可能性,还远没有被充分认识并开掘出来呢。仅仅玩味一下张天翼的小说,你就会感到,它们精悍则精悍矣,却缺少了浑厚与博大(尽管内容极为广泛)。以旧的眼光看,也少了"余味""余意"。你觉察到它们在材料的组织上局促、拘谨。除了其他原因外,难道不也因了结构本身的约束?张天翼的小说数量可观,却不大容易看出其间艺术演进的轨迹,会否也多少由于"规范化"造成的限制?

倘若翻一种张天翼小说的选本,你只见篇篇精彩,却少有那种足以震撼人心的"大作品"。这也如那一时期的小说界,一大批新人恰好一同抵达水平线上,试一比,肩膀头像是一般齐(当然只能说"像是")。就艺术言,"平均数"虽远在"五四"文学之上,却又嫌过分均衡,终乏奇才。倒是幼稚、少规矩、文学"非均衡"发展的"五四"时期,偏会有异峰突起。文学如人,总是要成熟的,却又以不"过熟"为度,有时倒是夹一点儿生更有味道。——还是就此打住吧,否则真要越说越远也越说越玄了。

平心而论,我们所面对的,仍然是那一时期较高地发展了的小说。这些小说,是那一时期的小说观念和人们据此进行的审美选择的结果。它们适宜于那个观念明确、肯定的时代,适宜于那个是非善恶了了分明的时代,适宜于那个阶级壁垒空前严整的时代。对于每一个属于特定历史环境的个人,你不能要求过多。张天翼和他的文学同道,作为自己时代审美意识的体现者,毕竟完成了他们在小说发展史一个环节上的任务,而且完成得如此出色!

写到这里,我忽而想到上面提到的《善举》《请客》,以及未提到的《呈报》《中秋》《旅途中》等等,可以算作张天翼小说中最具"契诃夫风"的几篇。契诃夫的小说、戏剧艺术,据说体现着一个完整的"发展"概念,一方面承继欧洲古典小说艺术发展的成果,同时开启了现代小说艺术的先河,而中国现代作家似乎偏好他的某些"戏剧型"的小说,因而难免是一个较狭小和较为片面的概念。我们不必判断得过于匆忙。中国现代小说既然在20世纪世界文学发展的大环境中出世并成长起来,它不可能不承受这个世纪文学的多种影响,即使来自某方面的影响表现得极其微弱,而且作为一种文学思潮、小说流派,还在普遍摈斥之列。张天翼的小说有某种"戏剧化"的倾向(在这一点上,现代小说还没有充分"找到自己")。然而这同一位作者就有另一结构形态的作品,比如《小账》《夏夜梦》等。它们情节弱化、散文化,体现为另一种美学风格,并不让沈从文等小说家专美的。① 就这一时期小说创作的整体而言,小说结构方面更是极端戏剧化和非情节化两种倾向并存。小说结构形态空前多样,以至很难简单归纳。上文提到的外国文学的交叉影响,绝不是个别现象。但如若把这种结构形式的多样性统统归结为"外国文学影响",也不免片面。关于这个问题,限于题目,就不便在这里继续展开了。

最后还得说,观察小说结构形式若仅仅着眼于"布局",至少见得眼光狭小。因为忘记了小说家在叙事方式方面的生动创造,而叙事方式才是小说结构诸因素中最活跃、最富于"主动精神"的因素。这一时期小说在叙事方式方面的创造性成果中,无疑包孕着小说形式突破的契机。

速写性

30年代短篇小说创作的空前繁荣,何尝是一种偶然现象。一方面,有"五四"时期短篇小说创作提供的艺术前提;另一方面,也适应了反映急剧变动中的社会生活的需要。这通常不是产生《战争与和平》那种巨作的时机。小说家印象破碎、零散,却正是供组织短篇的经验材料。到了抗战后期,相对稳定的局势和生活印象的积聚,才为长篇创作提供了更合宜的条件。短篇与长篇的区分,当然不只在篇制,这已经属于常识。短篇与长篇,是不同的结构、功能,基于不同的

---

① 比如沈从文以《阿黑小史》为总题的那一组小说。这些作品的素材像是从生活中随意剪取的,旨趣不显,情节弱化,而且缺少类似"生活边界"那样的情节界限,显然属于另一种结构形态。

创作心理状态。也许可以说,现代小说发展到30年代,才有了名实相符的"短篇小说家",如张天翼和沈从文。"短篇小说家"这名目,对于鲁迅,嫌狭小;对于"五四"时期其他小说家(尽管他们都以创作短篇为主),却又嫌太郑重。

30年代初"速写"当令,更是时期性的文学现象。"速写性"是一个时期左翼文学的特殊性。茅盾的《路》,张天翼的《二十一个》《面包线》《最后列车》《路》、长篇小说《齿轮》,丁玲的《水》《夜会》《多事之秋》,葛琴的《总退却》,洪灵菲的《流亡》和胡也频的《光明在我们的前面》中的某些章节,以至一时流行的时事剧、活报剧(如田汉的《洪水》《乱钟》),在风格上都互有沟通,包含着左翼文学的形式创造。

上文提到的张天翼的一组小说,即属于一种特殊的结构类型,也许可以作为"张天翼式的叙述"带极端性的例子。这些小说是群像式的,表现的是一种集团行动的动势。其主人公与其说是人物,不如说是"气氛"。作者以粗线条勾勒,几无陪衬拖带,一下笔即出动作、声音。笔尖由过程的几个"点"上急匆匆地跳过去,大量的"空白"形成特有的节奏感,叙述中充满顿挫跌宕,笔触生硬而强劲。"群像式"的表现有其认识背景。一时的左翼文学倡导写群像,并以文学中的"群像"对应于革命的集体主义——一种政治意识被"艺术形式化"了。① "蓝本"是有的,比如绥拉菲摩维支的《铁流》。你很难想象这些苏联文学作品当年的影响有多么大。左翼作家不免把个别苏联作品的艺术处理方式上升为一种近乎于美学原则的东西了。

短篇小说往往有速写成分,或速写性,却不可把速写性等同于小说特性,否则也将缩小了小说的功能。一个时期里小说与速写(作

---

① 30年代初,冯雪峰评丁玲的《水》,以为作品证明"作者有了新的描写方法",其表现为:"在《水》里面,不是一个或二个的主人公,而是一大群的大众,不是个人的心理的分析,而是集体的行动的开展(这二点,当然和题材有关系的),它的人物不是孤立的、固定的,而是全体中相互影响的、发展的。"见丹仁(冯雪峰):《关于新的小说的诞生——评丁玲的〈水〉》,《北斗》1932年第2卷第1期。着重号为原文所有。

为一种文体的"速写")、小说与报告文学的界限,都被弄模糊了。小说大包大揽,承担了本来应由别个承担的任务。它似乎变得过分性急,忙着捕捉,摄取,急于吞咽印象,却无暇"小说化"。小说家不唯不以"粗"为病,还有意识地追求粗放——由叙述到文字运用。这种审美趣味直到抗战时期(尤其前期抗战文学)还有体现。

也许正是在《二十一个》《面包线》那一组小说里,你才更能认识张天翼,比如张天翼的叙述方式,比如更具体的,张天翼式的省略。张天翼也有非速写性的小说。如同善于速写,他同样善于精雕细刻——在《脊背与奶子》《包氏父子》《笑》《砥柱》等等作品里。但"速写性"又的确是张天翼作品重要的风格面。它已成为潜入这位小说家灵魂的东西,即使在精雕细刻时,也影响着他的叙述方式。对此,上文实际上已经谈到过。张天翼善用速写体。他甚至用速写的方式构筑长篇,如《齿轮》。抗战时期他最有影响的一组短篇总名为《速写三篇》,也多少透露出作者对于自己才能的意识。

用速写笔法,或取其迅捷,或取其集中。而"集中",正是为张天翼们理解的短篇的艺术要求。因此,"速写画家"并非偶然地与"短篇小说家"统一了。张天翼的速写性的作品,还隐隐透露出这位小说家的个性与心态——他感受到的生活节奏,和他从事创作的心理节奏,由此影响而至于作品的内在节奏。"紧张感",是当时与革命运动联系密切的作家们共同的心理标记。我想,即使在"沧海变桑田"的那一瞬间,人们对于生活的感受也仍然会有不同吧。在张天翼写作的这一时期,那些心灵活跃、外倾的作者,几无例外地都感到了生活内在的节奏的急促性。张天翼则成功地使这种感受"形式化"、小说化、个人风格化了。

"速写性"还联系于张天翼攫取生活的特殊方式。张天翼属于那种"天生的"短篇小说家:机智,入世甚深,拥有**短篇小说家**特具的灵活性,以及同时代作者中罕有其比的极其活跃的感受力和敏捷的形象记忆能力。生活的五光十色似乎没有什么不可能进入他的视野。然而有时太过"活跃"和"敏捷",以致他的小说往往像是匆匆写就的,其节奏恰似作者急切焦躁的步声,难得的是从容。他似乎很少有一种揣摩、品味的心境。他从自己的世界上大步踏过去,急匆匆地摄取生活印象,目光闪闪四射,而不大情愿在哪一点上停下来,久久地凝神。于是,"活跃""敏锐",在某种情况下,反而妨碍了深沉。

他的小说多的是"生活",少的是"风致"。而当"生活"不足的地方,就难免现出窘相,甚而至于有那么点儿"恶趣"——足以败坏美感的。倘若作家间有可能彼此调剂,那么也许,沈从文要的是"现实感",张天翼要的是"历史的纵深感";沈从文大可调整其心理节奏,使之更与现代生活谐调,而张天翼则不妨有一点儿从容,甚至静穆,以便更细地品味生活。

印象的多样性,并不就能构成文学意义上的"丰富",假如印象没有打丰富的心灵上经过的话。仅仅题材的丰富性也还不足以支撑真正伟大的艺术,甚至从来不是这种艺术的真正有力的支点。如果仍然以契诃夫来作比的话,那么应当说,张天翼的许多短篇,分别看来不乏精彩,然而作为小说家,他却没有如契诃夫所有的**富于个性**的世界图景。他没有对于这"千汇万状"的富于个性的总体认识——足以使每一局部都闪耀出强烈的个人智慧的总体图像。张天翼以大量作品描写市侩相、市侩气,但这种描写不能如契诃夫、高尔基的类似描写那样,带有独特的艺术发现的光彩,而且与对俄罗斯民族性格的发现联系在一起。

契诃夫不是思想家,但小说家兼剧作家的契诃夫却有自己对整个俄国形象的独特把握。他把自己的艺术个性奠基在这样的独特性上,以小说家的方式拥有了自己的"哲学"。提供作品世界的内在统一的,正是这更完整也更独特的心灵。

因而也不妨由另一方面,解释上文提到的30年代短篇小说质量过于均衡的现象。三四十年代(尤其30年代)的中国,有一批坚实的小说家。他们的个别作品,可能笔力绝不弱于一位世界性的小说家,但他们中的不少人,却缺少仅仅属于自己的对世界的把握和解释,缺少以世界作为整体的哲学思考。较为单纯的文化背景和教养,也限制了把握生活的能力。因此在一条跑道上的小说家,虽然时有后先,但更经常的,是彼此黏着,难以拉开距离。小说家甚至难以大幅度超越自己。这个时期的文学,对象世界空前开阔了,但并没有因此在对世界形象的完整性的把握上,超越"五四"文学,尤其它的伟大代表。因而一时有那么多成熟的作者,却难有拔地而起的巨人。一代作家抬高了新文学的"平均数",却没有推举出自己伟大的文学代表。打破"均衡"固然要求活跃的形式创造力,尤其要求思想力。

从来文学创造难得的是全才,逼得作家们非在各自不同的局限中追求艺术上的进境。张天翼式的速写笔法,有时固不免于"粗",但在张天翼,却正是善用自己的才能,换句话也可以说,善于藏拙。倘若一个作者长于感受而疏于品味,易于爆发而难以沉潜,倘若一个作者"生活天地并不特别开阔",往往要凭借"听来的素材"进行创作①,那么他也应当像张天翼,找到组织自己那一份人生经验、自己的才能的风格、形式。看作品,人们通常只以为作者**想要**这样创造,却不曾想到作者**只能**这样创造。而有时候,让风格、形式适应创作者的个人条件,才是一种真正的才能呢!

"速写性"之于张天翼,在标出了一种优长的同时,也标出了才能的极限。这份才能是不适于分散地使用的,它们非拳头似的攥成一把。运笔时精神不可稍有松懈。这里应当说,短篇要求的"集中",**对于张天翼的创作**,才是犹如生命所系的一种东西。这又从另一个方面解释了,为什么张天翼的才能不宜于长篇。②

张天翼的小说中,把"速写性"发挥到最佳状态的,还是那几篇"街头即景"式的小说:《蜜月生活》《度量》《讲理》《照相》等。这种形式的小说,现代小说史上佳作并不算多。鲁迅的《示众》自是范

---

① 见吴福辉记录整理的《吴组缃谈张天翼》,《新文学史料》1981年第2期。
② 张天翼写《一年》《在城市里》,用的是写短篇的气力。小说处处有戏,处处结实具体,文字也处处精悍。却也因此反使人感到迫促。长篇本不是短篇的联缀。如《一年》等,每个局部都好,合起来却未见佳。这自然由于长、短篇不同的思维方式,而不仅仅是章法布局的问题。

本。许地山写过一篇《街头巷尾之伦理》。较之许地山的这篇小说，张天翼的《度量》《讲理》等篇，就精悍得多了。40年代路翎的几篇"袖珍型"小说《瞎子》《新奇的娱乐》等，笔墨的简净较张天翼小说似犹有过之。这是一种在篇幅严格限制中的力量的试验，很可以作为短篇小说家必要而有效的艺术训练的。

讽　刺

小说艺术，至少应当包括技术与风格两面。上文对"风格"这一层面还只略略涉及。谈风格，必得谈"张天翼式的讽刺"。这种"讽刺"的技巧方面已多有探讨，以至难以置喙。我的兴趣更在其美学特征方面。

每个讽刺作家，都有其特殊的"道德敏感区"。作品的讽刺性，往往是主客观在这一区域内相遇的结果。张天翼的讽刺倾向，令人想到瞿秋白论及鲁迅时提到的那个"反庸俗"，但又非"反庸俗"所能包容（顺便说一句，"反庸俗"对于概括鲁迅作品的内容特点，则更嫌狭小了）。

张天翼最憎恶的，是"市侩性"，是种种市侩习气。

同是写市井人物、市井生活，老舍与张天翼的对象世界并不怎么搭界。老舍人物的市民气，与张天翼笔下的市侩气，属于两种不同的文化。张大哥（老舍：《离婚》）固然油滑、世故，却绝无张天翼的人物常有的那份奴性与伪善。前者与"古国""古城"保守、淳朴的文化传统联系着，后者则衍生自笼盖着商业都会的那种资本主义文化或殖民文化。老舍的市民人物在德行上纵有差等，但都多少有那么点儿与老城相关的淳厚，仿佛被老城同化了，或者同化了老城。从张天翼笔下的市侩那里却压根儿嗅不到一点古老农业社会"传统美德"的气味，倒是由这种人物，把市侩们世代相传的市侩哲学与近百年来在半殖民地土壤上生成的新的市侩传统结合在一起了。

张天翼不同于老舍也不同于沈从文，他的兴趣绝不在传统的文化方面。他的小说中几乎找不出丝毫对"宗法制过去"的追怀,对古旧事物的淳化、理想化、诗化。他敏感地追踪着一切老的和新的丑恶,尤其现代史上特有的丑恶的精神现象。也许正是凭着这份对生活变异的敏感,他发展了自己的讽刺才能。他极其活跃地在最切近的生活中攫取小说材料,似乎无暇前瞻也无暇反顾,也因而难得有"理想主义",难得有"感伤的浪漫主义"。他是较为狭窄的意义上的"现实主义者","当前"对于他的艺术,几乎是一切。这也许是(除"大家"外的)讽刺作家的一般性格。

计三钻子(《旅途中》)是典型的张天翼笔下的市侩,几乎集市侩品行之大成:自私、势利、损人利己、虚骄、无聊、谄上骄下。白慕易(《一年》)、炳生(《皮带》)等一大批人物则各自分有某种市侩性质。张天翼毕竟是左翼作家,有着较之其他作家更为敏感的社会意识。因此当他的人物的市侩性格面临国家民族存亡攸关的重大场合,他的讽刺才是最见深刻的。比如对贝胡子(《贝胡子》)那样的"拔一毛利天下而不为"的市侩式鄙吝的刻画,真剥皮论骨般地痛快。这个靠向学生、小学教员们放账过日子的贝胡子,有他奇特的思想逻辑,大略如:学生既然借了他的钱,因而是死不得的。倘若被捉将去,那就是骗局,好像"故意做好这么个圈套——他们特为向他贝胡子借了钱,就跑去拼性命送死"。因而募捐者用"抗日救亡"的名义,休想由他的钱袋里逗出一个子儿来。即使在如《齿轮》这样不成功的长篇里,也有刻画市侩性格的极其精彩的文字,让人看到了拿"抗日"这个大题目插科打诨的市侩式的卑怯与无聊。

张天翼憎恶作为市侩本性的"伪",憎恶市侩式的奴性(不同于"农民式的奴性"的)。讽刺才能在同一对象上的反复使用,正见出憎恶的深。对"伪"(无论其为"伪善",抑或"伪道学")憎恶至极,他有时要在伦理问题——说白了,即"两性问题"——上开点恶辣的玩笑,尽管并不关作品主旨。写"伪道学"的"伪"写到《砥柱》那样刻毒,现代小说史上也许难以找出第二篇。这种文字,是非到"深恶而痛绝之"则不能写出的,或者不能**这样写**,一直写到"极处"。《鬼土日记》中的"鼻套"也谑近于虐，属于那种足以让"绅士淑女们一起掩目"的恶辣的隐喻。

更让他痛恨的还是"奴性"——半殖民地历史环境铸成的下贱性格①。张天翼的对象世界尽管宽广，但他却并不长于写真正的"主子"（尤其势位煊赫的"主子"）。他的所长，在写各色各样的奴才，尤其那种"与奴才作奴才的奴才"（包括某些"二等主子"）。可以认为这里才有足以刺激他的创作欲的世相、人生相。

奴才闵贵林（《万仞约》）当众挨了主子的耳光，他只是"瞧瞧大家的脸，笑着吐了吐舌子，像小孩子摔破了一块石板挨了大人的轻轻几句责备似的"，小声儿说："哈呀，蓝四爷这脾气！——连对我都这么不客气。"奴事闵贵林的萧老官，却依然对闵贵林的那副肩膀怀着敬意："别瞧这么一付肩膀——九爷在这上面拍过！"

表现奴性——即如在《陆宝田》那篇小说里——张天翼那些富于表现力的细节，往往刀子般直剔进人物的骨头缝里去。他不动声色地把人物的灵魂剥开来，用"不动声色"掩饰他的激情：他不能忍受人竟然至于如此卑贱！

同样可以说，尽管"奴性"远非为张天翼所专有的对象，但对奴性如此深恶痛绝，因而总要一直写到"极处"的，张天翼之外也少有他人。

过于强烈的憎恨是不宜于喜剧创作的（更不必说"幽默"②）。写喜剧要求的是另一种心态。张天翼也有喜剧性讽刺作品，比如他的《欢迎会》，那里有"笑"和"怒"的适度安排。但在更多的作品里，喜剧性却嫌过于微弱，几乎被"愤恨"给压倒了。他的讽刺不是"铅一般沉重"的，有时却冷而坚硬。"喜剧"要求的不仅仅是另一种心态，也是另一种智慧。文体的兴衰往往对于社会环境多所依赖。现

---

① 奴性当然不是半殖民地的特殊产物，但张天翼笔下的奴性及作者的批判态度，却带有"半殖民地历史环境"的鲜明印记。

② 关于"幽默"，张天翼说过一些很有见识的话，但他的态度却很少近于"幽默"的。

代文学少真正的喜剧,讽刺喜剧亦少佳作,火候常不能控制得恰好,应当有作者个人才禀、资质以外的更深刻的原因。

由张天翼式的"憎",也许才能找到足以使张天翼与其他讽刺作家区别开来的心理因素,部分地由这种心理因素决定的"张天翼式的讽刺"的美学特征。

仅仅由文字这一表层你就分明感到,张天翼的描写怎样地富于穿透力。他的描写往往"透底",不大留余地——宽容的余地。这种讽刺中显然有一种与中国传统的讽刺态度不同的东西。我指的是这个讲求"中庸"、讲求"节制"的民族,文学传统中那种"婉而多讽"的讽刺态度。

倘若再与老舍作一比较,你会看到,虽说老舍和张天翼写人物都有变形,但老舍往往夸大了人物的可爱处,即如无伤大雅的癖好、不成其为恶德的小缺陷,效果在"滑稽";而张天翼则通常要夸大了人物的可嫌处——审美效果即全然不同。老舍有时用似乎轻松的戏谑与他的讽刺对象保持距离,钱锺书则用他居高临下的轻蔑。而在那个最愤怒的张天翼与他的讽刺对象之间却最少距离感。你常常感到他过于认真,认真到近于固执,因而才对渺小人物的卑下行为那样郑重其事,不惜用了宰牛的气力杀鸡。

这已经不单单是一种"情绪特征",它是张天翼讽刺小说以至他整个创作的美学特征的一种表现形态,联系于张天翼小说由取材到描写所包含的认识和审美态度的"极端性质"。

张天翼面对并由以摄取形象的,是一个"两极社会"。这当然首先指阶级对立的"两极"。世间最残酷的,也许莫过于儿童世界的不平等了。张天翼一再地写这种残酷。他的"儿童世界"从来都是分成两半儿的。"两极"还呈现于道德意识、感情生活,比如友与仇、爱与恨(《二十一个》《仇恨》《同乡们》等等)——社会的两极对立的精神投影。沈从文更关心世界的和谐,他的世界有时近于"一体"。而张天翼则写尖锐对立着、被经济条件无情分割着的世界,把对立、对比用强有力的笔触描画出来,使"两界"的划分甚至可能比现实本身还要清晰。这里有他特有的内心视像。这种内心视像及与此联系着的审美选择,不能不影响到他的整个小说风格。

张天翼偏好"极端性"——极端的残酷、丑恶、卑下、悲惨等等。甚至他的形容也往往带有极端色彩。写士兵夜行军,天竟至黑到"空气都凝成了固体","嘴一张就得咬下一块空气来"(《最后列车》)。写土劣欺侮农妇发新嫂:"一把凿刀似的舌子舔到了发新嫂脸上"(《笑》)。"极端"即非常态。这大约也反映着张天翼对短篇小说"力度"的理解,因而也与上文提到的情节、冲突的"戏剧化"相关。

上述美学风格不仅仅是张天翼一个人的,只不过张天翼依自己的个性将其强化、浓化、"极端化"罢了。这种美学风格适应了进步读书界的某种审美心理,应和了他们对于现实的愤怒情绪。至于"深恶痛绝",很可能不是进行讽刺文学创作最理想的心理状态,却是中国现代一部分作家特定的心理状态,联系于他们的讽刺风格与讽刺艺术。这也是一种时期性的文学现象,集中了文学史的诸种条件。那些"原因""条件"比之风格本身,也许更有研究的价值。

"极端化"在审美创造中,必然伴随着某种危险。张天翼也的确为这种冒险付出了代价。张天翼式的选材和他的情绪、心理状态,使他不免涉笔美学上的敏感区域。这种美学上的"边缘地带"更要求细腻的美感、高度的控制。贴近生活,并不就能成其为艺术,如果它仅仅贴近生活的自然形态,而没有经由作家的笔,获得审美品格的话。张天翼笔下常有酷烈的真实。《蛇太爷的失败》写一个饿死的农民:"身上只蒙了一层腊肉似的皮——还隐隐透着青色;紧紧地黏在骨头上,似乎连用小刀子都剔不起来。"再稍有一点儿"过",就有可能败坏美感。而张天翼的确不止一次地,因过于极端——也表现在过分追求逼真,而至于牺牲美感。即使在成功的作品里也会如此。①

上述情况无疑复杂化了张天翼小说的美学面貌。然而倘若由作品的总体论得失,却又让人难以轻下判断。较之张天翼,另一位作家靳以创造的艺术世界要单纯得多。这种单纯,源于作者对善恶的单纯态度,和审美态度的单纯。生活反映在他的意识上,像是经了澄清,只余下最基本的元素。因而他的作品,都流畅而清浅澄澈,**却也因此缺少健旺的活力、恣肆淋漓的元气**。

张天翼的艺术世界稍嫌芜杂,但却生机勃发、元气沛然。我们不便径直地归结因果,却很可以说,张天翼式的"芜杂",部分地正由于他"不择地而出"的才情、蓬勃健旺的创造力。对于这样一位创造者,一味谈"节制"是不妥当的,怕的是过分的"节制"会斲伤生机。其实张天翼自有对于他而言更有效也更积极的节制方式。

你会注意到,上面谈到的那种美感的、道德感的偏执,在另一部分作品中,几乎自然而然地消融了。那也是张天翼所创作的优秀之作的一部分:《团圆》《脊背与奶子》《奇遇》《包氏父子》《笑》《儿女们》《夏夜梦》等等。人们往往过分偏爱张天翼的讽刺才能,然而"讽刺小说家"并不足以包容张天翼。张天翼以讽刺作家立足文坛,他的小说才能却在某些严肃的悲剧作品中因节制而更见出光彩。他的优秀之作所显示的,正是悲剧才能与喜剧才能、讽刺才能间的相互调节和制约。比如著名的《包氏父子》。"悲剧感"在这里,的确有一种审美感情上的净化作用,有效地保证了分寸感。另一个例子是:《脊背与奶子》里,棰楚之下鲜血淋漓的任三嫂,那形象也仍然是美的。可能性在自身,在这位小说家美学风格的自身调节。我在上文中谈到过张天翼善用自己的才能,这里却得说:彻底认识自己、善用才能,又何尝是易事!

---

① 比如《二十一个》《仇恨》中对于伤口、死尸的真实到令人战栗的描写。这些描写让人想到左拉《崩溃》中的有些场面(那种文字使人简直能嗅到战场上腐尸的恶臭)。人体解剖式的"真实",并不符合文学创作的美学目的。

真正有深度的作家,即使"缺陷""局限"也有深度。因为张天翼是一个有相当分量的作家,才使人忍不住想要挑剔。也因为张天翼是一个足以代表一种文学倾向、反射"共性"的小说家,这种挑剔才更值得。在这种研究中,我们所论的现象,已不只具有对象个人的意义。我们早应以更严格以至苛刻的态度审视我们的文学历史。文学史不应当是一两篇颂词,而应当是对于后来文学的"启示录"。这笔经验的富藏只有当被用来推进后世的文学,它的价值才能不断被发现。在这种利用和发现中,过去时代的文学也才不会"死去"。

1984 年 11 月

沈从文构筑的"湘西世界"

人们完全可能为了极为不同的理由去接近同一作品——由于它不可抗拒的艺术魅力,或者仅仅为了作品对于你的思考能力的某种挑战。沈从文之于我,主要意味着一些有价值的**问题**,这首先是目下正引起广泛兴趣的创作者的审美意识与社会历史意识以及更广阔的文化意识的关系问题。沈从文无疑是探究这类问题的理想对象。在我看来"有价值的问题"还应当包括:这样一位中国现代作家是怎样以极其个人的方式呼应了世界文学中的共同思考与探求,他又怎样以其个人方式曲折地体现了"中国现代作家"的某种共同性格,他的创造物中包含了怎样的现实课题,从而显示出某种"现代"标记的。你当然可以由现代文学史上其他有分量的作家那里引出类似的问题,但沈从文作品的有关回答绝对是独特的。"深度"恰恰由于他那种极其个别的姿态。因而假如我在下文中主要谈论沈从文研究中易忽略的方面,那只是出于个人兴趣。至于沈从文,他自然开阔得多也丰富得多,而且早已被更全面地研究着了。

展示着健全的生命形态的湘西
——审美意识与道德意识

人类及由其创造的艺术,无以逃避这一种历史生活的矛盾,所谓"文明与道德的二律背反"。

"……正象所有开化得很快的社会一样,希腊人,至少是某一部分希腊人,发展了一种对于原始事物的爱慕,以及一种对于比当时道德所裁可的生活方式更为本能的、更加热烈的生活方式的热望。对于那些由于强迫因而在行为上比在感情上来得更文明的男人或女人,理性是可厌的,道德是一种负担与奴役。这就在思想方面、感情方面与行为方面引向一种反动。"因而"巴库斯(按,即'酒神')在希腊的胜利并不令人惊异"。① 而"艺术",则"经常为希腊精神利用来作为替生活说教、反对克欲的犹太精神的讲坛……"②

  文明的发展在其一个阶段上,不能不以道德律的废弛(如希腊的巴库斯崇拜)为代价,而这又由于文明进程(其精神表现之一却又正是道德律的日趋苛细即"完备化")所造成的对人性的新的束缚。这也是人类在其历史发展中经受的无穷痛苦的一部分。这种历史的矛盾现象,一再地成为艺术创造的酵母。

  世界文学史上已经充满了反映上述历史矛盾的作品。你随处可以听到或看到不同语种、文字的由社会进步,由人性解放,乃至仅仅由"美"的方面提出的抗议——对于习俗,对于世俗道德,对于现存秩序。而其中尤为深刻的,使许多作品获得了历史深度的,正是其强有力地反映出的文明与道德的二律背反。深刻的困惑、怀疑和由此所提出的问题,引出的艺术创造中的矛盾,正是许多作品所以成其为"伟大"的必要条件。艺术由人性与道德的矛盾中发现人性,发现人性的全部丰富性,又从而反照历史、历史矛盾。活跃的艺术思维往往穿透历史生活的表层达到人类命运的深处。就艺术与世界历史的关系而言,艺术无疑是片面而偏执的,但它也正由其"片面"与"偏执",反映了历史运动的某些本质方面。

  中国现代文学以自己的方式面对上述历史矛盾,比如城市的商业化以及近代商业对于古老乡村的"侵入"所造成的道德沦丧,淳朴牧歌情调的破坏。许多作家都涉笔上述生活侧面;但是由性爱的方面反映上述历史矛盾,中国现代作家却大多另有思维线路。

---

① 罗素:《西方哲学史》上卷,何兆武、李约瑟译,第38页,北京:商务印书馆1963年版。
② 海涅:《莎士比亚笔下的女角》,温健译,第4页,上海:上海译文出版社1981年版。

"五四"爱情小说写"个性解放",是由旧道德的桎梏下解放。中国的不发达的城市文明,似乎还不足以造成新的束缚,而性意识的解放却是有赖城市的文化环境发生的。"五四"时期的"个性解放"要求,在社会革命的时代条件下,很快即发展为社会解放的要求,由人性解放、人性发展方面的对于婚姻爱情问题的思考,始终没有成为主要思路。到30年代,甚至以婚姻爱情为主要内容的作品也渐少渐弱——这也多少出于时尚,尤其左翼文艺运动的强大影响和吸引力。然而沈从文,由湘西走出,自居为"乡下人"的沈从文,却依赖了"湘西"这一特殊的参照物,发现着尚不发达的城市文明对于人性的戕贼,而且正是从性爱的方面着笔的。

处在文化形态更替之际的欧美作家、艺术家,向未被开发的荒僻地区,向尚未开化因而也未经"异化"的民族(比如吉卜赛人)那里,发现雄强的人性,发现人性中的野性的力量、生命力的无拘无束的自由奔涌。他们在某一方面正是沈从文思想与艺术的先驱。同时无一例外地,这些欧美作家,由自己生存的世界里发现着人性的荏弱、生命力的萎缩,以及上流社会由"文明"遮掩着的堕落与无耻。

沈从文在他的作品里,一再写知识者——自然是生存于城市环境,作为城市文化的体现者的知识者——的毫无血性、毫无生命活力,写他们的虚伪或怯弱,他所选择的,通常是人物面对异性的那类时刻。比如一个女子,渴望着男子"那种近于野蛮的热情",要求"出之于男子直接的、专私的、无商量余地的那种气概"的"压迫","她要的是与人间本性的对面",而这须对方将"斯文"除夫,"与道德相悖驰"才有可能。她所面对的"近代男子",却是"微温,多礼貌,整洁"的一群。这是《薄寒》。题旨相近的还有《记一大学生》《元宵》《焕乎先生》《快汉》《自杀的故事》,以及写绅士间种种"爱情游戏"穷形而尽相的《绅士的太太》,等等。

沈从文笔下的都市男女之中,如蕤也许是唯一的发现了这种文化的缺陷,向都市文化圈之外寻求的人(《如蕤》)。在小说中这女性光彩夺目的姿容才具,不过反照出环绕她的男性们的猥琐、柔懦和没有血性而已。当女主人公不无浪漫地认为"固执的热情,疯狂的爱,火焰燃烧了自己后还把另一个也烧死,这爱情方是爱情",她所寻求的何止是爱情,那是"光明热烈如日头的东西",是另一种生命。小说结束时,她胜利了,同时也失败了。她的不幸更证明了都市文化的令人衰颓柔靡的力。

对于一种都市人格、知识者的"阉寺性"①刻绘最力,也最为作者本人所得意的,自然是那篇《八骏图》。小说所写,是上层知识分子,属于中国知识界中最有教养的一群。然而"这里的人从医学观点看来,皆好像有一点病",中国式的"文明社会"里不被认为龌龊的病:性心理的畸变,意淫,虐人自虐。主人公作为其他人物的批评者,指摘教授丁的爱情哲学违反"自然的道理""人类生命的秩序",以为"这同束身缠脚一样,不大自然,有点残忍"。作者仍觉未能尽意,终于让这个自以为"身心健康",自居为"医生"的主人公证明了自己也是病人。由性爱的方面入手,他提出的是有关生命存在方式、生命意识的问题,是人性、人的生命力的解放的问题。而性爱——这的确是沈从文观察最深最久的生命活动——则被认为是关于上述方面的最为灵敏的试剂。

沈从文在其所置身的城市文化环境中,在其所置身的知识者中,到处发现着因缘于"文明""知识"的病态,种种"城市病""文明病",可以归结为"阉寺性"的种种人性的病象。正是对病态、"阉寺性"的发现,使沈从文终于发现了他独有的那个世界,属于沈从文的"湘西"②。我不愿意说,这一切都是预先设计好的,有着明确的预定目的的。况且这也不合于实际。我只想说,作为结果,沈从文对"湘西

---

① 沈从文习用这一类说法,如"阉宦似的阴性人格""近于被阉过的寺宦观念"等等。
② 我甚至以为沈从文的写湘西,固然为了美的理想,却也未始不是为了逃避——对于使人疲乏、令人委顿、让人在渺小情欲和烦嚣扰攘中消磨尽男性气概的都市空气的逃避,和对于他自己的精神弱点的逃避。你由他的有自传意味的《焕乎先生》,由他的更富于自传色彩的《春》《冬的空间》诸篇中,都可以察觉到这一点。

世界"的构筑,依赖了他最现实的热情——人性批判与更广泛的文化批判的热情,并在他的"湘西世界"之上,打下了有关的思想印记。"湘西世界"在沈从文的艺术思维中,是作为另一世界的否定形象——因其体现着否定与批判——而获得了它自己的生命的。沈从文在这一世界中,并不是发现了性的放纵,而是在情欲的奔放中发现了"健全人性",发现了生命与力。

美在生命。美在强健的壮硕的精力弥满的生命。他的湘西人物充分地利用着造物的赐予享受着生活,在一种比较——与那种精神上天阉的庸懦的知识者的比较中,他们是更像一个"活鲜鲜的人"的;这些人物天真地袒露着他们行为的美与丑、心灵的善与恶,这在一种比较——与那些上流社会中的伪君子假道学的比较中,更具有纯洁性。他们行为中的丑恶处,也易于因他们的蒙昧天真而得到原宥,因为他们像是处于"童年"的人类。然而倘若进行另一种比较——与处在更高发展水平上的更为健全的人类比较,结果会怎么样呢?作者没有告诉你。他不打算回答。

沈从文写性爱中的人们对于自己生命力量的欣悦与自豪,笔下也满溢着作者本人对于生命活力的赞叹。这个世界关于"性"的观念,绝不只是使你感到"猥亵趣味"。因为问题不只属于狭小的道德范畴,而属于广阔得多的文化范畴。你由那种生命的自在形态中,除了嗅到蛮荒气息,还多少感到了生命的庄严。

统治着这个世界的,是"自然",不是道德也不是法律。人性所在,宁以死殉爱,与"自然的神意合一",也不为"魔鬼习俗"所羁束。这才是真爱。能这样爱的人,是富有"神性"的美的人(《月下小景》)。有权对人裁决的,只有"自然"这一尊神。"像是天许可的那种事,不去做也有罪。"(《神巫之爱》)而"自然"的就是"美"的:秩序为了"美"而存在——不是相反;道德统一于"美"——也不是相反。这也许果然是湘西一类"化外之境"的宗教?却又分明是由沈从文把它们观念化,提升到哲学层面的,尽管上述观念在世界文化史上算不得新鲜。

借助于湘西地方巫卜文化的流风余韵,沈从文创造了富于浪漫情调的人性世界、情欲世界。萧红笔下的呼兰河人把神巫作为神的代表,怀着畏怖,而湘西的花帕族女子却把男巫作为美男人,渴望着索取人间的爱。人神的界限在这一种文化中一向不清楚,而以情欲沟通两界,也是某种原始宗教活动的特点。这里也正有沈从文的审美心理的生活依据。在湘西人们朦胧的宗教意识中,对于"跳傩"一类宗教性活动,心理与其说是宗教的,不如说是审美的:对于人间的美的追求,对于人性满足的追求,疯狂中表现的是人性的饥渴。

"神巫如何使神驾云乘雾前来降福,是人不能明白知道的事,但神巫的歌声,与他那种优美迷人的舞蹈,却已先在云石镇人人心中得到幸福与欢喜了。"(《神巫之爱》)——这自然是世俗欢乐,最世俗的爱欲,最现实的人生快乐与人性满足。童年人类幼稚想象中的神,人类童年期粗糙的"宗教",本来就更近人事,更近世俗生活。只是在沈从文笔下,那些"半神"太过炫耀辞令,因而也使作品过于华丽耀目。作者缤纷的想象中无疑掺入了西方文化的因子。他在想象中把楚地文化与另一世界的民间文化,更与作为那种文化的灵魂的"酒神精神"融在一起了。

《龙朱》《神巫之爱》诸篇写"神性"(极度圣洁化了的情欲表现)与"魔性"(被世俗以为"恶"的强大情欲),但在其他湘西诸篇中,"神"与"魔"失去了其原始性的存在,世俗化了,消融进"人"的日常生活中,却在"人"中保存了自己。翠翠、夭夭们的极度纯洁中正融有"神"(《边城》《长河》),豆腐铺老板的爱欲里也融有"魔"(《三个男子和一个女人》)。至于虎雏(《虎雏》),则天性中更有"神"与"魔"的统一,在沈从文看来,属于人性的另一境界,非通常的善恶尺度所配度量。

沈从文的湘西诸作中,更有世俗气息的,是总题为《阿黑小史》的系列小说。不只被描写的人物生活状态,对待性爱的态度,而且作者的描写方式,小说的组织,都以"自然"为依归。这里有形式与内容、作者的哲学意识与审美意识间的对应,也即富于思想意味、哲学意味的形式。不妨说,作者写湘西的那一部分小说,其结构方式、形式特征,正是在作者对于对象的文化价值判断中孕育成熟的。

沈从文写小说,也许可以认为有三套笔墨(自然就其"大略"而言):写城市、知识者诸篇文字的琐细以致时见冗赘,写湘西普通人生活的极其自然明净与节制,和《神巫之爱》《龙朱》诸作铺张奢华——统一了民间俗文学的机智与贵族式的风雅。"笔墨趣味"之外,与内容相适应的,还有其结构形式。写城市诸篇在组织上的过用技巧,倒像是适应了那种充满"人工"的人生形态①,而《阿黑小史》之属,依生活流程组织材料,把生活本身的"非组织性",事件的随机性、偶然性,动作的自发性、"无意识性"带进了小说的叙事结构,"散"到了不可收拾——本来也无意于"收拾"。令人感到作者意欲写最自然的人的生活,致使叙事结构也因之而"自然化"——内容世界的"自然",与作者写作态度以至结构形态的"一任自然"对应。②上述说法也许未免穿凿。但我在下文中正要说到,沈从文所选择的对象世界,由那世界所启发了的美感,怎样在一定程度上"净化"了他的审美感情,帮助他找到了最能寄寓他的审美理想的内容与形式。

每一位作家都会有一种关于自己的想象,正如常人那样。人们

---

① 其中以《八骏图》结构最称灵活。小说的叙述流转自如,了无转折痕。诸种叙事角度的变化使用更见出技巧上的刻意追求。一切都极聪明、妥帖,但也因此处处可见斧凿痕迹。

② 这些小说每一片段拆卸下来都可能淡到无味,但当它们"组合"在一起时,奇迹就出现了:一个阳光流水一般生机流溢的、人与自然相契合的世界。因而这些没有情节(通常意义上的)、没有结构(依人们通常的理解)的作品,更像富于生命特征的整体。即使你在阅读的当时尚不能感觉到这一点,在掩卷之后的回味中,它们也会带着浑然一体的湘西山川林木的情调,彼此重叠交错,一片闪烁、略见朦胧地回到你的记忆中来。你会想到当初它们正是以这蒙茸而浑然一体的面貌,织成了作者的梦境,给了他创作动机,给了他借以开端的情感意象的吧。

乐于接受一位作家的自我想象，对于常人却不见得能有同等的信任。沈从文相信自己当创作时并无"社会价值""一般目的"的计较，相信没有伦理意识搅扰他的审美感情："我不明白一切同人类生活相联结时的美恶，另外一句话说来，就是我不大能领会伦理的美。接近人生时我永远是个艺术家的感情，却绝不是所谓道德君子的感情。"①应当说，这的确使他区别于有明确的道德意图的作家，他为"湘西"辩护时使用的主要武器也的确是"美"。但在肯定与否定之间，却正有道德的批判——道德意识对于创作心理的渗透。

对于辰河上的水手与吊脚楼女人，他压根儿不打算作伦理的度量，而只去写那生命力恣肆迸溅处。他甚至把残酷也写得美丽，为了不让"文明""愚昧"这类历史文化批判妨碍了自己的审美判断，破坏了对于"美"的沉醉——有意的忽略中却正有伦理的自觉。他试图以审美意识"统一"伦理意识，反复告诉你"美就是善"②，倒也因此更透露出对于"善""恶"的真正关心。

他在事实上，正是以秩序(主要即"伦理秩序")的合否"自然"、**道德律**的宽严与否，解释两个世界(湘西世界与城市世界)间的人性差异的，困扰着他也启示着他的，正是审美理想与道德秩序的现实冲突。

在湘西世界里他以感性形态来寄寓的意念，往往在另一世界里直接说出来。因为他跟他的那类人物一样，是有思辨癖好的知识者。他告诉你，"达士先生(按，即《八骏图》的主人公)的态度，应当由人类那个习惯负一点责。应当由那个拘束人类行为，不许向高尚纯洁发展，制止人类幻想，不许超越实际世界，一个有势力的名辞负点责"。他进而对你说，这名辞即"道德"(《八骏图》)。"责任者"更由道德律扩大至文明社会的一切有形与无形的规约、

---

① 沈从文:《女难》，《从文自传》，第72页，北京：人民文学出版社1981年版。
② 他也诉诸直接的表述，比如在《三个女性》里(当然仍是借人物之口)："……艺术是自然与人生完美形式的模仿品，上面就包含了道德的美在内"(仪青)，"真实的美丽原同最高的道德毫无畛域"(蒲静)，等等。

律令:"和尚、道士、会员,……人都俨然为一切名分而生存,为一切名词的迎拒取舍而生存。禁律益多,社会益复杂,禁律益严,人性即因之丧失净尽。"①——批判的语言因过分宽泛而不免含混,所请出的"自然",不消说也是一尊旧神。你在明末反理学的思想家那里,更在欧洲文艺复兴时期反宗教神学的思想家艺术家那里,一再看到过面目相像的神。但这不也正说明了人类仍然未能解决自身的文明发展与道德进步间的关系,说明这历史课题的现实性?至于这一课题对"五四"以后中国的严峻性,不但可以证之以历史,也可以证之以你我他的个人经验,已经是不待说明的了。② 这是一个注定要贯通整个人类文明史的课题,无论你怎样变换概括的方式。罗素使用的就是他自己的概念系统。他说:"审慎对热情的冲突是一场贯穿着全部历史的冲突。"③沈从文完全不必为他对于现代中国社会的道德批判而感到可羞,正是这种**现实感**使他的创作通向了人类共同经验、世界文学中的某种共同性主题。这种道德批判的自觉对于他的审美创造也不曾造成过损害,事实毋宁说正相反:统一了审美意识与道德意识的现实热情,把他引向了对于湘西世界的

---

① 沈从文在审美意识与道德意识的错位中找到新鲜的美感,自然也依赖于读者群的审美心理。即使并非一种"规律",至少也不是极个别的事实:艺术一再以不合于社会行为规范的人生现象为材料而达到较高的审美价值,以至高乃依竟发现"大部分诗,无论是古代的还是现代的,倘若删除其中表现凶恶卑下或具有某种违背道德的缺点的人物的那些内容,就会变得枯燥乏味"(高乃依:《论戏剧诗》)。在我看来,鼓励了上述现象的,一方面是群众对于奇特事物的惯常兴趣,也由于复杂的生活——审美现象,能给他们的心智活动以满足:其间包含的复杂课题,使人有机会对于自己习以为常的"秩序"重新加以审视。艺术创造将过于尖锐的伦理问题转化为相对缓和的审美问题,既出于艺术特有的选择方式、艺术思维的特有线路,也由于现实条件的严苛和选择范围的狭小。中国现代作家,在看不到伦理问题的现实解决的情况下,向近于"原始"的生活状态寄寓理想,把他对于现存秩序的批判倾向掩蔽在审美趣味之中,应当是更易于被理解的——正因其是在中国。
② 参看沈从文:《烛虚》,《烛虚》,上海:文化生活出版社1941年版。
③ 罗素:《西方哲学史》上卷,何兆武、李约瑟译,第39页。

艺术发现。①

为了说明这后一点,有必要回溯他的早期创作。我不敢恭维沈从文的某些早期作品,比如《长夏》(1928 年)、《篁君日记》(1928 年)之类。因为我看不出这类作品与流行一时的张资平、叶灵凤的作品的区分:无论题材性质还是**格调**。沈从文的创作,并没有一个辉煌的起点。他不是那种一出台便博得满堂彩的幸运者。不错,他一开手就在写湘西——《野店》《赌徒》《卖糖复卖蔗》《鸭子》等等,但他却既显得富有又显得贫窘。似乎有着无穷无尽的充满民间趣味的生活材料(这岂不要让许多新文学作者妒煞羡煞!),却又在无聊赖地把生活中的琐屑事故敷演成篇。而那些极为新鲜、生气流溢的湘西生活材料也未脱出"原料"状态,并没有被真正"审美地"组织起来——这份经验的富藏是在作者形成了他特有的文化价值判断之后,才对于他显示了它们的可能性和意义的。但你即使由这些带有"原料"性质的作品中,也仍然发现了作者生气勃勃的力量。《野店》《赌徒》中贩布客人与野店老板娘私通,以及山民聚赌,被作者写得那样大胆天真,以至令人不觉得其猥亵,已经显示出一种才能,或者说一种艺术的可能性:对于"不洁"的题材**审美地**把握的可能性。笔墨之间,隐现着未来沈从文的影子。"湘西气息"不但由这样的生活形态中,而且由这样的描写方式中透出来,生涩,但泼辣。你甚至发现,对象世界怎样"改造"着作者的文字。他的笔一当写到湘西人物,就顿生精彩,一扫那种令人腻烦的造语的啰唆别扭与行文的故作

---

① 沈从文在这里所表达的,不过是中国现代知识者共同的生活感受而已。张闻天写在"五四"时期的小说《旅途》中借人物之口说:"我们在中国社会内只觉得到处是镣铐,没有充分发展的余地。我们要获得自由与光明,只有把这种陈腐的东西打得粉碎。所以中国现代青年都是力的崇拜者,也就是为此。"而以"自然"与礼教文化以至"现代文明"对立,也属于那一代知识者的思想逻辑。郁达夫谈及自己"特别喜欢向没有火车飞机轮船等近代交通利器的偏僻地方去旅行",因为"到了地旷人稀的地方,你更可以高歌低唱,袒裼裸裎,把社会上的虚伪的礼节,谨严的态度,一齐洗去。人与自然,合而为一……"(《住所的话》)

曲折,以至令人相信"湘西"本身就有一种魔力,令作者的文字挺拔劲爽的力。① 你认定了,作者的那份才能正是为了这特定对象而存在的。他选择对象世界,同时对象世界也"选择"并提高了他的创作的美学境界。由沈从文创作的继续发展中,你更有理由相信,正是"湘西"所赋予他的生气与活力,推助他由流行风气中走了出来。而使他认识了"湘西"对于他的艺术的价值的,却又正是成熟了的对"城市文化"的批判态度。因而绝非偶然地,当他写出收在《好管闲事的人》与《旅店及其他》两集中的《记一大学生》《元宵》《焕乎先生》等篇时,也就写出了《阿黑小史》(之七)、《旅店》、《阿金》、《七个野人与最后一个迎春节》,湘西人物在这一组作品里,才作为前一类作品中那些患有"城市病""文明病"的知识者的反照,而获得了自己的审美意义与道德意义。

这儿有两个互相参照的世界,两种文化相互发明,每一种后面都隐藏着另一种:"城市文化"使"湘西文化"具有了理想化了的形态,而"湘西文化"则使"城市文化"真正呈现出病态。寻找和发现"对立物",也有可能成为一种审美创造的动力的吧。但我仍然不愿对两个"世界"等量齐观,因为"湘西世界"毕竟是沈从文提供的更具有审美价值的世界,较为完整地包含着作者所追求的美学理想。由这种估价看沈从文的创作演进,我当然可以认为,正是对城市文化的批判态度,使沈从文得以发现湘西的**文化价值**,从而在更高的层次上保有了他在早期湘西题材的作品中已经显露出的审美地把握生活的才禀。而当沈从文开始以一种文化评价为深层背景,以审美态度观照两性关系中的男女,表现作为一种文化形态的性爱时,他就与张资平等人真正区分了开来。富于现实感的文化批判、文化价值判断,提高了他的创作的境界,助他实现了作为小说家的自我完成。

---

① 因而虽在同一时期的作品中,沈从文的文字也有时拖沓松懈,有时劲拔清爽,有时窒塞,有时畅达,以致不像出诸同一个人的手笔。这种文字风格的"两面性"或多面性,也在此后的创作中保存了下来,成为"沈从文文体"的一种特色。

与上述事实同样使我感兴趣的是,对"城市文化",对由知识者所代表的那种文明的厌恶,并没有鼓励他写《卡门》或《茨冈》,更不消说《十日谈》。《龙朱》《神巫之爱》是浪漫的,色彩绚烂的,文字间却并无不洁。我更注意到,**越到后来**,作者对于性爱的描写越节制。不妨比较一下沈从文早期创作的《野店》《旅店》和后期所写精美绝伦的《边城》《长河》,你也会惊异于其间发生的微妙变化。这里有作者对于自己的道德理想与审美理想的意味深长的修正,对文化价值尺度的未必自觉却因而更为必然的调整。在我看来,这比起他某些作品所渲染的异地情调,比某些作品题材的特异性,更能说明沈从文,说明作为**现代知识者**的沈从文,说明作为**中国作家**的沈从文,说明他与"现代中国"和"中国文化"的深刻的精神联系。

既然"艺术是自然与人生完美形式的模仿品",那么根本性质的缺陷是不要的——尤其关乎"善恶"的缺陷。《边城》《长河》极美,但你是否意识到,之所以人皆以为美(至于对作品的全面评价则是另一回事),正因为那里并无那种恣肆放纵的原始情调,没有那种深山大泽的原始性神秘,因而是更合乎"士大夫化"了的审美趣味,合乎中国传统的文化思想、审美理想的艺术世界。没有情欲的放纵(因而绝不同于《野店》《旅店》等),人物、世界皆纯洁明净如碧水,泛溢着的,是你所熟悉的中国式乡村社会静谧而暖融融的诗情。你由作品底里感到的,是作为中国作家传统心理的"节制"。《边城》《长河》一类作品说得上"思无邪",**却也因此**多少减损了点儿批判的力量——较之前期的美丑杂陈并不纯净的作品。又是一重"艺术的矛盾"!

这自然因为沈从文面对的,是现代史上的湘西,却更因为沈从文本人绝对不同于那些曾在岩壁上作画的无名艺术家。推而广之,出诸现代人之手的创作,即使是对于原始艺术的模仿之作,也绝不可能成为原始艺术的真正等价物。它们只能在显示现代人的审美意识、现代人的文化趣味这一点上获得自身的价值。沈从文笔下的湘西,也只能是现代知识者沈从文眼中的、审美想象中的湘西,作为这一代现代人审美理想的感性显现的湘西。使原始蛮性成为审美对象的,正是一种现代人的审美意识。

宗白华曾谈及商周钟鼎镜盘上龙蛇虎豹、星云鸟兽形象的雕绘,以为那些无名作者"尚系在山泽原野中与天地的大气流衍及自然界奇禽异兽的活泼生命相接触,且对之有神魔的感觉。(楚辞中所表现的境界)他们从深心里感觉万物有神魔的生命与力量。所以他们雕绘的生物也琦玮诡谲,呈现异样的生气魔力。(近代人视宇宙为平凡,绘出来的境界也就平凡。所写的虎豹是动物园铁栏里的虎豹,自缺少深山大泽的气象)……"①

文明人类意识中本来就有对于自身欲求的节制,对于本能要求的约束,这自然既包含了人自身的进步,同时,又伴同着对人性的某种压抑。人类在其漫长的历史中,顽强地寻求着两个方面(放纵与节制)的调剂,不断地试图解决人的本能需求的满足、生命活力的释放与社会制约之间的矛盾。比如西方文化的以"日神精神"为"酒神精神"的节制。中国的文化思想注重节制。② 中国传统艺术极其深刻地反映着这个民族的文化心理。《野店》的那种生活状态毕竟是异常的,而《边城》中容纳的生活在中国知识分子看来更近于常态。那些少女,那些三三、夭夭、翠翠们之中,不可能有以血报复女伴的卡门。不,她们与任何暴力行为都无关。她们体现的,是自然的柔美与和谐。她们自身则是大自然中最为柔美的部分。她们驯顺可爱怜到了使人不忍触碰——而现实的大自然却除了"柔美"还有狂暴与粗野。在沈从文笔下,即使"虎雏"这样的"自然之子"也绝不野蛮,他精力弥满而妩媚。有可能破坏美感的种种(如虎雏的杀人)一经作

---

① 宗白华:《论中西画法的渊源与基础》,《美学散步》,第 105 页,上海:上海人民出版社 1981 年版。
② 中国的文化传统片面地强调节制,后果却是更具讽刺性的,即道德的虚伪,上层社会在虚伪道德下加倍地无耻与放纵。以"礼义之邦"而偏有"淫书",不就是证明?周作人一再谈到中国人的"萨满教"倾向;"性""生殖"的神秘化,反而刺激了变态性心理与淫猥趣味——本能要求以邪僻形式表现。"五四"时期一部分热衷于描写、暗示性行为的作品,即貌似"解放",实则包含着性蒙昧。

者的笔也绝无血腥气,只不过增其雄强妩媚而已。

顺便说一下,沈从文的文字风格也对应于他对"原始性"的把握。某些东北作家以文学语言有意的粗粝芜杂与他们笔下犷放的荒野情调对应(比如端木蕻良),而沈从文的文字却是光润的,即使写到小豹子般的虎雏。他的文字风格中绝无"野性的美",所有的,是中国古典田园诗的那一种美感。① 而在这一切背后,你感到的正有道德感的隐隐制约。因而这世界越纯净、越光润,越合于传统的审美规范,也离"纯粹自然"越远。

据说沈从文的作品一些年来很为国外汉学研究者注目,其原因由我推想当不在于我们感到的"异族情调"。国外研究者与读者从中看到的是中国,是他们心目中的"东方文化"和"东方型"的美。如果是这样的话,他们是对的。

体现着文化批判倾向的湘西
—— 审美判断与文化价值判断

但那毕竟又是不同于汉民族聚居地区文化形态的另一文化形态,外国人用笼而统之的"东方"来包容的,在我们看来,不仅日本文化与中国文化、大和民族文化与汉民族文化有诸多不同,而且中国之内不同民族、不同地域间文化也各呈异态。

沈从文绝不仅仅关心"伦理模型",他着眼于整个文化形态,而伦理判断则是被纳入更广泛的文化价值判断之中的。沈从文对于

---

① 美籍华人作家李黎谈及黄永玉的文字风格,有一段很漂亮的文字,正令我想到沈从文。她说:"他的文字很精简,因而读过去有一种爽脆的味道。很多处看似闲散,其实语句和意象都很浓缩(有点像一种画风吧)。在没有堆砌矫饰的、潇洒无心的精简的文字底下,却分明有一份很晓叨又缠绵的妩媚情致,因而往往把那种爽脆(有时甚至颇带着点辛辣)点化成温柔了。"(李黎:《人间风景——读黄永玉〈太阳下的风景〉及其他》,《读书》1984 年第 9 期)关于沈从文的文字,我绝对说不出更好的话,权且借来一用吧。

"城市文化"的批判,其范围较之上文所说到的宽广得多,涉及问题也深刻得多。他试图写出寄寓他的社会生活理想的作为一种文化形态的湘西。

对于这个湘西,如果说《三三》《萧萧》《柏子》等篇还只是一角,那么《边城》《长河》就近于完整了。在这些画幅中,作者强调的,是它未经"文明社会"的社会组织形式羁束的自在形态。一切使社会赖以成为"文明社会"的规矩绳墨,都于这世界无干。这个世界不是用法律也不是用道德来维持,"一切皆为一个习惯所支配",却无往不合乎情顺乎理。也俨然没有阶级等级,掌水码头的与撑渡船的,皆在一种淳厚古朴的人情中人格上平等;一个独立自足的文化圈。把这种"自在形态"作为一种理想化了的社会形态描述出来,并有意与现代国家机器直接控制下的城市相对照的,除《边城》诸作外,还有如《七个野人与最后一个迎春节》这样的短篇。

在沈从文的俨若"无目的"、只作生活形态描写的作品间,往往夹着一些带有明显论辩色彩的小说,如《若墨医生》,如《虎雏》,如这篇《七个野人与最后一个迎春节》。较之其他中国现代作家,沈从文一点也不乏说明、议论的冲动。描述之不足,即继之以论说;以小说形式"议论"之不足,则进而用论文。在不少时候,传达一种社会历史观念的热情,绝不弱于对美的热爱。区别有时只在于,沈从文能用艺术语言传达思想,同时代的有些作家,只能使用赤裸裸的理性语言罢了。

"迎春节,凡属于北溪村中的男子,全是为家酿烧酒醉倒了。据说在某城,痛饮是已成为有干禁例的事了,因为那里有官,有了官,凡是近于荒唐的事是全不许可了。有官的地方,是渐渐会兴盛起来,道义与习俗传染了汉人的一切,种族中直率慷慨全会消灭,迎春节的痛饮禁止,倒是小事中的小事,算不得怎样可惜,一切都得不同了!将来的北溪,也许有设官的一天吧?到那时,人人成天纳税,成天缴公债,成天办站,小孩懂到见了兵就害怕,家犬懂到不敢向穿灰衣人乱吠,地方上每个人皆知道了一些禁律,为了逃避法律人人全学会了欺诈,这一天终究会要来罢。"(《七个野人与最后一个迎春节》)

以往的批评曾纠缠于北溪村式的文化形态是否"真实"。现在人们已不再从这一角度发问了:绝不只因为认可了关于文明类型的平行性与同时代性的理论,更重要的是他们重新发现了中国实实在在地有不同的文明类型并存这一事实。不消说,因依于"习惯""人情"的社会,是以生产力发展水平极度低下,人的"文明程度"极度低下为存在条件的。

关于湘西社会,沈从文更加强调的,是那种未经现代城市文化——这主要又是近现代**商业文化**"污染"过的状态。在这里,即使商业往来也濡染着那一种朴厚的人情。在这样的人们中间,交易也可在一份人情的信托中进行,似乎买卖双方都无机心。"由于边地的风俗淳朴,便是作妓女,也永远那么浑厚",未经近代商业观念的"启蒙",吊脚楼女子(妓女)与相熟的水手之间,钱固然"可有可无",而情感的真挚,竟也"痴到无可形容"——恰恰是城市上等人名分上的夫妻之间所少有的。你自然可以说,所有这种"诗意",也仍然以商业的不发达、社会发展水平的低下为代价,却不能不承认,见惯了近现代城市中"冷冰冰的现金交易"的人们,永远会在心底存有如上的那一种梦境。

正因未被近代商业习气浸染,人事上也就保有了一份真诚——正是道德意义上的真诚。在自己所提供的社会图景中,沈从文最注重的,的确是其"伦理模型"。最足"代表"的,也仍是吊脚楼女人和她们的水手情人。在这些操卖肉生业的女子,"关于一个女人身体上的交易,由于民情的淳朴,身当其事的不觉得如何下流可耻,旁观者也就从不用读书人的观念,加以指摘与轻视。这些人既重义轻利,又能守信自约,即便是娼妓,也常常较之知羞耻的城市中人还更可信任"(《边城》)。风月场中的女人固然保有了一片天真自然,为她们所钟情的水手们更因无苛细的道德律、繁缛礼法的约束,而一派粗豪妩媚,富有的是生命力。这些粗人,无论在船桅上唱歌,还是到吊脚楼上撒野,都令人感到生机四溢。即使骂詈吧,也比"另外一个世界的人"的微笑,更多着一点人性的率真自然。——社会组织方式、阶级关系、商业关系、人情以至人性,难道不是近于完整形态的社会?

对于作为一种文化形态的湘西,沈从文还写了特异的习俗(敬神祈福的,婚嫁的,以及节庆娱乐的,等等),写了如上文已经论及的伦理意识(主要即有关两性关系的意识)、宗教意识等,更不消说还有构成作品血肉的体现湘西地方文化特征的大量细节。在这一切之中,对于作为一种文化形态的湘西,作者着力强调的,仍然是它的"自在形态"——由社会组织,到经济关系。他的兴趣即使在对习俗的近乎沉醉的描绘中,也仍然集中于那种文化的社会历史性质,审美沉醉中有意识的清明。他的趣味在这一点上仍然是"现代知识者"的:文化思考与社会历史思考的统一。

在沈从文笔下,集中体现着这种文化的特质的,是人性内容。而湘西人物中,最具这种文化特征的,自然又是沅、辰各水上的水手和山居的苗民。不同于中国广大地区的农民,这些人或未为土地或未为官府所羁束的生活方式,是养育那人性的沃土。① 水手柏子(《柏子》)做人的那份洒脱处,就不是城市中人也不是已蒙"教化"的农人所能想见的。

因有这种生活方式上的"自由"和生活态度上的放任,人们才能适情任性,其生活俨若已同"自然"相融合,"很从容的各在那里尽其性命之理"(《箱子岩》)。即使"文明人"以为怪僻乖张的畸人畸行(如《山鬼》所写),也不致受到压抑。

作为反照的正是城市世界:"都市中人是全为一个都市教育与都市趣味所同化,一切女子的灵魂,皆从一个模子里印就,一切男子的灵魂,又皆从另一模子中印出,个性与特性是不易存在,领袖标准是在共通所理解的榜样中产生的。"即使恋爱,也"转成为商品形式",因而"千篇一律,毫不出奇"(《如蕤》)。类似的对于"现代生

---

① 湘西社会本即封闭,生活在水上山中的,一定程度上逃出了地面上的繁重束缚,有可能鱼一样游在社会之网的间隙里。但作者有意忽略的是,社会容忍了他们那份洒脱,也让他们为此付出了可观的代价:原始性的贫穷,和另一种生命的浪费。野鸟游鱼也自有它们的苦楚,只是与人无法相通罢了。

活"的不满,是我们早已由卢梭以及18世纪、19世纪欧美浪漫主义作家那里听到过的,即使对于因果的具体归结容或不同。① 发生在世界其他民族那里的情形也大同小异:人类在其自身文明远未达到更高阶段之前,就已经对自己所创造的那一些怀着惶惑与忧惧了。

科学的发展引起了对其后果的不可控制性的忧虑,"知识爆炸"加深着对其作为"异己力量"的担心——这是人类经历过而且仍然在经历的精神矛盾。工业革命前后科学技术的突进曾使人忧虑过工业化将造成"非人化",科学技术在现代的更大发展又使人忧虑着人类活动的符号化、机械化、专门化,会销蚀了他们"直接感受事物的能力",以致使艺术萎落,使人类的整个精神生活走向贫瘠。你总不见得会以为这仅仅是杞人忧天。

中国现代作家不习惯于由上述那些过于茫远的方面提出问题,他们的忧虑总是要现实得多也具体得多。由于外国资本主义的侵入以及其他复杂的历史条件,中国向近现代文明社会的发展未能实现在它最好的道路上。在这过程中,中国现代作家忧愤地注视着的,是都会畸形繁荣和乡村破产这类极为具体的事实。他们的抗议主要是因城市商业资本对于乡村的掠夺而发出的。由"五四"时期的"乡土文学",到30年代茅盾的"农村三部曲"、叶绍钧的《多收了三五斗》等数量相当可观的农村题材的作品,其批判意向大致趋同,却也因此使得沈从文、老舍显出了某种特异。

丁玲20年代写过一篇《阿毛姑娘》,写城乡差异所造成的文化冲击和人性变异,立意很别致。但连作者本人也没有再继续这一思路的思考,因为在那一代作家看来,有远为急迫而重大的课题。

始终关注着现代文明进程(无论其在中国有多么缓慢)的文化后果的,是老舍与沈从文。老舍以大量作品描写城市文化结构的崩

---

① 卢梭把风俗的败坏归罪于科学和艺术的复兴,以为其后果之一即是使我们的风尚里流行着一种邪恶而虚伪的共同性,每个人的精神仿佛都是一个模子里铸出来的。(卢梭:《论科学和艺术》,伍蠡甫主编《西方文论选》上卷,第331页,上海:上海译文出版社1979年版)

解，沈从文则表现城市文化滋生着的病态并以湘西文化为参照物。他们的思路都归结于承受上述文化后果的"人"——北平人，或者"城市人"以及湘西人。这在当时的中国文学中不能不是一种独特现象，与思考着的欧美文学间有某种（即使是微弱的）呼应。把文化问题归结为"文化"自身，决定了思考的独特深度以及同样独特的弱点，但你仍然会肯定他们的忧虑的某种"预见性"，而且公正地认为这属于另一思路的"中国问题""中国命运问题"，在当时看来似迂远不切世务，但在一种比较不狭隘、比较恢宏的眼界下，却也绝非庸人自扰，倒是可能与实践的改革者的思考互有裨益。"五四"以来基于历史进化观点的"乐观主义"，有时不免显得肤浅。因而沈从文、老舍对于历史的悲剧感也可视为一种补救吧。更何况"文学的宽容"本应包括容忍对同一生活进程的不同角度的观察、描述，容忍有极大局限的个人角度，容忍价值尺度的多样性呢。

  沈从文所描述的文化形态，无论如何不是那种破坏性力量的真正对立物，这却仍然不足以取消他所提出的问题及其严重性与现实性。"美在自然"不消说是古老而又古老的命题，为不同国度、时期的人们所熟悉，和用不同语种重复表达过的命题。但你是否注意到，人类至今仍然在顽强地企图重新找回自身发展过程中失落了的某种东西，这主要指人与自然的和谐，并力图重新以这种和谐作为全部生活的基础。而且愈到现在，"人与自然相渗透、相转化、相依存的巨大课题，即外在自然（自然界）与内在自然（人作为生物体的自然存在和它的心理感受、需要、能力等等）在历史长河中人类化（社会化）的问题，亦即主体与客体、理性与感性、人群与个人、'天理'（社会性）与'人欲'（自然性）……在多种层次上相互交溶合一的问题"①，愈形迫切与严峻——我国新时期文学中的某些作品，不正是在不同的认识层次上接近着沈从文的思路？当然，作为背景的历史文化冲突较之《边城》的时代已深刻复杂到了无可比拟。

---

① 李泽厚：《中国古代思想史论》，第321页，北京：人民出版社1985年版。

如湘西那种未被开发也未经污染的大自然,其雄奇壮伟妩媚秀丽处,如果不能启示一种审美理想,不能启示一种关于"合理人生"的愿望,才真可以奇怪呢!即使自然科学家,也不能不为这永恒的魅力折倒,而以对自然的崇拜作为自己科学发现的直接动力。这是爱因斯坦所说的:"我在大自然里所发现的只是一种宏伟壮观的结构,对于这种结构现在人们的了解还很不完善,这种结构会使任何一个勤于思考的人感到'谦卑'。这是一种地道的宗教情感,而同神秘主义毫不相干。"①大自然令沈从文倾倒的理由,却属于另外的一种。他并非倾倒于"结构"的"宏伟壮观"(**这即使由沈从文的文字风格也可以感到**),而是倾倒于包含其中的有如音乐般的和谐——仍然是由中国传统哲学所培养的审美感情。这种"和谐"被他导向另一种和谐——理应存在于社会生活中的和谐。沈从文关心的几乎只是"人事",是人的生活形态、人际关系的"自然",是与大自然的和谐相对应的和谐的人的社会。在这里,沈从文的自然意识与社会意识,在文化意识中找到了自己的统一。

在对这种文化意识的哲学本质加以审视之前,我们仍然应当首先关注这种文化意识对于沈从文审美创造的意义。沈从文的确写过一些表述他的哲学(如果这样说不显得夸张的话)、他的历史观念的文字,但他毕竟首先是个小说家。把沈从文作为思想家来讨论,并非出诸尊重而是出于苛求。

我在上文中已经谈到了那一种文化价值判断怎样助成了沈从文对于湘西的艺术发现。这是个值得继续展开的话题。

中国现代知识分子的审美理想,很难完全超越"乡村的中国"这一现实,何况还有强大的极富诱惑力的文化传统。② 但无论如何,和

---

① 杜卡斯、霍夫曼编选:《爱因斯坦谈人生》,高志凯译,第41页,北京:世界知识出版社1984年版。
② 也因而,中国现代作家难以由城市生活形态,由大工业生产的宏伟气象发现美,难以由"不和谐"中发现更具"现代意味"的美感。在这一方面,也许路翎是个值得重视的例外。

谐自然之美,至今仍然属于那种合乎中国人普遍的审美要求的美感。即使批评沈从文的思想的人们,也承认沈从文作品的审美力量,也就同时承认了他的作品审美品格的相对独立性。沈从文的众多小说中,正是湘西诸篇,由于"自然和谐"的人生理想与审美理想的交融,获得了较高的审美价值。这一部分作品,往往给你以通体的澄澈感:风物、人物皆澄澈如水,文字、意境皆澄澈如水。沈从文说他的智慧得于沅、辰诸水,他的作品审美特征果真如水的,不正是这一组文字?风物、人物最为澄澈的,还是那些少女。沈从文本来就善于描写"少女思春"①,他的《三个女性》《贤贤》《白日》等,笔触轻倩柔美,是明丽的诗一样的小说,在他的城市诸篇中独标一格。但较之《三三》《边城》等作,仍嫌太过精致,后者中的那份诗情才更朴素自然,近于天籁,文字也更浏亮明净。写湘西少女,作者只取人物唇吻间的话语、简单自然的动止,天真全在眉目与言动之间。这阿黑、三三、夭夭、翠翠们,如乡僻地方那一泓碧水,任情地自在地无所思虑地流着,即使偶有思虑,其间也一无机心,以至俨若与山川草木同体,不是"得道",而是本身即"道"。作者极懂得传达这生活的单纯自然处,人物在恬然自处和对于爱的执着中显现出美,作者的叙述则在虚实之间、在哲学的抽象和生活的具体所感之间显现美——充满生命活力、人生气息的生活世界,充满了和谐、宁静的审美世界。一种近于澄澈的心境和审美态度②,使他达到了在他来说"文字之美"的极致。在这里,哲学化入了"诗",化为了诗境,沉入了形象世界的深处,提高了他作品的美学境界。

---

① 刘西渭:《边城——沈从文先生作》,《咀华集》,第73页,上海:文化生活出版社1936年版。
② 在《一九三四年一月十八》(收入《湘行散记》)一篇中,沈从文谈到他面对河水时的心境:"我心中似乎毫无渣滓,透明烛照,对万汇百物,对拉船人与小小船只,皆那么爱着,十分温暖的爱着!"这也正如他创作《边城》等篇时的心境:"二十三年写《边城》,也是在一小小院落中老槐树下,日影同样由树干枝叶间漏下,心若有所悟,若有所契,无滓渣,少凝滞。"(《烛虚》)与自然相亲的感觉、恬静澄澈的心灵境界,对于形成《边城》那种透明感,无疑是极具决定意义的。

在沈从文的时代,即使如是之落后的中国,为他所描写的那种文明类型,也**正在**成为文明化石。对于这种类型,较易于保持审美态度。因为它即使是一种"存在",也已经与多数人(包括沈从文自己)无利害关系,不足以激发功利目的了。而沈从文的态度也的确**近于**摩挲赏玩文彩斓然的化石,这化石的美足以令人鄙吝之心全消,有一种灵魂被水冲洗了的快感,并生出对于过往事物的澹澹的眷念来。

关于湘西,沈从文的艺术想象,半得自形象记忆,半得自传统文学的陶染——正如他的哲学半得自自然的启悟,半得自传统哲学那样。他把二者糅在了一起,糅到极均匀时,即令人不感到"现实"与"梦"、"生活"与"哲学"的界限。"和谐自然"内在化为了审美心境——这也许确实是审美创造中的理想的境界。但我也仍然要不避重复地说,沈从文作品中和谐之美达于极致,纯净完整到无可挑剔如《边城》者,因其太合于中国式的田园诗境,太合于"美"的目的,反而少了一点泼辣辣的生气,使人另有一种轻微的缺憾感。这也怪。有时,"和谐之美"偏是由某种"破缺"助成的呢。我想到了作者湘西诸作中的另一些篇什,那"神"与"魔"的世界中满贮着的淋漓生气,与隐在这世界背后的道德批判、人性探寻的内容(更富于现实感的内容),也许倒是更能满足现代社会中复杂化了的审美与认知要求呢。

"哲学"并非总能糅进诗境,化入生活。因而"哲学"对于作者审美创造的意义,也复杂得多。这种复杂性正是我写作本文时更感兴趣的。

如果沈从文对于"城市文化"的批判仅仅停留在伦理层面,比如以湘西人物原始而较为健全的生命表现,反照城市因礼教和文明发展的矛盾后果而导致的虚伪、萎靡,那么沈从文的创作作为一种文学现象会单纯得多。自然也不是无可挑剔,你可以批评他对文明程度较低的人物的偏爱,但你会发现,在这一点上,沈从文不乏同道。你由艾芜、端木蕻良以至路翎那里,都察觉到了类似趣味。真正的"复杂性"是由这里出现的:当沈从文全面肯定作为一种文化形态的湘西,以这种肯定来否定城市文化形态并**追究**"病因"的时候。在这种时候,他依自己的逻辑,连同"蒙昧"一起颂扬着原始性,让和谐宁静与清静无为、抱雌守虚联系在一起,把奴性的驯良与淳朴忠厚一并作为美德。他不满足于把"文明病"仅仅归结为道德束缚,却又并未因此从这里出发追究更广阔的社会历史原因,反倒由广而狭,向"教育""知识"寻求归结,从而经由"肯定"与"否定"直接引入了传统哲学的落后方面,复杂化了他作品中的文化价值意识。就沈从文而论,也许"追究病因"是一大失着。他的所长,在描写具体生活形态。但不"追究病因",又不成其为沈从文。所"失"也与所"得"一样,造成着这一个作家和他的基本形象。

在沈从文的作品中,最为集中地传达着作者的上述文化价值判断的,是小说《虎雏》和作为小说注脚的散文《虎雏再遇记》(《湘行散记》)吧。《虎雏》既然是一篇带论辩性的小说,旨在传达一种见解,因而理应为研究沈从文思想者所注重。

据作者看来,一个来自那种地方的自然之子,又由军旅生活训练得"灵魂野蛮粗糙",其生机全得自自然和那份生活。"一切水得归到海里,小豹子也只宜于深山大泽方能发展他的生命。"人性是不能移栽的。虎雏之成其为虎雏,只因"不曾把他的身体用学校固定,也不曾把他的性灵用书本固定"。而"这人一定要这样发展才像个人"!

这里关于"教育"的见解,可与作者的其他文字(如《在私塾》)相互发明。① 作者谈到自己在教育方面的欠缺时的谦抑态度,又何尝不是一种有意的姿态——以"谦抑"表现出**文化**上的优越感呢?《虎雏》一篇收束时作者说:"至于一个野蛮的灵魂,装在一个美丽盒子里,在我故乡是不是一件常有的事情,我还不大知道;我所知道的,是那些山同水,使地方草木虫蛇皆非常厉害。我的性格算是最无用

---

① 沈在小说《有学问的人》中写到主人公:"这有学问的人,反应定律之类,真害了他一生,看的事是倒的,把结果数起才到开始,他看出结果难于对付,就不敢起始了。"而他在《阿黑小史·雨后》中这样写乡下人四狗:"四狗不认字,所以当前一切却无诗意。然而听一切大小虫子的叫,听掠干了翅膀的蚱蜢各处飞,听树叶上的雨点向地下的跳跃,听在身边一个人的心跳,全是诗的。"

的一种型,可是同你们大都市里长大的人比较起来,你们已经就觉得我太粗糙了。"

《虎雏》不失为佳作。因为它虽旨在"论辩"其中仍然有"人",活鲜鲜的人,但沈从文的所长既不在论辩与说明,因而即使寄寓着相似的文化价值观念,《边城》《三三》之属,其审美价值也绝对高于《虎雏》——其中的生活形态更具体,血肉更丰盈。而《虎雏》的价值又绝对高于如《知识》这样的作品,也因为同一个理由。

沈从文强调他的无功利目的的创作态度,我却在他不止一篇作品中觉察到传达某种"哲学"的**功利**意图,感到强烈(甚至有时显得过于强烈)的"目的性"。比如《菜园》,再比如艺术上不无可取的《夜》。这些作品(尤其《夜》),在一定程度上,是被作为传统哲学——《庄子》哲学的形象演绎而构思的。矛盾也正在这里:作者颂美自在状态的未蒙教化的湘西时,却不能不由中国的传统文化汲取思想;他告诉你"教育""知识"会戕害人性的自然,而他据以批判的文化价值观念,却主要得之于"知识化"了的传统哲学。沈从文不是思想家。由他那些作品(包括《烛虚》之属)寻绎深奥的哲理,在我看来是不大必要的。他的魅力在于他提供的图画。如果说对于一些作家,缺憾主要在缺乏哲学,缺乏对世界整体的哲学把握的话,那么对于沈从文,有时却又在于他太依赖于传统哲学。如果仅止于从中获得审美规律的启悟,那情况自然另是一种。为他所肯定并纳入创作构思的,也许是太多了。

《山道中》一篇,他写山中小县行政设施的简陋和县长"无为而治"的盎然"古意",特别提到的是县长读《庄子》,"朗吟"《秋水篇》。《夜》中老人案头摆着的,是同一部《庄子》。《菜园》写玉家母子的"林下风度",其中还有训诫:"做人不一定要多少书本知识。"旨趣都太哲学化。更刻露的是《知识》——不但思想,而且情节人物,都像是从《庄子》中描下来的。正是作为"哲学",它们不但缺乏独特性,而且令人感到"现实"与"梦"、"生活"与"哲学"的割裂。这种"哲学趣味"不只同现实人生不谐调,更同沈从文自己的艺术世界不谐调。

沈从文在他的湘西诸作中所表现的"美的人生",充满了世俗的欢愉,而如《知识》所写,却不像人间世。它不是以一种哲学"为生活辩护",而是以哲学使人物出离活生生的充满血肉的人生。这里且不及于对《庄子》"齐生死""一寿夭"的哲学评价。我只是感到,《夜》一篇所写,尚可说是"山野奇人",至于《知识》中的人物言动,则匪夷所思,整个儿是《庄子》式的寓言。人物哲人化,境界哲理化,即使不是生活意义上的"非自然",也是审美意义上的"非自然"——尽管《夜》有精巧的布置。抽象的"自然"还不足以支撑作者的整个美学世界,传统哲学也不能**替代**现代人对于人生的思考。沈从文始终没有为自己的创作找到更有力的思想支点。至于把老庄"绝圣弃智"的思想径直引入小说,则不但使作品的思想见出陈腐(即人们所认为的缺乏时代感、现代感),而且复杂化了作品中"文化价值比较"的性质。

当沈从文写城市社会(其实不限于"城市社会")为礼法羁束的人性、人的情欲,并以湘西社会人生形态的自然作为反衬时,他的文化价值判断中包含的合理性是显而易见的。在这种有限范围的比较中引入的"任自然"的思想,也的确成了"为生活辩护"的武器。但当他把比较扩大至于整个生活方式、社会生活的组织方式,传统哲学与现代生活的冲突就经由他的作品呈现了。在这种情况下,他不但为"哲学"牺牲了"生活"(如《知识》的干瘪、做作),也牺牲了自己的审美趣味。

中国现代作家中,郁达夫是有"隐逸倾向"的。终他的一生,严陵钓台都如圣境,是强大的诱惑。尽管他同时又热衷于世务,"俗念"太深,只配在出世、入世间剧烈地矛盾,而不可能真正在"世外"结一个茅庐。这几代作家中,与这种中国士大夫式的隐逸趣味最少干系的,也许就有老舍、沈从文吧。由于阅历也由于来自阅历的那份特殊的教养,他们都入世甚深,亲近的是俗人俗务,"趣味"正由这"人的世界"中养成。这只要看他们怎样亲切地描绘纷扰的人事,怎样细细地品味生活中的小小情趣即可知。① 湘西固属"化外之境",却不是隐逸者的世界。那里充满浓酽的人间味、极其世俗的人生快乐。你更由作者的笔触间,觉察到这世界的构筑者本人对于那人生的恬然、怡然的满足感。在我看来,这里才更有沈从文的本色。

我所感到的沈从文的"哲学的贫困",文化思想的贫困,除了其他原因外,也因为他所选择的视角——城市文化与湘西文化的对照。这种比较,其合理性只在构成比较的有限范围之内。在"城市世界"与"湘西世界"之间,并没有引入"历史发展"的概念。不是变动着的世界的比较,而是两种文化的静态的比较,是"形态"的而非"动态"(演变过程)的比较,因而难免不是片面化了的比较。人类付出了如此沉重的代价,当然不是为了使自身停留在"自在状态"。而沈从文笔下"城市病""文明病"或多或少也正是"历史进步"的结果——至少是为"历史进步"而必得付出的代价。至于更健全的社会,不消说也只能在跨越这弊病丛生的"文明时期"之后才会到来。20世纪所提供的世界历史眼光,完全有可能使沈从文以更宽阔的时空尺度度量湘西那一种文化,然而沈从文却始终未能据有这尺度。他反复地

---

① 由于极富生活情趣,沈从文笔下的风物人物都具体而亲切近人,不像端木蕻良的对象那样象征化——虽境界阔大,有时却不像具体的人生。沈从文的湘西是满溢着生活味的。沈从文如他自己所说,善于"体贴人情",因而他的"风俗画"也极饶风情。他不只感兴趣于婚丧庆吊等仪节风俗。他更感兴趣的是人情,因而所写也自然而然地风习化了。不假外在的渲染铺张;"风习"即生活,极具体的生活。沈从文的叙述常常是一串密匝匝的细节,一气铺排下来,使人物与生活场景毕见,处处鲜活。那"铺排"却又因行文的轻巧自然,使人不觉其为"铺排"。一些极不起眼的事物,是曾使作者动情,并长久地保留着一种情绪记忆的。因而只消朴素地写出,就轻易地将你的类似经验点醒了。那事物也许细小到如夜间高岸河街"小摊上成堆的花生,用哈德门长烟盒装着干瘪瘪的小桔子,切成小方块的片糖",如行人"上船时那点推蓬声音"。这些细节既如海明威所说,是曾激动过作者,使之体验到某种特殊感情的,"情调"也就在其中。
风习描写中横生的想象,也显示着沈从文的一种能力。沈从文以这种方式使他的有关知识与经验得以展示。想得极广远,着想又极细密周至。沈从文的浪漫气质与艺术思维的细,两面结合得极其自然。放纵的想象与描写的具体入微的结合,使自由与节制,放与收,笔触的疏与密、虚与实,在许多情况下,都配合得恰到好处,既洒脱而又谨严,近于艺术创造中"自由"的境界。

宣称自己是"乡下人",也许正是这"乡下人"——宗法性的中国社会培育的知识者,助成了他又限制了他?①

比如《萧萧》。一个为人妻(尽管丈夫是小她九岁的吃奶的娃娃)的女人失身于另一男子,"沉潭"或"发卖"是她可能的命运。但那拟议中的处罚,较之文明社会虚伪而且更其酷虐的道德礼法,却不乏宽容——"比较"是这样进行的。由《萧萧》里,你感到的是女主人公那勃发的生命。"蒙昧"之于萧萧,绝不像是一种缺憾,正如那小鹿般浑然无知的状态对于翠翠丝毫不像一种缺陷那样。在范围有限的对比中,一种悲剧性被另一种悲剧性给掩盖了。

在这里你也许注意到了沈从文与老舍间的差异。老舍的文化批判,既向着侵蚀着城市社会的半殖民地文化,也向着传统的"北平文化"。尽管当面对后一对象时,他的心理极其复杂。沈从文的剑却是单锋的。

请"神"来的受制于"神",请进传统思想的,也不免受束缚于传统思想。希图占有"文化"这一种宽阔的眼界的,其眼界实则并不开阔。他的肯定与否定,在一种真正开阔的文化眼界下,也许会彼此交换位置。

其实对这两个世界,沈从文都保有一种距离。对于城市绅士们的世界,他用"嘲讽",对湘西世界,他用"鉴赏"——他也并不自居为其中之一人。他说过他的"寂寞"。即使仅仅在这里,他的寂寞也是真实的。他被漫画化了的"城市"也被理想化了的"湘西"所放逐,他的智慧却又得之于两者:以知识者的哲学、审美趣味审视湘西,又以

---

① 只有不止把那些人物放在与现代社会的丑恶病态的对照中,同时也放在与进步中的现代社会、在分化中发展着的城市文化的对照中,不止由民族传统的承续这一角度,同时也由历史发展、文明进步这一角度,不止以城市文化、现代文明造成着的新的人性压抑为背景,而且也以这种文化势必导向人性的未来解放为更广阔的背景,沈从文才能准确地估量他的湘西人物的价值,那些人物在历史与人性发展的坐标上的位置。——但这毕竟更像为一篇社会学论文提出的要求,而我们在这里所谈论的,却是沈从文的小说。

湘西乡下人式的眼光打量城市世界。站在两种文化交错的路口,他不能不是寂寞的。

在沈从文这里,"目的性"不仅表现在某些作品演绎"哲学"的意向和某些作品的诉诸直接的说明,还表现在他对两个"彼此参照的世界"的总体设计上。我丝毫不认为"目的性"本身有可非议,我只是想指出沈从文创作的总体特征中易于被忽略的方面而已。因为正是这一方面,使这一创作个性更与中国现代作家的某种"共同性格"相通。还应当说,尽管沈从文也有一些只写某种世相的作品,但沈从文作品中的那个"合目的性"的世界,那个负载着文化批判内容的世界,终究是他所提供的最有价值的世界。

刘西渭早就指出过,沈从文笔下那些可爱的少女"属于一个共同类型,不是个个分明,各自具有一个深刻的独立的存在"。他由审美方面作了解释:"沈从文先生在画画,不在雕刻;他对于美的感觉叫他不忍心分析,因为他怕揭露人性的丑恶。"① 再站开一点你会看到,"类型化"的不只是少女。沈从文的城市世界与湘西世界,都是或多或少地模型化了的,其"基本要素"在他较早的作品中就存在着,此后不过是丰富而已。人物是人格化了的"社会",以人性的形式包含着整个生活原则——无论是肯定的还是否定的。湘西诸篇,主人公首先是"湘西",是那一种生活。也因此两个世界都于极具体琐细中又各有一点儿抽象:在作为"参照物"的意义上的一种抽象;各以其文化的偏至,人性的偏至,文化、人性的哲学内涵的偏至来发明对方。隐现在总体构思的背后,作为心理背景的"意图",毋宁说是极其具体的。

"模型化"在沈从文,也出自对合于理想的"美"的形态的追求。在这种追求中,个体正是构成总体和谐的材料:个体的美由于融汇到这整体的和谐中,作为个体的意义反而不是最为重要的了。那些个小世界像是相互衍生,彼此生发,终于在文化氛围、美学境界上融成

---

① 刘西渭:《边城——沈从文先生作》,《咀华集》,第73—74页。

一片。这种"融成一片"的有机统一性,在那一时期的文学中是罕见的。这也是沈从文审美创造的特点之一,使其艺术世界成其为"完整"的条件之一。这"完整"主要不在所描写的社会结构——如《子夜》那样包含着近于完整的社会关系,而主要在审美意义上。因而《子夜》中的社会图景的完整依赖于对差异的把握,"湘西世界"的完整,却系于"无差别性"——社会意识毕竟又由审美结构中透现了出来。

沈从文把他的湘西作为孤立的空间环境来表现,这自然出于预先的假设:这空间是与其他空间隔绝的,是与其他文化圈几无交换的孤立世界。现代中国(由于其经济、政治的不平衡)近似地提供了这种现实,沈从文却把这现实进一步绝对化了(当然也只是在他的部分作品里)。

中国现代作家写乡村,其时空意识与古典诗人大不同处,是他们的心理空间、艺术想象、艺术思维空间的开放性。他们写封闭的世界,却是变化动荡的大世界之中的封闭世界。正因为他们以20世纪现代人的时空意识看这世界,才能发现其封闭(空间)与凝滞(时间),并传达出这种时空印象。而沈从文在他的相当一部分湘西之作里,却力图体现存在于湘西世界自身中的时空感,复原湘西人物的世界认识、世界想象。这不能不造成沈从文的乡土描写与同时代类似题材创作的心理差异。存在于湘西世界中的"和谐",也以上述时空意识为一个方面的依据。而在同时期的作品中,你看到了那样多的冲突,出现在王鲁彦、王统照、许杰、洪灵菲、张天翼、吴组缃、叶紫、沙汀、路翎等等笔下的,是何等扰攘不宁的乡村!

但沈从文毕竟又有他清醒的现实感。美的理想与浊世中现实的冲突,让这敏感的作家深深地苦恼着了。

> 我看到一些符号,一片形,一把线,一种无声的音乐,无文字的诗歌。我看到生命一种最完整的形式,这一切都在抽象中好

好存在,在事实前反而消灭。①

因美与"神"近,体即与"人"远。生命具神性,生活在人间,两相对峙,纠纷随来。情感可轻翥高飞,翱翔天外,肉体实呆滞沉重,不离泥土。②

——奈何!

《边城》写"人性皆善",文字间却若有深忧(刘西渭已有见于此)。《长河》更让人觉察到暗影的飘移:和谐境界自身包含的对于和谐的破坏。沈从文始终有他在"现实"与"梦"间的清醒,只不过他的现实感在这类近乎纯美的图画间,取了更为曲折隐蔽的呈现形式罢了。

包容着人性理想、重造民族的愿望的湘西
——审美追求与社会历史思考

由理性层面构成了沈从文作品的内在统一的,除道德意识、更为广泛的文化价值判断外,也就是他的同样易于引起争议的历史观吧。如果说沈从文的文思果然如水,那么隐现在他创作构想中的"历史主题",也正属于使这水流同一趋赴的犹如河那样的东西。

仅仅"城市文化与湘西文化",不足以概括沈从文估价"文化"的角度。在上述共时性的横向比较之外,沈从文作品中还包含有纵向的比较:某种"现代文明"与原始性文化的价值比较。而纵横两种比较在具体作品中又是难以区分的。时间形态寓于空间形态之中。同时存在着的两个空间的文化形态的价值比较,也包含了文明发展不同阶段间的比较。在散文中,比如《湘西》《湘行散记》诸作中,他更直接地谈到了历史。独特的历史感受正是他的文化价值观的重要心

---

① 沈从文:《生命》,《烛虚》,第53页。
② 沈从文:《潜渊》,《烛虚》,第43—44页。

理依据。因而不谈及沈从文的历史感,是无法理解他的文化价值判断的。

沈从文写过一篇《新与旧》,后来即以此名集。这题名当然不无深意。那边城僻地,因为一种"人神合作"的极原始的统治方式,使得砍头这一种残酷行为也俨然合于人情且富于趣味,而在另一时势下,却分明成了残酷不义:是这样的"新与旧"。在这中国,历史的每一进步,都伴随着新的丑恶、局部的倒退,而社会面貌的"新变",又往往引出多重含义和可能性。如沈从文那篇《建设》中所写"建设",难道不只意味着对于"文化"、对于"和谐与美"的破坏,何尝预示什么"历史的新的机运",何尝是一种"发展"的必要前提!

困扰着作者的,是借了"历史进步"的名义的新的丑恶。种种举措,种种所谓"建设",都像是在破坏而非培育民族的生机:不过使"堕落的更其堕落,懒惰的也越发懒惰了。坏的更坏,无耻的更极无耻"(《建设》)。在上文提到的《七个野人与最后一个迎春节》里,他让北溪村自暴自弃地醉倒了:

> "一切是完了,这一个迎春节应当是最后一个了。一切是。……喝呀,醉呀,多少人还是这样想!他们愿意醉死,也不问明天的事。他们都不愿意见到穿号衣的人来此!他们都明白此后族中男子将堕落女子也将懒惰了!他们比我们是更能明白许多许多事的。新的制度来代替旧的习惯,到那时,他们地位以及财产全摇动了。……但是这些东西还是喝呀!喝呀!……"

在沈从文,这绝不只是"遥望""遥想"之中虚拟的威胁。他曾细细地考察过湘西各处,为行经地区的残破、为湘西的未来而忧心忡忡。"十五年来竹林里的鸟雀,那分从容处,犹如往日一个样子,水面划船人愚蠢朴质勇敢耐劳处,也还相去不远。但这个民族,在这一堆日子里,为内战、毒物、饥馑、水灾,如何向堕落与灭亡大路走去,一切人生活习惯,又如何在巨大压力下失去了它原来的型范!"(《湘行散记·辰河小船上的水手》)在古旧凝滞但和谐"从容"与变动改造却充满丑恶灾难之间,他困惑着。他不能克制对于后者的忧惧。在同一篇散文里,他这样沉痛地发问:"浦市地方屠户也那么瘦了,是谁的责任?"

把沈从文在"现代文化"与"原始文化"之间的困惑迷惘,径直地归结为"怀旧"、对于"宗法制的过去"的迷恋,也许是简单快捷的吧,但这只能使人类精神史上的许多共同性现象变得更加难以理解。①

历史学家与文学家总是用不同的眼光打量同一事实。作为通俗的例子,我想到了美国的"西部片"。为这类影片所颂扬的英雄(卢梭所谓的那种"高尚的野蛮人")总是来自西部的荒野,而在他们对面为他们所轻蔑的,则是代表了软弱、怯懦、自私和妄自尊大的东部文明社会。情况像是,当历史学家选择了"文明"的地方,艺术家却一再地选择"野蛮"。你在处于"荒野"与"文明"之交的几乎世界各个民族的文学艺术中,都不难遇到类似现象。这种对于"荒野"的留恋甚至令人疑心是出于潜隐的天性、人类的"荒野时期"的精神遗留——人类本来是打荒野中走出来的。②

历史学家把奴隶制替代原始氏族社会坚定地看作历史进步,而不计及其间所付出的代价(比如道德意识变动这种代价),文学却往往用另一种尺度度量历史。你可以想到狄更斯、巴尔扎克以及整个

---

① 30年代瞿秋白对于"宗法的浪漫主义""山林文学"的批评,不消说有其现实根据,但或多或少也失之严苛(瞿秋白:《学阀万岁》[1931年],《瞿秋白文集》[二],北京:人民文学出版社1954年版)。冯雪峰40年代在《论民主革命的文艺运动》一文中,眼光即有所不同(当然也依据变化了的历史条件)。冯文以为,"人民在落后生活中的在原始形态上的力量,正和他们在重重的压迫与摧残下的麻木、病态与软弱一样,都是我们所要掘发的东西"。当然冯文也指出上述"东西""也正是要求着无产阶级的进步的领导和组织的基础力量"。

② 你一定会记得杰克·伦敦那篇《野性的呼唤》,作为主人公的那一只"过度文明化的狗",怎样找回了它所失去的野性,"穿越文明的时代而归返到那荒野时代的原始生活中去"。这曾经是一篇极其动人的寓言。

18世纪、19世纪文学之上笼罩的浓重阴影,你更可以想到尤金·奥尼尔、卡夫卡和几乎全部西方现代文学。你绝不会轻率地把这看作文学对于历史的"反动"。因为文学正是在由自己的方面发现历史,发现矛盾着的历史的一个方面的真实,从而补了另一种眼光的偏蔽,而"历史真理"的确并非只有一个。①

中国作家毕竟是由自己生存的土地上汲取诗情的,他们对于历史的批判态度有自己极为现实的根据。中国在那个政府的治下,小民身历目击的野蛮残暴还有甚于原始时代。你在这里很难把"原始性的"野蛮与"现代的"野蛮真正区分开来。无怪乎沈从文有意以一种轻松态度写"杀人的游戏",并且不无讥讽地告诉你,对于"吃人"的事大惊小怪,不过出于"城市中人"的"可怜的浅陋","以及对中国情形的疏忽"。在作者看来,"其实那不过是吃的方法不同罢了"。正因为看多了吃人与被吃,"所以我能够毫无兴奋的神气,来同到一些人说及关于我所见到的一切野蛮荒唐故事"(《夜》)。纵然你极其不满于他的以近于玩赏的态度写蒙昧、残酷,你也会承认他的这些话是有些道理的吧。

还应当说,把"过去"诗化,与其说是哲学,不如说是一种心理规律,带普遍性的心理体验——尤其那些正由宗法制的阴影下走出来的人们。你想到了蒲宁的小说与叶赛宁的诗。但也仍然有的是差异。蒲宁的不少作品属于"移民文学",总有一种没落的氛围,所谓"失落感"——"移民文学"中常有的调子。身处异国隔着一层记忆的薄雾看故园,难免有那一种挽歌般的忧郁。而沈从文的是"游子文学"。他的湘西诸篇(这里指小说),是在流寓城市之后遥想故乡而写下的。不免也有怅惘,但这层记忆的雾,主要效果在使对象诗

---

① 不同于历史学的由历史总趋向及其总后果提出问题,文学因其本性始终更关心作为个体的人,人的命运、人性的完善等等。为历史学所忽略的东西,成为文学对生活思考的起点。但既然文明进程将最终达到人的彻底解放,谁又能说不存在着历史学与文学的终极的一致?

化、纯净化。① 现代文学史上的不少描绘乡土之作,属于这种"游子文学",其间印现着作者的乡土意识,以及由于时空移易而酿成的特殊心理。

萧红写《呼兰河传》,时态不甚明确。"过去""现在"融在了一起。沈从文的湘西诸作也不强调时态。即使叙述中指明了"现时态",这"现在"也像一种凝固的时间,它把"过去"包含在自己之中,却拒绝接纳"未来"。你也许会联想到美国"南方文学"的怀旧意识和特殊的历史感,把当前生活也"历史化"的倾向。沈从文的湘西故事,使湘西以外的人们感到古旧,读者自然有他们的道理。因为沈从文的时间意识中,本来就有"过去"与"现在"的叠加。历史感与现实感,融汇在文化感中。叙事态度也常提示着"已然"。因而铺展在沈从文笔下的,是历史河道中凝固着的亘古如斯的湘西。

你不消说同意"太阳每天都是新的"(赫拉克利特),你却也会同意"日光下头无新事"——沈从文喜欢用的一个"西典"(语出《旧约·传道书》)。它们都是真的,就它们各自观察历史的方式而言,更不必说包含在观察结果中的观察者特定的心理现实。

你不至于忘记了沈从文面对的是中国,是这个"变动"与"凝滞"尖锐地对比着的中国。"我们国内除几个大都市沾受着近代文明的恩惠外,大多数的同胞都还过的是中世纪以上的生活。这种生活是静定的,是悠闲的,他的律吕很平匀,他的法度很规准,这种生活的表现自然不得不成为韵文,不得不成为律诗。"(郭沫若:《行路难》)于是青年郭沫若借了人物之口说:"要想打破旧式诗文的格调,怕只有彻底改造旧式的生活才能办到吧。"当我们批评文学时,却往往有意无意地忽略了那种"格调"所因依的极为现实的生活方式。

---

① 这一方面的情形在沈从文与蒲宁等俄国作家间要不同得多。俄罗斯式的忧郁是近于直接"说出来"的。每种形象都在诉说着忧郁,忧郁既外在又内在地浸泡着整个作品。而中国式的忧伤,却可能全不着痕迹,不但没有字面上的痕迹,而且也没有具体形象的痕迹。它只是一种潜隐的心理色彩,淡到没有"色彩"的色彩,不着迹而又无所不在,非凭借中国式的审美经验不能感知的。

在发现着"不变"的地方,沈从文与同时代作家显然有极为不同的旨趣。《呼兰河传》(萧红)、《果园城记》(师陀)写"不变",写得那样沉痛。中国历史的悲剧性,似乎都凝聚在这"不变"里。"从树林那边,船场上送来的锤声是不变的、痛苦的,沉重的响着,好像在钉一个棺盖。"(《果园城记·颜料盒》)沈从文却深情地眷恋着那个活化石般的湘西,那因"石化"而凝固了的"永恒的"美感。但你仍然不必匆匆忙忙地依据一种尺度论定优劣。你不妨多花些气力认识沈从文注入那"不变"中的特殊的历史见解和情感态度。

"看到日夜不断千古长流的河水里石头和砂子,以及水面腐烂的草木,破碎的船板,使我触着了一个使人感觉惆怅的名词。我想起'历史'。"沿历史这条河怅望,他不去注意滔滔而下的急流,却注目那走在石滩上"脊梁略弯的拉船人"。他关心的是变中不变的小民对于生活的"忠实庄严",那些"于历史似乎毫无关系"的普通人坚忍顽强的"求生"的努力(《湘行散记·一九三四年一月十八》)。而这些的确"今古相同,不分彼此"(《箱子岩》)。在作者看来,正是这俨若与历史毫无关系的小民,和他们世代重复着的命运、生存形式,构成了"历史"的真正骨骼。他想经由他那些"不变"的美的图画,让你看到这些。倘若你读他的《边城》感到一种流贯全篇的怅惘,那你得记起他的这些感慨。你最好把那些小说与《湘西》《湘行散记》诸作一并来读,以便找出作者"审美偏好"之下埋藏着的东西。

文学(绝不只是沈从文个人的创作)的确较为关心俨若"不变"的小民的生活。你由现代甚至当代那些写穷乡僻壤写市井里巷的作品中,都不难发现"今古相同,不分彼此"的人情、世态、生活形态。这变中的不变,也正构成中国社会历史的一个方面的特征。"变"与"不变",出于不同标准、尺度的历史观察,并不如想象的那样绝不相容。更何况出诸哲学与诗的特殊眼光呢。"自其变者而观之,则天地曾不能以一瞬。自其不变者而观之,则物与我皆无尽也……"(苏轼《前赤壁赋》)

乘舟由沅、辰碧水上漂过,沈从文的兴趣始终在那些沉落水下的坚硬的东西。这属于一种文化兴趣,同时"历史"又在"文化"之中:那不变的**也是**历史。不理解这一点,你很难真正了解沈从文的历史意识,及其与"现实感"的交错、衔接。

其实沈从文即使在"现代"与"古旧"之间,心理也足够复杂的。他何尝只是一味地怀古恋旧!在他看来,变固可忧,不变亦复可忧。因为尽管他看到了湘西水手一类"不辜负自然的人,与自然妥协,对历史毫无担负,活在这无人知道的地方",同时却也看到了"另外尚有一批人,与自然毫不妥协,想出种种方法来支配自然","在改变历史,创造历史"。他毕竟不同于他的人物。在这篇《箱子岩》的收束处,他甚至认为既生了"硬性痛疽",不如敷上毒药"尽它溃烂"。

> 二十年前澧州地方一个部队的马夫,姓贺名龙,一菜刀切下了一个兵士的头颅,二十年后就得惊动三省集中十万军队来解决这马夫。谁个人会注意这小小节目,谁个人想象得到人类历史是用什么写成的!

——仿佛无意间与另一个自己辩难,沈从文有他历史意识自身的深刻矛盾,而且这矛盾不能不投射在那些"不变"的图画间,构成审美观照的心理背景。我指的正有那些明净图画间的沈从文式的忧郁。

沈从文不是由社会革命这一角度评价历史的。因而如果强把他的历史观与社会革命对立起来,也未必是出于对事实的尊重。你可以责备他批评"新"的时候,忽略了社会革命这一种真正"新"的历史因素,你却应当承认他所批评的丑恶也属于旧中国的现实。避免由社会政治的方面而力图由文化方面评价历史,是沈从文区别于同时代作家的自己的选择。即使在那样严峻的时代,文学也不妨宽容角度的多样性的吧。在我看来,真正成为问题的是,**不可避免地**渗透在沈从文的文化评价中的社会历史评价及其性质,以及他的文化意识与社会历史意识(包括了又不限于政治意识)在创作活动中的实际联系。

《新与旧》《菜园》都写到了当局的杀共产党,作者却只用淡笔带过。他以为恒久优美的,是玉家母子的那种"林下风度",和对于忧患的自然达观的态度(《菜园》)。这种人生态度才是作者审美观照的对象,而与作者本人那种掺入了愁绪的恬淡平静的审美心理同构。在这种时候,他是自觉地与当时的"主流文学"区别开来的。由于有意以一种超然的立场看人间的善恶、义与不义,他甚至既写被杀者的优美,复又写杀人者的糊涂可爱(《新与旧》),既赞赏"剿匪"军官们的机智勇猛,又以几乎同等分量的赞美给予那个率领穷人队伍与官军对抗的煤矿工人(《五个军官与一个煤矿工人》)。这也是典型的沈从文式的趣味。对于事件的政治评价经了他的笔,转换为单纯平和的审美评价,以及对一种文化形态、人性表现的评价。拼死相搏的双方在强悍从容的英雄气概上似乎"平等"了。他让你看到,他只肯关心"人性内容",即他的对象是否蛮野强悍,而不问他们在跟**谁**对阵。当事者(以至具有政治情绪的读者们)自然不会作如是观,他们对于对手是**谁**绝不会像作者这样毫无兴趣,他们也不会只为了显示"人性内容"而不关心功利目的。

上述描写的效果也的确并不恰如动机。既然被血抹去的,是人物的优美可爱处,那么即令作者另有主旨,读者仍然会注意到作品所写的残酷不义,因之而受一点小小的震动的吧。人世间一切可怜爱的,无一不被严霜所摧。一切的"自然"与"美",总毁于社会人事。由"美"出发的抗议,何尝不关乎政治!在那个时世,一切对现存秩序的抗议,都最终通向政治的抗议——这也许是沈从文当着笔前未曾计及的?①

"意图"与"效果"的参错,也呈现在其他作品里。《贵生》一篇所写的那个在主人面前"呆呆怯怯"憨态可掬的乡下人,被逼急了也会放一把火。但沈从文着眼的却不是主奴间的阶级对抗——为"主"的固然不是有意侵掠,为"奴"的也不过"一时性起"。他只淡

---

① 你会承认,对于校正某些作品关于阶级冲突的简单化的描写,只关心"政治性质"而不关心"人性表现"的带有普遍性的倾向,沈从文的角度与审美态度也有它的意义的吧。

淡地写,把主子的贪、淫和奴隶的善良天真淡淡写出,意在表现乡下人贵生性情里的那点刚性,为憨气包裹着的"野气"。他不谴责什么,因而境界始终不失和谐。在左翼作家发现阶级对立的地方,他止于发露人性,你却仍然看到了"对抗",感觉到了平静乡村中的不安。《三个女性》写到了革命者,甚至有对于一个具体的革命者的人格魅力的赞叹——也只止于赞叹"人格魅力",而**不及于信仰**。但你不会因此略过了篇末那段沉痛的话:"有些人为每个目前的日子而生活,又有些人为一种理想日子而生活。为一个远远的理想,去在各种折磨里打发他的日子的,为理想而死,这不是很自然么?倒下的,死了,僵了,腐烂了,便在那条路上,填补一些新来的更年青更结实的家伙,便这样下去,世界上的地图不是便变换了颜色么?……"

30年代的时代空气究竟有移人之力。《大小阮》对于小阮虽然用了调侃的调子,其中也尽有庄严的笔墨。二阮之间,作者自然以小阮的人生态度为较可取。"先生,要世界好一点,就得有人跳火坑。"①——出诸那个似乎耽溺于湘西古旧情调的沈从文笔下,你也许感到有那么点儿意外?

这是空前严峻的30年代。在遥望遥想湘西之余,沈从文不能不为这现实苦难,为这"人血搅成的政治漩涡"(《大小阮》)所撼动,因而有《大小阮》《三个女性》《菜园》《生存》,有《泥涂》《腐烂》《除夕》《夜的空间》……②有点奇怪的是,偏爱或"偏恶"沈从文的人们,都不大乐于谈论上述事实:或不忍看到沈从文的"现实政治感",或不愿看到沈从文的并非"超现实"。但站在这里的,的确是沈从文——与《边城》的作者是同一人。

局部材料仍然不足以替代关于"倾向"的判断,沈从文也仍然是

---

① 《大小阮》的收束处,有同样沉痛而动人的文字:"这古怪时代,许多人为找寻幸福,都在沉默里倒下,完事了,另多一些活着的人,却照例以为活得很幸福,尤其是像大阮这种人。"
② 《月下小景》中的《扇陀》一篇,也有对现实的暗示影射,说明作者纵然在神话想象中,也仍然不能忘情现实。其中的嘲讽意识就是一种现实意识。

沈从文。不及于"信仰"而肯定革命者的人生态度(《三个女性》),让恬淡自适与从事政治活动结合在同一个人物身上(《菜园》),在他看来,都没有什么不和谐。他是严格地区分了这不同层次的:人生态度与政治态度。人生或恬然自守,或勇猛进取,只要合于自然,都成其为美。至于虎雏那种人生与梦珂(《三个女性》)那种人生有何政治价值的不同,他却不打算计及。而在同时期的其他作家那里,人生态度与政治态度的区分绝没有这样琐细,因为人本是"整个儿"的。

上面所说到的,还不免是一些属于表层的显而易见的方面。我们探寻沈从文的社会历史意识与审美意识的联系,还过于滞留在内容层次:部分作品的题材与题材处理。沈从文在他的大部分作品里,是不涉及直接政治的方面的。但这却并不妨碍他以其创作传达出某些重要的社会历史观念。因而更值得关心的,是这位作家以怎样的社会历史观念渗透了创作过程,在某种意义上决定了他相当一部分作品的立意、描写方式以至"格调"。这里才有更为深层更为内在的东西。而社会历史意识也只有当真正与审美意识有机结合时,才足以成为有价值的研究对象——这自然也只是因为作为对象的是文学。

我注意到沈从文的妇女观——我不知是否可以认为沈从文的作品中有一种严格意义上的"妇女观"。对于一位小说家,我也许把所谓的"观"夸大地使用了。但无论见之于描写,还是见之于议论(小说散文中、杂文论文中),沈从文关于妇女的认识的确可以找到一贯性,而且相当深刻地影响到他的创作。

在"五四"以后的中国,公然以如下的口吻谈论妇女,也应当需要一种勇气的吧。"天生一个女人她的最大的义务,就只是把身体收拾得很美。……有人说:这个时代应把女子放出同男子在一块担负一切足以损坏女子固有的美的事业,我奇怪这话的原起。破坏美,拿来换女子不应受的劳顿,我看不出这算现代女子的需要。""女人就应作女人的事。女人的事是穿绣花的衣裙,是烫发,是打扮,是用胭脂擦嘴唇,是遍身应洒迷人的贵重香水,没有别的!在读书中间,也不忘记这类事,这女子算一个好女子。"(《一件心的罪孽》)如果你以为写在文学作品中的思想应当与作者本人的思想有所区别,那么我们还可以直接听取作者本人的议论:"一个女人本来就要你们给她思想她才会思想,给她地位她才有地位,同时用'规则'或'法律'范围她,使她生活得像样一点,她才能够有希望像样一点!""上帝造女人时并不忘记他的手续,第一使她美丽,第二使她聪明,第三使她同情男子……"(《废邮存底·一、一周间给五个人的信摘抄》)还有更多的佐证,因为这本是沈从文谈来兴味盎然的话题。

的确,沈从文即使在这一点上也只肯说自己的话,而无意于附和流行思想,比如关于妇女的人格独立、个性解放的思想。他只打算以如下尺度估量女人的价值:"一个女子在自然派定那分义务上,如何完成她所担负的'义务'。"(《月下小景·爱欲》)批评这观念,指出它是由"五四"启蒙思想、近代民主思想的倒退,几乎是人人可以做到的。问题仍然更在于上述观念对于沈从文创作的意义,即它们在何种程度上、以何种方式进入了创作过程并实现在作品之中。

在我看来,上述观念的重要性,正在于它事实上是沈从文创作《丈夫》《萧萧》等相当一批作品的思想起点之一。它至少由一个方面,规定了沈从文截取生活的角度和截取方式,他的审美态度和具体的审美处理。沈从文创造的审美价值,在相当大的程度上依赖于他对"女性美"的发现,而他对于"女性美"的理解与把握,则系于他对女性的"职能"(用他的说法,即"义务"吧)、女性在社会关系中的位置的认识。他对于翠翠、萧萧们"无知无识,顺帝之则"的生存形态的欣赏态度,不仅仅出诸对"自然"这一理想的钟爱,他的以女性为"自然"的精灵,也绝不只是偶然的选择。他是在一个女人完成"自然派定那分义务"这种意义上,理解萧萧这形象的伦理内容与人性内容的。在这个意义上女主人公"失身"于花狗只是更使"她像一个人,因为她有'人性'"(《月下小景·爱欲》)。

我也许已失之武断,把原本朦胧的东西弄得过于清晰了。更能说明这一点的,是沈从文对于性爱的描写及包含其中的评价方式。显而易见的是,沈从文所写爱情与"现代性爱"无缘。沈从文对两性关系,几乎始终是由男性方面估量的。因而也绝非偶然地,《丈夫》写那种生活的悲剧性,取的是"丈夫"这一视角(这本身当然无可非议)。悲剧性首先是由丈夫的受辱感中引出的。更不消说《第四》《湘行散记·一个戴水獭皮帽子的朋友》那类作品。(我应当承认,我读这些作品时不能不怀着厌恶。)男主人公所以被认为"洒脱",只因了他们渔色猎艳的那份本领。在这样的一种"人性观察"中,女性作为现代意义上的"人"的命运,甚至完全不在作者的兴趣范围之内。

我也想起了为沈从文一往情深的"吊脚楼风味"①,想起了即使由沈从文所提供的文字中也能觉察到的那种"风味"中的残酷——由现代关于"人"的思想出发所极易觉察到的残酷。

沈从文使用的,是男性中心社会里男性观察异性的眼光。这种特点纵贯了由《长夏》《篁君日记》到《萧萧》《丈夫》的沈从文的小说创作。区别正在于,"五四"启蒙思想的特点之一,是首先由妇女解放的角度观察性爱,谈论婚姻幸福、爱情自由的。在具有现代意识的人们那里,那种"吊脚楼风味",以一种更原始粗陋的形式包含了对于人的侮辱(而非"人性的解放"),显现着落后的生产方式与生活方式对于人的发展——人的文明程度的发展,人的道德观念的发展,人的自觉意识的发展——的限制。我由沈从文的这类作品中感到的,是作者民主思想的不彻底性。以上述认识评价本文中已经提到的作品,你的感受会复杂起来。你会突然感到作者的某些解释不免可疑。比如《丈夫》一篇写及船上的妓女,说"她们都是做生意而来的。在名分上,那名称与别的工作,同样个与道德相冲突,也并不违反健康"②。

我丝毫无意于贬抑如《丈夫》《萧萧》这类小说的艺术价值。我

---

① 沈从文说过,"各个码头吊脚楼的风味,永远又使我感觉十分新鲜。"(《湘行散记·虎雏再遇记》)
② 沈从文对翠翠、夭夭、三三、萧萧们及对现代知识女性的不同评价和审美态度,有时令人想到老舍,老舍对于"旧派女人"与现代女性的认识及审美处理。这也是"五四"以来文化思想的歧异影响到创作的例子。

只想说,我们由小说中感到悲剧性,有时恰恰由于我们作为现代人与作者间的认识差异。文学创作的"动机与效果"也属于那种说不尽的话题。然而研究却不能仅仅依赖于对某些作品的个人感受,而不把这作品与作者的全部思想、全部创作联系在一起。

正如写女性使用的是为女性特设的标准(施之于虎雏的,不必说绝不能施之于三三),沈从文写"下等人",也令人感到有他特设的标准。这是沈从文作品中另一耐人寻味的现象,而且也因其不限于个别作品而有讨论的价值。

我以为如《灯》这样的作品(《灯》在沈从文的作品中也属精品),作者态度的可议之处,正在于他像他的叙事者那样,用"主人"的眼光打量他的人物,赞扬或贬斥出于一种为仆人、蠢人拟出的标准,因而掩盖了人物自身的真正的悲剧性。对这老兵,他连同他的农民式的忠厚天真一起鉴赏着的,就有他的奴隶式的忠诚。也许正是这一点,最有悖于那一代知识者的道德感情的吧?① 这仆人、侍从,即使在梦里也是奴才:"他的梦展开在他眼前,一个主人,一个主妇,在酒杯中,他一定还看到他的小主人,穿陆军制服,像在马路上所常常见到的小洋人,走路挺直,小小的皮靴套在白嫩的脚上,在他前面忙走,他就用一个军官的姿势,很有身份很觉尊贵的在后面慢慢跟着。"作者在《灯》里对奴性的鉴赏,与他在其他小说中对于柔驯、退守的人生态度的鉴赏是一致的。即使那"七个野人"又何曾谋反?他们不过死在了柔顺上。当作者想到"中国多数的愚蠢的朋友"时,令他感动不已的,正有这些人"那最东方的古民族和平灵魂"。这又使他那样地不同于老舍,始终以一种沉痛甚至焦灼的眼神注视着市民人物保守苟安的精神弱点的老舍。②

在湘西诸篇外(因为"湘西世界"本无所谓"上""下"人等),沈

---

① 你不妨对照地读一下芦焚的《人下人》,更不必说张天翼那些对于奴性深恶痛绝的刻绘。
② 当然沈从文也写有另一种人物,如纵火的贵生(《贵生》),不安于奴隶生活的祖贵(《泥涂》)等等。但我这里是就其主要倾向而论的。

从文写下等人"畜牲一般"的"愚蠢"时,总不吝笔墨,铺排得格外细腻。这倒是一种别致的"乡下人"的趣味,相信真的乡下人是与这趣味无缘的。他们对于自己的被视为鹿豕般的"愚蠢"处,一定另有一种见解。但那态度又绝对不是嫌恶——像真正的"上等人"那样。那毋宁说是一种含有鄙夷的亲昵,略微有一点儿像牛主人的看牛。沈从文有他的公正。他认识那些农民的价值,比如会明那农民式的坚(《会明》)。但他同时玩赏他们的蒙昧混沌,如会明的"天真如狗,驯良如母牛"。他以"上等人""知识者"为参照物的价值肯定,正包括了对于驯良以至"愚蠢"的肯定。①

我由此又想到了沈从义以轻松的笔调写在小说散文中的"杀人的游戏"。那种材料,在萧红的笔下,一定会是沉重的吧,尽管她也极力使笔调轻松。区别在于透入笔调的深层心理及其观念背景;萧红是由关于"人的价值"的认识出发,感受这痛苦的,沈从文所缺乏的,却恰恰是**这样的**一种悲剧意识。

我由作者关于女性和关于下等人的描写看到的是同一思想根柢。毫无惧色引颈就戮的人犯,和在看杀头以后纵饮饱餐的看客,不把别人也不把自己当人,这是绝大的悲剧——作者却并不由这一方面评价生活。吊脚楼及船上女子对于畸形生活安之若素的心态,旁观者对这种现象习以为常的态度,都不知有所谓"人的尊严",也是大的悲剧——作者却也不由这一方面评价生活。由杀人者与被杀者的愚蒙中,他甚至感到一种趣味,因而才有那种轻松到近于玩赏的文字。② 在沈从文那里,缺乏的正是彻底的现代民主思想,是生活感

---

① 留意一下沈从文写在作品中的对于"上等人""下等人"的态度,也是有趣味的吧。对上流社会,他嘲笑着,却又有时在笔墨里掺入了"下等人"式的艳羡。那些出身名门(甚至高官显宦)的有教养的男女,叶属是风雅的,举止是高贵的(《如蕤》《春》等)。对下等人,他有更多的同情与善意。但当玩赏他们身上的奴隶标记时,那眼光又是近于"上等人"的。正如对于"城市文化"与"湘西文化",对两"等"人,他也分别保有一种距离。这也可以从一个方面解释沈从文的"寂寞"吧。

② 你试读一下沙汀写乡间老爷杀人游戏的《消遣》,就不难发现作者间趣味的不同。

受、艺术表现的**现代**特征。上述这些,很难用"文化"这笼统的概念来解释。我由沈从文这里看到的,是与传统文化的联系助成了又极大地限制了审美创造的例子。有志于探寻文学创作与"大文化"的关系的人们,也许可以从中引出启示也引出教训的吧。

中国现代文学的确更注重由社会历史的方面(以至更为直接的社会政治方面)把握生活,但沈从文与同时代作家的区别仍然不只在于他的"文化趣味"。创作于同一时期的,还有老舍、萧红、端木蕻良、师陀、艾芜等等。他们对于文化形态的兴趣以及所创造的审美价值,同样是现代文学中引人注目的现象。区别集中在文化价值判断及其尺度上,集中在对传统文化的估价上。离开了"五四"以来中国思想史的实际,离开了"五四"以来中国的基本社会矛盾与社会斗争,离开了中国知识分子在现代史上的奋斗与追求,你无法恰当地评价沈从文的文化思想。沈从文并没有"超越",研究的"超越"不也因此更失去了依据?

沈从文提供了自己的作品系统——一个独立自足的艺术世界。他自觉地使自己的创作既从"五四"流行思想的影响下脱出,又由30年代的普遍空气中脱出。这种"独立性"却同时给他带来了损害。"五四"彻底反封建的民主要求(包括"个性解放"的要求),30年代联系于社会革命运动的关于阶级对抗的思想,都是使现代文学获得其"现代特性"的东西。沈从文在创作中避免社会历史判断,却不能不使他的作品,包含着、体现着某种社会历史判断(!),这在他的创作中,也许是一种更深刻也更难以摆脱的矛盾吧。

尽管如此,我们仍然有可能发现并肯定沈从文作品中真正的"现代性"所在,他的文化思想的价值所在。在我看来,这就是他关于人的改造的思想——沈从文的创作中最基本的、最富于积极意义的思想。他在"湘西世界"中寄寓的,经由城市世界与湘西世界的反复对照而显示的改造民族性格的思想,正属于中国现代文学的基本主题之一,也是现代中国思想史的重大命题。在这一方面,沈从文与他的时代又贴得那样近,他正是由他生存其间、呼吸其间的**现代中国**

汲取灵感与热情的。也如其他现代作家(比如鲁迅,比如老舍、张天翼、萧红),出于对民族精神病象的深忧,他甚至说得过分痛切①,以至描写中显示出那一种"文化偏至""审美偏至"。但如若这几代现代知识者没有了这种感受与思考的"极端性",这种偏执以至近于"病"的激情,我们的现代文学该会减少了几多现实感与精神深度呢!正是出于这种现实感与激情,沈从文不无庄严地告白过他从事创作活动的如下目的:"我很愿意尽一分时间来把世界同世界上的人改造一下看看"(《湘行散记·一个爱惜鼻子的朋友》),"使他生命'深'一点,也可能使他生存'强'一点"(《新废邮存底·八、学习写作》)。至于"文学运动的意义",则应当在"用作品燃烧起这个民族更年青一辈的情感,增加他在忧患中的抵抗力,增加活力"(《新废邮存底·七、给一个军人》)。这"新的文运新的文学观",就积极方面而言,也即"要在作品中输入一个健康雄强的人生观"(《新的文学运动与新的文学观》,收入《烛虚》)。他也把上述思想直接写进小说中。《若墨医生》在结尾处写到"我"尽想着"中国应当如何重新另造","如何就可以把某一些人软弱无力的生活观念改造,如何去输入一个新的强硬结实的人生观到较年青一点的朋友心胸中去","我"想写的书即叫"黄人之出路"……②

若在听取了上述告白之后,你又听到沈从文对你说"我看一切,

---

① 比如他说过,"大多数人的生命如一堆牛粪,在无热无光中慢慢燃烧"(《新废邮存底·十四、美与爱》);他还说过,"街上人多如蛆,杂声嚣闹。尤以带女性的男子话语到处可闻,很觉得古怪。心想:这正是中华民族的悲剧。雄身而雌声的人特别多,不祥之至"(《烛虚·长庚》)。

② 由于上文谈到的种种,沈从文关于改造人性的思考,也不可避免地与同时代作家有思路的歧异。他的人性理想主要限于"诚朴坚实""勇敢雄强"这些属于意志品质的方面,以至可以作各种解释的"有勇气,能疯狂,彻底顽固或十分冒失"等等(参看《废邮存底·十、风雅与俗气》),而并不及于"人格独立"一类更具现代特征的内容。同时代作家大多是由批判奴性——封建依附性开始了"改造国民性"的思考的,沈从文的思想却另有起点。因而在看似相近的思想趋向间,也仍然显示着思考者思想根柢(尤其是文化思想)的不同。这"同"中的"异"也许更有研究价值。

却并不把那个社会价值搀加进去,估定我的爱憎"(《从文自传·女难》),你至少会迟疑并再加思索的吧。

正是基于现实感的对于人性理想的追求,和更为现实而迫切的重造民族的愿望,给予了沈从文的创作以内在热情,使其能在现代史的特殊条件下赢得读者。学沈从文只学其风习描写,不过得其皮毛。读沈从文而读不出其现实感、现代文学思想魅力所在的使命感,也终不能读懂沈从文。至于学沈从文而精芜并收,读沈从文而玉石俱采,怕要为沈从文本人所笑的吧!

1985 年 12 月

蒋纯祖论
——路翎和他的《财主底儿女们》

一个念头强烈地诱惑着我:我忍不住想要弄清楚,当路翎写《财主底儿女们》这部大书的时候,处在怎样一种感情状态。我依着自己的习惯,希望首先从作品的文字间捕捉住作者的情绪,而不去听作者关于自己的作品讲些什么。说实在的,读完这一部书,是需要足够的耐心的。也许现代小说史上再也找不出另外一部长篇,像《财主底儿女们》这样晦涩、精芜杂陈——一枚硕大的酸果!当我一点点艰难地啃下去,我想到了陀思妥耶夫斯基,那个"拥有一种病态的天才"[①],给人物同时给自己以"精神上的苦刑"[②]的俄国作家。

不用说,路翎无论功力还是实际成就,都不足以与那位巨人相比。但他的天性里似乎也有一种"残忍性",一种使自己也使别人狂躁不宁的因素——中国作家中罕见的个性与气质。

一

这是一部始终扰攘不宁,而且是在自始至终的扰攘不宁中写成的书。所有那些借路翎的笔而生存的人们——主要是蒋家儿女们,

---

① 卢那察尔斯基:《思想家和艺术家陀思妥耶夫斯基》,《论文学》,蒋路译,第218页,北京:人民文学出版社1978年版。
② 鲁迅:《忆韦素园君》,《鲁迅全集》第6卷,第67页。

都像是希腊神话中的西西弗斯(Sisyphus)①和坦塔罗斯(Tantalus)。恼人的思想,彼此间不断发生的冲撞,他们自己狂热、神经质的个人气质,都像无形的鞭子,抽打着、驱赶着这些高贵的人们,使他们的思维与情绪不能哪怕只是瞬间地固定在一点上。这群财主的儿女们中最年轻的一个——蒋纯祖,当他出场的时候,正像一只小狼,从那个时候起,他似乎就没有安静过。若是他偶然地沉静下来,也一定会瞬即触电一般地跳起来,猛烈地想,或者狂暴地动。

我想,每一个活人,都不可能以这种方式生活——他们一定会很快就力竭而死的。不必费太大的气力,你就可以从文字间找到作者,那个习惯于以"处于紧张状态的思想、感情和形象"②进行创造的小说家。这个人的个人情绪,无疑是小说特异节奏和氛围的重要来源。他无法使自己安静下来。当创作这部长篇小说时,他似乎正在承受着巨大的精神磨难,狼一样狂暴地奔突,极力从兽槛中冲出去。他肯定着,又否定着,跟自己争辩,说服自己,或者推翻自己,甚至拷问自己。小说使人相信,他的整个创作过程充满着痛苦;直到终篇,他也没有能够制服座下那匹凶暴的马——他抓不牢自己思想的辔头。

由这种持续的狂躁与兴奋中,产生出《财主底儿女们》异乎寻常的叙述方式。这样的叙述方式不可能不破坏"整体感"。生活像是在他的叙述中一块块碎裂了,风化了,变成了一个个局部,片段,瞬间。动作总是突发的,不连贯的。镜头迫不及待地在不同的形、色、人、物上跳过,焦距迅即变换。这里也有细节,甚至过分精美,显出贵族式的豪华,每一笔都带着一种情调、氛围,把人物裹在里面。但在缺乏整体感的叙述中,它们却像是阳光下一堆亮闪闪的玻璃碎片。

动荡不定的,是这整部作品,而不是其中的某个局部,某个人物和人物的故事。

---

① 西西弗斯被罚永不休止地推巨石上山,每次将到峰巅时巨石即滚下。与坦塔罗斯同为希腊神话传说中人物。
② 卢那察尔斯基:《思想家和艺术家陀思妥耶夫斯基》,《论文学》,蒋路译,第207页。

那么,纠缠着作者,使这个灵魂如此不宁的,究竟是什么?怎样的一种巨大的困惑,才有可能驱使一个十七岁的青年[1],动手写一部对于他这样的年龄,显得过于沉重的大书,承受一种如此旷日持久的"精神上的苦刑"?——这一切为了什么?

二

> 我们中国,也许到了现在,更需要个性解放的吧,但是压死了,压死了!……不容易革命的呢,小的时候就被中国底这种生活压麻木了……一直到现在,在中国,没有人底觉醒,至少我是找不到!……(第二部第十三章)

这里叹息着的,是蒋纯祖。是这样地艰难,人物与作者,终于把最使他们不安的思想,清晰一点地表述出来。

其实,一个统一的意图,贯彻在小说第一部第一章到第二部的最后一章。作者像一个初入狩猎场的猎人,由个人角度,笨拙而又执拗地逼近他的猎物。由于他为自己选择的对象世界过于庞大、芜杂,叙写中常常失去驾驭,以致使碎散的场面、片段,矛盾混乱的思想,有时险些把他的主要意图给淹没了。但你仍然可以由情节的错杂交织中,触摸到作者构思的基本线索,找到情节—作者思想的逻辑,尽管它们常常显得暧昧,闪烁不定。

我们不妨追踪一下作者的思想径路——直接沿着作品情节的推展;并且试图解释,这种思想径路是由怎样的历史环境和现实条件中产生的;这样地思考着、描写着的人,与决定中国命运的历史活动,以

---

[1] 小说的作者路翎在《财主底儿女们·题记》(1945年5月)中说:"这部东西,是在一九四〇年就起手写的。"(《财主底儿女们》,上海:希望社1948年版)是年,作者十七岁。初稿在战火中丢失,作者又重新着手写它。

怎样的方式联系着。

第一部：家族历史与家族性格

这部长篇小说，仅仅结构方面，也令人感到眩惑。小说第一部，推出了一个庞大的形象系统，以蒋家家族谱系为经纬，其间交织着蒋家，以及外围的各色人等。这是一个色彩斑斓的世界。最活跃的，作为这家族的灵魂的，不是那个威严的父亲蒋捷三，而是蒋纯祖的哥哥蒋少祖。第二部的焦点，更多地集注在一个目标上，即在第一部里还不足以引人注目的蒋家的小少爷蒋纯祖。这里也有一个纷杂的世界，但它却是主要围绕这一个人、为了这一个人而设置的。蒋少祖们退居远景，蒋家的第三代人却占据了较为重要的位置。《财主底儿女们》情节的发展，是在这个家族的命运史中实现的。除了这种常见的结构方式之外，这部小说还必须有别的什么，才能把它格外纷繁的内容组织起来。我们在下文中也许可以解释清楚，构成小说内在统一的因素究竟是什么。

这个封建大家族，在中国现代文学中，是一个惹人注目的存在。父亲和儿女、直系以及旁系——这个家族所有成员，彼此惊人地相似。他们都是敏感、神经质的，都有贵族的精神优越感，都像那个王桂英一样，"不能照别人一样地生活"，有着一种"时常显得乖谬的激情"。这还要算是较为次要的方面。这是一些绝对孤独的灵魂。这里每个人在每一瞬间，都强烈地意识着自我的存在，激赏自己，超乎一切地钟爱自己，像钟爱热恋中的情人。他们都善于把外在世界变成自己"精神支配下的""内心底图景"，把作为对象的客观世界化为对象化的自我。这些人在外界的每一现象上都首先看到、感觉到自己，并细致地品味这种感觉。这才是一种不寻常的禀赋。具有上述秉赋的人，不可能不是高傲的。由这个家庭走出的"政治家"蒋少祖，几乎轻蔑自己以外的任何人，始终救世主一样地垂着他俯怜众生的眼睛。（他的弟弟蒋纯祖，差不多一开始就以超人自居，认定了自己只能走一条"险恶的、英雄的道路"，而此外的路则是留给庸常之辈的。)那个热狂的王桂英,只要有一个机会使她与众不同,比如在示威游行中被拥上了演说台,她的第一个陶醉就会是:"她站在高处,群众在她底脚下仰面看着她。"他们不但是财产上的,而且是精神上的贵族,上帝的选民。这样的一些人,即使对于孤独的体验,也异乎常人。蒋少祖常常醉心于他自以为是"自由而神圣"的孤独感,夸张地想:"他,蒋少祖,在中国走着孤独的道路……"(而蒋纯祖即使还是一个少年时,就已经乐于享受那种"热烈而凄凉的孤独",体验孤独者的近于神秘的内心生活。)在路翎笔下,甚至一个工人(朱谷良),也像蒋家的少爷们那样沉醉在孤独中。你会感到,知识者的某些精神特征,在蒋家的家族性格中,被成倍地放大了。

在这样一些赋有异禀的人们中间,出现了中国小说中罕见的家庭关系、人物关系。多么令人诧异:这部小说中众多的人物,经常是由彼此相斥的力联系在一起的。每一个人都不了解、不信任其余的人,即使一母所生的姊妹,即使一道亡命的伙伴。这个世界里不存在和谐。人们"彼此怀着厌恶","他们都觉得自己是特殊地孤单的"。有时"戒备"和"敌意"使他们简直类乎"宿命的仇敌",怨鬼一样彼此纠缠,仿佛只是为了证明人与人的不能相容似的。坼裂声在一切把人们联结在一起的地方响着。所有路翎人物的活动空间,无处不像是苦恼的渊薮。

本文所论的蒋纯祖,直到小说第一部第三章才迟迟出场。那是在他姐姐蒋淑华的喜宴上。"一个穿短裤的、兴奋而粗野的少年跳上了门槛。他用明亮的眼睛看着大家,怀着一种敌意。"粗野,狂暴,神经质。你一下子就认出了蒋家真正的家族标志。

到第一部临近结束时,你已经不能把这个青年贵族和他的哥哥蒋少祖在气质上区分开来。这个野心勃勃的少年对着世界傲然宣布:"这些是我的!这一切全是我的!"

这是一个真正的蒋纯祖式的宣言。这声音所引起的,与其说是惊讶,不如说是困惑。它不像是三四十年代的,甚至也不像是"五四"的。陌生感推你离开人物,陌生感同时也强化印象。这后者也许正合于作者的需要。——在表达一种思想时,他要求"强烈"!

第二部:蒋纯祖及其性格历史

苏州—南京—上海,是第一部中人物活动的三角区。每一处都伴随着一种特定的情调、音乐主题,而又与一个或一组人物的性情、格调相应。旷野—武汉至重庆、演剧队—乡场,则是第二部中蒋纯祖生命史的三个段落,这个性格的三部曲。它们同样不只提供了显示同一性格的不同舞台,而且彼此构成情调的对比。小说的总体结构是匀称的。

旷野

旷野、漂流者,永远使这个作者迷恋。当第二部开始后不久,蒋纯祖就由燃烧着的南京逃出来,跟偶然遇到的朱谷良们一起,沿长江和广袤的江岸平原漂流。

旷野上的蒋纯祖,令人想到法捷耶夫小说《毁灭》中的美谛克。甚至连两个人的处境都那么相像。他们都是知识者,处在跟他们的出身、教养极其不同的人们中。在《毁灭》里,那是一支"溃灭"中的袭击队;旷野上蒋纯祖所跟随的,也是一支小小的队伍,所谓乌合之众。两个人物的相似尤其在他们的善恶观念上。两部书都让人物面对人类生活中必然会发生的残酷。《毁灭》中的袭击队,为了不致使同伴落入敌手,不得不毒死病人;由于饥饿,不得已而劫粮。《财主底儿女们》里那一群漂流者中间,一再演出杀人的场面,比如朱谷良枪击强奸民女的国民党兵痞。两个人物——美谛克与蒋纯祖,对于这类事件有着相似的反应。毒死病人和劫粮,都使文雅的高中学生美谛克厌恶。"他反对毒死病人,而并无更好的计谋,反对劫粮,而仍吃劫来的猪肉(因为肚子饿)。他以为别人都办得不对,但自己也无办法,也觉得自己不行,而别人却更不行。"①在袭击队队长莱奋生看来,美谛克不过是俄国式的生活中才能生长出的"懒惰的,没志气

---

① 鲁迅:《〈毁灭〉后记》(1931年1月),《鲁迅全集》第10卷,第326页。

的人物""不结子的空花"。蒋纯祖也一般地对于杀人怀着嫌恶。因为被杀者(无论其有怎样的罪恶)"也是一个人",而"他,蒋纯祖,爱一切的人",在这群野蛮人中间,只有他,才"理解别人底生命底意义"。两个人物这种高贵的悲悯,在他们所处的具体场合,都不能不是虚伪的。因为这种悲悯丝毫不对实际后果负责,也丝毫不关心问题的实质方面。超越具体善恶的道德立场,只能是虚构的。

旷野上的蒋纯祖忠实于他自己,但路翎的描写却缺乏包含在法捷耶夫的描写中的批判力量,蒋纯祖也缺乏美谛克形象的讽刺意义。这多半由于像在《财主底儿女们》所提供的其他场合那样,蒋纯祖在精神上比周围所有的人优越。朱谷良绝不是莱奋生。这是个冷酷、多疑、野心勃勃的家伙。这种人物关系,使得蒋纯祖的卑怯、虚伪(当然是不自觉的),也招人怜悯。

旷野上的漂流,才是蒋纯祖性格历史的真正起点。蒋纯祖在这里最显眼的,是他的要求"爱一切的人"、理解一切人的"生命底意义"的思想。情节在继续推进中使人们看到,具有上述观念的蒋纯祖,怎样地在与环境的必然冲突中,艰难地走他自己的人生道路。

武汉至重庆、演剧队

有关演剧队的描写,在小说的整个第二部中最集中也最富于戏剧性,冲突的性质表现出前所未有的明确与肯定。旷野上的蒋纯祖,向残酷的环境要求人道,要求对"别人底生命底意义"的理解;演剧队的蒋纯祖,则向革命组织、集团要求尊重个性。

小说在这个环节上对于主人公的把握,仍然是准确的。你看,这就是那个置身于一个具体的救亡组织——演剧队中的蒋纯祖:

> 他只注意他底无限混乱的内心,他觉得他底内心无限的美丽。虽然他在集团里面生活,虽然他无限地崇奉充满着这个集团的那些理论,他却只要求他底内心——他丝毫都不感觉到这种分裂。这个集团,这一切理论,都是只为他,蒋纯祖底内心而存在;他把这种分裂在他底内心里甜蜜地和谐了起来。在集团

底纪律和他相冲突的时候,他便毫无疑问地无视这个纪律;在遇到批评的时候,他觉得只是他底内心才是最高的命令、最大的光荣、和最善的存在。因此他便很少去思索这些批评——或者竟至于感不到它们。

这两方面——一方是以"自己底心灵"为"最高的存在"的蒋纯祖,一方是把一切个人感情(主要是爱情)都视为"小布尔乔亚"的恶劣根性,习惯于在绝不相容的对立中思考个人与集体关系的演剧队的领导者——的冲突是无可避免的。这种冲突,以演剧队的批判会为顶峰,构成爆炸性的场面。在这个场合出现的蒋纯祖,俨然是一位英雄。他的雄辩的发言,借了作者饱孕着激情的叙述,把他自己的某些方面(比如无视"集团底纪律"等等)自然地掩盖了。更何况站在蒋纯祖对面、组织对蒋纯祖的批判的,是一些多么猥琐、褊狭、善妒、智能低下的角色!这不能不使蒋纯祖耸出于众人之上,使他的以自己的"内心"为"最高存在"之类,也像是一种应有的权利。

情况正与旷野相似。作者忠于他的人物。他写的的确是蒋纯祖,而且是包含了人物的全部弱点,以至卑污的思想、念头的蒋纯祖,但小说提供的情势——环绕这个人物的人们,他们之间的冲突,等等,都使蒋纯祖处于有利的地位,使他的弱点不至于显得过分刺目。也与有关"旷野"的章节相似,作者以他的大篇议论,清楚地表明了他的倾向:在导致冲突的主要问题上,他站在他的主人公一边。他把冲突的另一方明确地规定为教条主义者和"投机者",而蒋纯祖这样的青年,则在普遍的投机中,"以个人底傲岸的内心拯救了自己"。人物的性格在情节发展中保持了一贯性,作者对于人物的评价,也在不断的矛盾中保持了基本倾向的一贯性。

正是在演剧队里,蒋纯祖开始了一种在他是最痛苦的思考:关于"个性"与"这个时代底教条""最高的命令"的关系,关于个人与革命集团的关系。小说以后的章节使人们看到,主人公把上述思考一直带到了他生命的终结。这个问题在人物—作者那里如此重要,以至它有时成为超越于、游离于具体情节的东西,小说第二部的后半部,因此显得更为芜杂、滞重。

乡场

在同样要求尊重"个性",激烈地攻击"教条",并对现实的革命持怀疑态度的蒋家两兄弟之间,毕竟有着差异。

蒋少祖说:"我信仰理性!"

蒋纯祖说:"我信仰人民。"

尽管在说出这个字眼"人民"的时候(小说第一部第十五章),蒋纯祖并不真正明白他说了些什么。小说的第二部,这个人物由演剧队到石桥场,性格却确实有了某种发展。作者也显然想在这里,使蒋纯祖与他的哥哥区分开来。虽然蒋纯祖的到石桥场,令人想到的是19世纪70年代俄国青年的"到民间去"。小说是这样描写的:初到石桥场的蒋纯祖,"只感觉到个人底热情,他不知道这和大家所说的人民有怎样的联系";但当他具体地从事一项事业——主持石桥场小学,向绅粮们挑战——时,他总算觉得,"这里的这些不幸的生灵们需要他,他也需要他们。从热情的思索里不能得到的这种联系,这里就得到了"。终于在一个雨夜,他的灵魂喊出了:"让我和那些慢慢地走着自己底大路的善良的人们一同前进吧!"

但这不是主要的。乡场上的蒋纯祖,他的精神生活的主要方面,是演剧队的冲突在他个人理念活动中的继续。他更其猛烈地攻击着人的"平庸,迂腐,保守",因为"他们崇拜偶像,他们底头脑里全是公式和教条;生活到了现在,他们战战兢兢,生怕自己触犯了教条,他们所能做的工作,是使一切适合于教条! 他们虐杀了这个世界上的生动的一切"。处在乡人中间,更能吸引他的题目,仍然是"人底完成"。

即使这样,石桥场上的蒋纯祖,毕竟走出了在他是重要的一步。如果像蒋纯祖这样的极端的自我中心主义者,绝对的孤独者,都感到了"人民"的吸引,意识到他所寻求的力量在那些朴素而粗野的人们中间,那么这引力本身,该是何等强大! 底层生活在这个贵族青年那里激起的"混乱的激情"中,确实出现了把这个人由原来的思想轨道、生活方式中拔出的可能性。尽管小说第二部结束时的蒋纯祖,不但没有达到某种科学的理论认识,甚至没有修正自己认识中的重大谬误,他却确实走到了其他蒋家儿女即使在想象中也没有达到的地方。推动这种进步的,是生活本身的力量。无论如何,作者通过主人公"内心底狂风暴雨",甚至通过主人公思想与感情的"混乱",使人们感到了这种力量。

这个从崩溃中的财主家庭走出来的青年知识者,孤独、神经质、狂躁、野心勃勃,终于在旷野上,在演剧队,最后,在乡场上,经历了现代人生惨烈悲壮的一幕,以他的方式,触摸到了"这个壮大而庞杂的时代",对自己的精神优势发生了一度的动摇,受到了一个乡村女儿朴质、善良的道德力量的吸引。这些都是小说所描写的——没有越出人物性格变动的可能幅度。如果人们由这个形象,不仅仅看到了一个顽固的"个人主义者",而且看到了一个缓慢变化中的知识分子,看到了这样一个知识分子的一段精神历程,看到了这样的知识分子克服自我过程中的苦难,那么这是符合小说本身的实际的。蒋纯祖的痛苦与毁灭毕竟不仅仅是个人的。他的追求中毕竟包含着严肃、重大的东西。因此,他的痛苦才是剧烈的,他的毁灭才是悲剧性的。

……这蒋纯祖觉得是动人的、惊心动魄的一切,简直是震碎了他底神经使他在夜里不能睡眠。他是燃烧着,在失眠中,在昏迷、焦灼、和奇异的清醒中,他向自己用声音、色彩、言语,描写这个壮大而庞杂的时代,他在旷野里奔走,他在江流上飞腾,他在寺院里向和尚们冷笑,他在山岭上看见那些蛮荒的人民。在他底周围幽密而昏热地响着奇异的音乐,他心里充满了混乱的激情。在黑暗中,他在床上翻滚,觉得自己是漂浮在波涛汹涌的大海上。他心里忽然甜蜜,忽然痛苦,他忽然充满了力量,体会到地面上的一切青春、诗歌、欢乐,觉得可以完成一切,忽然又堕进深刻的颓唐,恐怖地经历到失堕和沉没——他迅速地沉没,在他底身上,一切都迸裂、溃散;他底手折断了。他底胸膛破裂了。在深渊里他沉沉地下堕,他所失去的肢体和血肉变成了飞舞的火花;他下坠好像行将熄灭的火把。

这简直是一种奇异的景象,现代文学中不曾响起过的狂暴的"心灵之歌"!作者希望给他的人物一个更像"结局"的结局,他抵抗不了这个念头的引诱,企图使人物超越他的某些局限,在弥留中变得圣洁,以至描写浸染了点宗教意味。但蒋纯祖自己给人们留下的,却更多的是关于他的困惑。我们重又听到了蒋纯祖沉痛的声音:"我们中国,也许到了现在,更需要个性解放的吧……"我们要追问:怎么样了?石桥场上的蒋纯祖,关于这个最使他不安的问题,思考得怎么样了?他在石桥场上的细小的变化,是否真的使他逼近了"结论",而他所谓的"神圣的真理"又指什么?

——作者掉过头去。他没有回答。

三

这是一个由历史提出,而又未曾提供完满答案的问题。

一切严肃的、郑重的、思考着的现代知识者,都无法使自己完全绕过这个问题。他们事实上由各个角度、侧面,直接或迂回,率直或含蓄,大胆或小心翼翼地,触碰着它。但使问题显得那样尖锐,无可回避的,还要算是《财主底儿女们》吧。仅仅这本书提出问题的方式,就够叫人惊讶的了。

作者突出、强烈地渲染人物某些与时代思想显然相悖的精神特征,其描写足以冒犯一般知识者的道德感情;同时毫无掩饰地同情以至钟爱自己的人物。这样描写着的作者,不会纯粹是为了艺术上的冒险。但他确实是在冒险——在人们认为"合理性""正常性"的边缘上,以至边缘之外,他把问题以从未有过的刺眼的方式提了出来:要由怎样的道路,才可能使历史的进步不至于以"个性"的牺牲为代价？怎样的革命才能在自己的任务中包括了"个性解放""人底觉醒"？

问题是极其现实的。"我"是一种现实存在。无论是出于理性自觉加以抑制了的"我"，还是像蒋纯祖那样放恣任情的"我"。当作为个体的"我"必须纳入集团的意志、目的、利益、纪律之中时，冲突不但是不可避免的，而且是合乎逻辑地发生的。"人们通过每一个人追求他自己的、自觉期望的目的而创造自己的历史，却不管这种历史的结局如何，而这许多按不同方向活动的愿望及其对外部世界的各种各样影响所产生的结果，就是历史。"①认为"最终的结果总是从许多单个的意志的相互冲突中产生出来的"，"无数互相交错的力量"汇合而成的"总的结果"，导致了历史的创造，上述思想，恩格斯还在其他文章中表述过。② 政治集团固然较之散漫的人群，拥有更为集中的意志、明确的行动目标，即使如此，个人意志仍然不可能绝对地消融在集团意志之中。鲁迅早在《非革命的急进革命论者》③一文里谈到过这一点。

抗日战争期间，大批知识者涌入革命组织，这种情况对于两个方面——革命组织和知识者个人，都是一种冲击，使早已存在着的矛盾表现出空前的尖锐性。知识者狭隘的民主要求，固然要与严酷的斗争环境，与革命组织有关"集中性"、纪律等等的要求发生冲撞，而知识者的民主观念，也势必使得一部分革命组织内部缺乏正常的民主生活的问题骤然突出出来。矛盾出现在蒋纯祖的人生经历中，不能不带有某种特异性质。"以个人的个性为最高的统治者"一类西欧资产阶级早期思想，的确弄敏了这个青年的感觉，使他比之一般人，能更细致地体验专制的痛苦，这种痛苦又是现实的而非心造的；但这

---

① 恩格斯：《路德维希·费尔巴哈和德国古典哲学的终结》，《马克思恩格斯选集》第4卷，第243—244页。
② 恩格斯：《致约·布洛赫》(1890年9月21—22日)，《马克思恩格斯选集》第4卷，第478页。
③ 《鲁迅全集》第4卷。

位雄辩家却完全不懂得使中国从一切专制下解放出来的现实道路。他无论如何也不能把早期资产阶级使用过的理论武器,与抗日战争的具体任务统一起来。路翎跟自己的主人公一起陷入了思考的困境。因为他和人物一样,并不真正懂得中国。他抓住了一种弊病——压抑个性,缺乏民主传统,却不了解这种弊病赖以发生的条件。在石桥场,他与主人公一起,像是初次发现了广大的底层社会。对于底层社会的观察,应当有助于人物和作者脱出困境,因为压抑个性的弊病的存在,依赖于社会经济条件,依赖于整个生活方式的落后性。可是这种"发现"在小说中并没有与人物原有的思路衔接起来。蒋纯祖更像一个架空的思想者。

人的历史主动性有其得以实现的条件,而贵族式的骄傲对于实际运动毫无意义。蒋氏兄弟不能以他们的力量真正作用于历史。这是可悲的。蒋少祖说到过自己追逐的主要目标:"不过想找一条路罢了。"他狂妄地想:"给我一个支点,我能够举起地球来……"问题恰恰在于:"支点"在哪里? 蒋纯祖也在"找一条路"。他最终的迷惘仍然是:"他感到他可以毫无顾忌地一直向前走;但他要走哪里去呢?"

我们现在也许更容易明白,作者为什么选择了这样一个主人公,为什么由小说第一部起,就在他的所有人物那里,最后,更集中地在蒋纯祖那里,表现一种个人的主观的精神力量。他企图在知识分子中,发现强大的个性力量,这种力量将使他们有可能经由自己的探索,独立不倚地达到"神圣的真理"。为此,他不惜把这种力量在描写中加以夸大。然而作者愈是写下去,就愈是感到,他的人物并不是他所发现的弊病的真正对立物,他觉察到他不能使人物既保持"个性",同时又具有历史感,拥有改造世界的现实力量。其实作者早已处在了矛盾的境地。他不但一再使人们看到以"精神独立"自傲的蒋纯祖,在实际生活中怎样软弱,思想力如何贫弱,而且让人们看到了,这个解除了任何束缚的"个性",会表现出何等可怕的自私,像人物那两次恋爱(先是和演剧队的高韵,后来又与乡场上的万同华)中表现出的那样。这是作者的主观意向所无能为力的：只要给人物以感性形式，使人物处在具体环境中，发生具体的人物关系，人物本身的否定性，就会违反作者的意愿呈露出来——即使作品中的生活是作者精心选择过的。

像是跋涉过了极其崎岖的长途，你陪着一个迷失了的灵魂在微弱的星光下颠踬。你希望人物早一点结束他的精神痛苦，你希望小说描写的这梦魇般的一切有个了结。人物死在他年轻的时候，你却像是看着他活过了几个世纪。应当说，折磨着作者和人物，使他们捱受那样多磨难的矛盾，在经过了几十年之后，已经可以看得比较清楚，你已经有可能比人物也比作者更容易地把握住那些错纷乱的文字间的逻辑。尽管如此，当你读这部小说时，仍然会不胜其烦扰。当你看到三四十年代的知识分子（尤其是像蒋纯祖这样，有着旧时代、旧家庭两重负累的知识分子），为了经由自己的摸索、奋斗而达到真理所经历的精神苦难，你是不会无动于衷的。你不会对他们的挣扎投以冷冷的一瞥，仅只满足于给人物的观念以某种判决，也不会轻薄地玩赏他们的精神创伤，嘲笑他们未能在死亡之前一把抓住全部真理。当然，今天的读者不至于再全面重复他们的命运，今天的作者也没必要以路翎的方式展览这类苦难和创伤，但他们却有必要重新思考由蒋纯祖思考过而没有达到结论的某些问题，这些问题并没有因历史的推进而变得陈旧。当然，他们会把自己的思路与蒋纯祖的，自然地区分开来。人总是越来越聪明。人类的认识活动就其总体而言，也愈益接近于"绝对真理"。这是大可乐观的。

四

倘若你肯费心作一点统计，你就会惊讶地看到，这部小说的大半篇幅，被人物狂热的内心独白和作者同样狂热的心理解说占据了。人物说了那么多，作者关于人物说了那么多，在这一方面，也难以找到另外一部现代小说与之相比。我在本文一开头就谈到路翎式的叙述,在这里应当说,那种叙述之所以显得破碎、跳宕,缺乏连贯性,多半是因为,这种叙述中容纳了过量的心理内容。他不是讲故事的人。他是人物心灵图像的不厌其详的解说者。

我曾谈到过老舍小说的心理刻绘——笔致活泼而绝不作大幅度的跳宕。那是曲折而绵绵不断的。即使陡起转折,也非凭空而起——转折而不失连续性。这正与他的整个叙述风格一致。路翎关于心理过程的叙述,也与他的小说整体风格和谐。他不尊重连贯性。人物的内心图像,被突兀地推到你的眼前。尤其是主人公蒋纯祖的内心图像。愈到后来,这个人物的内心生活愈狂热和神经质,人物的意念,像是由作者一个个抓住,朝你掷过来,砸过来,沉重地,恶狠狠地,使你禁不住想要逃开去。你被人物的思想和思维方式给弄得疲惫不堪,以致有时候麻痹了感觉和理解能力。但你仍然得承认,路翎有着一种捕捉人物心理瞬间变幻的异乎寻常的才能。

小说第一部第一章,蒋少祖与他所爱着的女人王桂英,被庆祝"一·二八"上海抗战胜利的人流所裹挟。群众的热情与力量,居然暂时地感染了这个青年贵族。但当王桂英跳上演说台,以她热烈的演讲吸引了公众的时候,世界的形象在蒋少祖眼里突然改变了:

> 在王桂英演说的时候,蒋少祖对她有了不可解的、仇恨的情绪。他突然觉得一切都是无聊的;王桂英是虚荣而虚伪的,群众是愚蠢的。他未曾料到的那种强烈的嫉妒心在袭击着他,使他有了这种仇恨的情绪。他注意到面前的一个男子为王桂英底演说而流泪;他注意到周围的人们底感动的、惊异的面容。人群感动愈深,蒋少祖对王桂英的仇恨情绪愈强。
>
> 他开始反抗他底这种心理,但这反抗很微弱,然而在王桂英羞辱地跳下岗位台来的时候,这种情绪便突然消逝了。显然的,王桂英在纷乱中走下岗位台来时的那种寂寞的意味令他喜悦。
>
> 王桂英迷惑地走向他,睁大眼睛看着他,好像不认识。人们向这边跑来,蒋少祖冷淡地向街边走去,王桂英,好像被吸引着

似的,跟着他。

> 街上奔驰着车辆,人群散了,蒋少祖冷淡地走着,不知要到哪里去,但希望王桂英从他得到惩罚。……

你一定会不习惯于人物的这种乖张。但你相信,作者写的,是那个极端虚荣、野心勃勃的蒋少祖。蒋少祖应当以这种方式感觉世界。

艺术的世界,情况也像生活世界一样复杂。这个往往忽略整体性的作者,偏偏以另外的方式(而且多半是在一个局部、片段之中),表现出对于整体性的兴趣。他不但希望人物的心理在他的叙述中,不失去其全部丰富性以至任何微妙之处,而且企图用文字复制出具体的感性环境。他试着以自己的叙述方式,打破一重障碍——以文字传达人物的意念以及创造一个活生生的感性世界时,通常所遇到的表现能力的限制,使人物内外两面的生活更统一、更逼近于实际状态。他追求的不只是生动的感性,而且是立体性。这种意图不但在描写大的场面(如蒋淑华的喜宴、蒋捷三的葬仪),而且在描写小的场景时也表现出来:

> 前房有活泼的脚步声,接着有兴奋的喊叫声,面孔发红的蒋秀菊提着精致的皮包跑了进来。在她底后面,她底新婚的丈夫踮着脚走路;新的坚硬的皮鞋吱吱地发响,脸上呈显着文雅有礼的,和悦的笑容。兴奋而快乐的陈景惠抱着小孩从院落里追了进来。床上的男孩被惊醒,猛烈地啼哭。

这种试验并不总是成功的。作者的刻画(不论对人物还是对场景)有时过细,细到足以使人忽略主要的东西。这个作者还常常表现得过分珍爱自己细腻的感觉,在他所喜爱的事物上流连不已,以致由于对情调的迷醉而忘了"意图"。更其令人难耐的是那些随意插进的大段解说。它们像是舞台演出中乐队筑起的音墙,隔在读者与人物之间,人物自己的声音反而模糊不清了。

问题更集中在人物的抽象思考与感性活动衔接的地方。抽象内容只有与感性的活力结合起来,才可能具有"个性"的标记。作者有时并不费力地做到了这一点,同时也在更多的时候,由于过分热衷于传达他本人的思想,而忘掉了使思想着的人物彼此区分开来,以致他们的内心语言也常常是相似的。毫无疑问,作者在这两个方面——理性思维和感性创造——都有相当的禀赋。可惜当两个方面还没有来得及充分发展的时候,它们反而互为障碍,使作品在"感性"和"理性"之间失去了平衡。

这一个有着雄心的小说家。他在自己尚未成熟的时候,写了这部不成熟的书。随后,又在走向成熟的途中,在事业上过早地夭折了。我们只能希望人物和作者的悲剧,真正成为历史的陈迹;希望作者的有关创作意图,能经由更成熟、在抽象思维与形象感受方面发展得更为均衡的作者,在全新的水平线上实现。

历史,会提供这一切的!

骆宾基在40年代小说坛

每个时代的文坛,都不免有一个或若干怪杰——即使不足以言"杰"。倘若不出"怪",倒要令人疑心这文坛还有没有活气。"怪杰"往往用异于常人的方式思维,以不同于旁人的调子说话。这调子也许到后来为大家通用,习焉不察,以至忘掉了它曾经"怪"过。而那些一度"怪"过的作品也渐就湮没,只为专门研究者所知。但其实那影响力早已透入文学史的过程。因而比之大批平庸作者的平庸之作,"怪杰"及其"怪",倒是有其更强固的生命呢。

自然,文学史上有过各式各样的"怪"。有皮毛的怪,有骨子里的怪;或怪得惹眼,人皆以为怪;或怪得平易,令人不觉其怪。30年代"红"过一阵子的穆时英们的怪,半是由于模仿,怪得外在。放在世界文学的大环境中,也许压根儿无所谓"怪"。更常见的一种,是文字表达方式的怪。如果这怪不是一种真正特异的文学性格的外在显现,那就不过如上所说"怪在皮毛"。兜了一个大圈子之后,我要说到作为本文主人公的骆宾基的"怪"。在我看来,那种怪有其深层意义,涉及了文学观念、审美态度一类更敏感的问题——我这里主要指他收入《北望园的春天》一集里的那些短篇。

一时引人注目的"东北作家群"诸人,到了40年代,路向、际遇就见出不同。萧红早逝,萧军西行,端木蕻良到写《新都花絮》《大江》,创作的势头已渐弱,不复能如写《科尔沁旗草原》《大地的海》时那样咄咄逼人。骆宾基原来并不"特出",其创作生涯中也绝少戏剧性场面,到了这个时期,却在平稳的推进中显示出一种特色。当然,他也凭借了40年代文坛提供的特殊便利。

同一前一后的"五四"文学与40年代文学相比,30年代文学更显得近于"常态"。这是文学史突进之后的相对稳定时期,这种时期的任务通常是消化、补充、巩固已有的发展,而不是提出新的惊人的任务。"五四"文学新鲜而幼稚,充满生机却生硬单薄。30年代文学则像是成熟了的人,稳定、强大。但这种时期却注定了不能持久。"常态""平衡态"的打破是规律性现象,即使仅止于局部环节的打破。40年代文学正蕴蓄并出现了这种情势。

然而深层里酝酿着、积累着变动的40年代文学,在文学史的描述中却被片面化了。根据地、解放区以外地区的文学,都受到了不同程度的冷落。文学史何尝能彻底公正!不包含自己时代的偏见的文学史,还不曾存在过。40年代国统区文学的被冷落,一方面由于前期抗战文学的粗糙,妨碍了人们对于抗战文学的总体估价,一方面由于发展过程的中断:50年代文学以继承解放区文学为职志,以至40年代文学中某些特异的文学现象,作为道地的偶然现象,过早地成了不可重现的"史迹"。

把文学真正作为文学来研究,你会发现,现代文学正是在40年代,出现了自我突破的契机。这契机自然首先是由创作着的个体显示的。相当一批作家,在小说艺术上实现了对于自己的超越。茅盾未完成的《霜叶红似二月花》,在我看来,是他最精致的作品。巴金的《憩园》《寒夜》《第四病室》,才真正标志了他个人小说艺术的成熟。此外还应当提到老舍(他的《四世同堂》似乎刚被当代人发现)、沙汀等等。"契机"还在于,正当此时,出现了一批"奇书",不可重复也确实不曾重现过的风格现象,比如钱锺书的《围城》、萧红的《呼兰河传》、路翎的《财主底儿女们》,以及评价更歧异的徐訏的《风萧萧》,张爱玲写于沦陷区的那一批短篇。作为特殊的风格现象,我还想到了师陀的《结婚》《马兰》。上述作品即使不能称"奇书",也足称"精品"。至少在创作者个人的文学生涯中,像是一种奇迹。我在这里首先关心的是"量":这儿汇聚着一大批!很可能是,力量(艺术力量,艺术追求的力量)在长久积蓄后突如其来地爆发了。而由这可观的"量"中,我更注意到了,有关作者都在自觉地致力于文学的内在规律的把握。因而思路极分散——在选材上,追求又极集中——对于文学的自身功能。"异"中有引人注目的"同"。

无论相对于前期抗战文学,还是相对于30年代文学,我都感到这里有文学对于自身的复归。而反映在作品中的作者的较为自由放纵的创作心理状态,也包含着"解放感":文学在观念上的某种解放。我想,这或多或少正由于战争,战争造成的文坛的特殊情势①,和作家们在战时相对安定的环境中的文学思考。柯灵著文谈张爱玲(载《读书》1985年第4期),以为这个流星般倏然而过的人物,正是抓住了"千载一时"的机遇。

这段时期很快过去。其所开始的某种发展中断了(创作者的个人发展也大多如此)。对于"新文学传统"的狭隘理解,使得有关的文学现象及其包含的问题一并被忽略,以至近几年人们才仿佛突然间"发现"了这片沃野——但也仍然限于对作品(比如《围城》《四世同堂》)的个别发现。而有关的"时期性现象"却更有必要作为整体被认识。也许只有从"新文学艺术演进"这一角度,才能提供对上述现象的充分估价,而我们对于"艺术演进"的忽略由来已久了。

在这出"奇"出"精"的短暂时期,骆宾基并不曾风头十足。但也正因此,他的小说创作中的某种"怪",更可以映照一时期的文学面貌。

骆宾基与路翎多少可以看作40年代小说界的怪才。说路翎怪,也许不会引出异议。那种风格以至那种笔调,不但无以模仿,而且因太异乎寻常而令人惊奇。能接纳这种艺术的人不会太多,因为它有时的确令人难以下咽——又硬又涩,又火炽又峻急,情绪太狂热,节奏太多变,文字太拗太重浊,在在出乎"常态"。然而骆宾基却"怪"得平淡。那风格也正像他的某些小说人物,庸常中藏着个异样的魂灵。

---

① 如"地区(主要为北京、上海)中心"的文学活动分散化,组织严密的文学团体代以组织松散、不以文学观念的统一为标志的"文协",创作者更为个体化的文学活动,等等。

说路翎的"怪",必得从他的文字谈起——刘西渭(李健吾)以他批评家的直觉,首先抓住的,正是这最基本而又至关重要的艺术元素。因为这表述方式里,沉积着"心理""情绪",路翎对于世界的基本态度。谈骆宾基的"怪",却不妨由形象入手。骆宾基独异于人的把握生活的方式,正凸现在"形象—构思"这一环节中。

荒诞意味:从形象到构思

论及叙事文学的小说,人们往往把"形象"仅仅等同于"人物形象",缩小了自己的研究范围。而关于"形象",又仅仅注意其社会性质。在我看来,更值得关心的,是作者对于形象的描写方式,作者经由描写赋予形象的审美特质。

骆宾基写小说并不过分用力,却往往于关节处出奇制胜——不是以哲学议论,而是给出形象,令人有异样感的形象,以形象凝聚全篇的"精神",更由此渲染出一种色调,使通篇小说获得独特性。

《乡亲——康天刚》显然采自传说,是你熟悉的关于理想主义者的悲剧故事,作者却用了近于"写实"的叙述方法。直到篇末,主人公山穷水尽,决定与爱犬乌耳同归毁灭,小说的形象、氛围才见出了诡奇。流畅的叙述到这里略呈顿挫。作者着意写那只狗与它的主人间的感应,渲染出一片"传说故事"特有的神异色彩。

> 这天晚上有月亮,满窗月辉,满门口月辉。康天刚起身轻声喊着:"乌耳!乌耳!"并向它卧处,伸着手摸索。那乌耳昂头向他注目,突然竖立直耳朵,仿佛望一个陌生人一样,两眼在阴影里发出绿火。忽然鼻吟一声,受伤一般夹尾跃过康天刚的肩膀,跑出屋去。
>
> "乌耳!乌耳!"康天刚轻声叫着,跟到门口,他看见乌耳远远的立在岩崖上,向他注视。
>
> 月光又白又亮,苍阗夜空,是那么圣洁,展布着星斗的阵列。

远近的山尖、树木,清清楚楚。康天刚在门口伫立许久,轻声招呼乌耳两次,乌耳远远注视它的主人,不近前也不远逃。立在那岩崖上完全不动。

作者不愿在开始叙述之前就强加于你以"传说感"。他用情节的进展,以形象、细节中的超现实意味,使作品由一般生活故事的轨道上脱出,也将读者由"事实感"中唤出,使你于不觉间产生了与"传说"相应的时空意识。回头细看全篇,你也才更觉出了整篇作品的某种抽象性质。两个农民间人生哲学的对比,即属于传说式的概括方式。这是那种没有时间、空间的规定性的故事,古老而又恒久新鲜——一个关于"人"的寓言。结尾处的"光明",毋宁说更使人有悲凉感,由理想与现实、人的有限能力与无限追求间的永恒矛盾引起的悲凉感。在悲凉中你一再地看到了那绿莹莹的鬼火般的眼睛,难以摆脱作品造成的心理氛围。异样的形象神秘化了小说的境界,倒是使这境界陡然深邃了。这也才更像是一个"象征""寓言"的完成。

作者必是遇到过神异的目光,感觉到过这种目光的魅力或威慑力。他在《老女仆》中,写到了一双更其异样的眼睛。

一个老女仆,在战乱的危境中,突然发现了自己境遇的全部真实:"他们的命值钱!我的命就不值钱!"这个人整个地改变了。藏在深心里的那一股阴沉的火烧到了眼睛里,她变得"冰冷","视觉几乎没有一点外物的存在"。她盯着自己的心,在那里培植着愤恨。作者又一次以异乎寻常的渲染法造成奇特的真实感和心理深度,使作品产生了震慑人心的力量。

……夜色逐渐的浓了,窗外的天空又阴又黑,曹妈儿的眼睛在这黑的夜色里发光,夜色越黑她的眼睛越亮。客厅里什么也看不见了,只是她那双眼睛的光,仿佛两个珍珠依稀的光辉闪闪,定止在空间,看不见她的身体,也看不见那亮芒芒的光所寄附的头颅,一对凭空悬挂的鬼眼。……

作者更由狗的感官写这眼的怪异:"巴鲁就那么遥远的望着曹妈儿,它的眼睛闪着绿的火焰,一会儿它就用鼻子呜吟一声,有如嗅到不祥的气息,一会儿它就伸舌舐着嘴巴,又凝止不动的注视客厅里那双悬在空间的有光辉闪烁的眼睛了。"

这小说正是在这里使你感到了诡奇。你在毕加索那里看到过类似的眼睛,但文字毕竟有它特殊的魅力。离开了肉体的、象征化了的眼睛,神秘,怪诞,使人有恐怖感,像是"物化"了的怨愤。也许,无名的怨毒当达于极限时,就会凝成这样的眼睛吧。骆宾基的怪想使形象有令人毛骨悚然的逼真感。正是由于过分逼真,才带有了"超现实"的意味。在被弄得狭窄了的"现实主义"框架中,一个这样的形象,一个类似的片断,就足以改变作品的整个面貌,使之出离普通的"生活故事",在读者的感觉中,有了某种超验的、抽象的性质。人们却往往忽略了形象、描写的力量,局部描写对于作品整体的意义。

如果我认为这类带"超现实"意味的形象出现在骆宾基的作品里并非偶然,那是因为我看到了如《一个坦白人的自述》这样的小说。"超现实性"在这里,就不止属于个别形象,而是它的整个构思。那个时期有许多人写大后方投机狂潮中人的疯狂,却没有另一个人使用这种寓言式的荒诞手法,使形式直接与内容谐调——或者不如说,使形式直接成为内容。你可以相信,骆宾基的那些描写或多或少地包含了作者**感受生活的特殊方式**。比如生活在他想象、感受中的变形,以及以"变形"来传达某种生活感受的自觉意图。不同于讽刺文学中常见的夸张(也是一种变形),这里是想象对于生活的再造。

在当时没有哪个评论家试图说明上述美学现象。可能是由于"批评"对于美感特征的一向漠视,也可能由于现成的美学范畴不敷使用。在这种情况下,评论界的通常做法,是谨慎地保持沉默,像是"故意的冷淡",实则不过聊以掩饰自己的困惑而已。是呵,真见鬼,生活会是这么一种样子。然则生活又怎么会是这种样子?——职在评论、鉴赏的批评家,往往用这种自相矛盾的方式说话。

但骆宾基的试验(?)也止于此而已,否则问题就不仅仅是出

"怪"了。他毕竟在现代小说界,属于由"五四"开始的那个文学时代。稍许有点异样,不得其时,于是自行消失,不成其为大气候,也因而40年代文学仍然是30年代文学的延续,不过"规范化"既久,略呈"异态"而已。在中国这样的国家,任何已经形成的"传统",都是强大和足够坚固的。

放开了看,骆宾基小说的确与中国现代小说创作的一般取向一致。比如对于心理过程的兴趣,对于环境压迫下人性变异的关注等等。在大体一致的发展中,他又取了自己特有的路径。他的人物的心理,有时须向"变态心理学"寻求解释。路翎也常写病态或曰变态心理,而且描写本身即呈病态——作者与对象世界的"同一",或者说"主观化""同化"了对象世界。骆宾基的态度却仍然平易得多。对人物的精神生活,他绝不像路翎那样深不可拔地"参与"。他的态度,多少使人想到精神病学家,尽管不是全不动声色,至少能不费力地保持着与对象的距离。因而大致可以说,路翎作品中的扰攘,相当程度上是他本人造成的;而骆宾基笔调的安详、轻松,却显然出于另一种创作心理状态。

《乡亲——康天刚》《红玻璃的故事》《老女仆》《由于爱》,都是人性变异的故事。"变异"各有一个具体的触发点,带有突发性(尤其在后几篇小说里)。即使是渐变,也给人以**内在的**紧张感。但作者仍然不以这种心理转折的戏剧性作为情节基础,他把气力极其耐心地用于一个较长的心理过程的描述,因而使作品见出总体的平易和从容。但人物心理突变的偶然性质,却的确反映出作者对于人的命运的独特理解。在20世纪物理学发展的背景上,人们正在用不同的方式谈论偶然与必然,调整自己对于世界的认识。对偶然性的蔑视长时期地影响过我们的文学创作,也因此,像《红玻璃的故事》这样的故事也不免显得荒诞不经:导致精神变异的因素竟会如此偶然和平平常常——一个红玻璃花筒!"但当王大妈闭一只眼向里观望时,突然她拿开它,在这一瞬间,她的脸色如对命运有所悟,而且她那两只有生命力的眼睛,是使小达儿那么吃惊,那两道眼光,是直线的注视着小达儿……"这瞬间,王大妈想到了自己的以及女儿的一生,甚至看出了外孙女小达儿的未来。对于"命运"的近乎神秘的领悟,使她一下子衰弱了。

自然科学工作者在谈论着"概率",我们却仍然对"偶然性"将信将疑。我们不大相信偶发事件的决定性作用。即使相信实际生活中的"偶然",出于思维惯性,仍不免对文学作品中的偶然性抱老成持重的怀疑态度。但改变一个人的命运的,却完全可能是那么一个红玻璃花筒。哲学家对人生的怀疑自然会凭借哲学思辨,一位蒙昧的乡下老大妈却完全可能依赖这类偶然的启示。"人"是个怎样的无限复杂的对象!

我们得承认,我们还得学会懂得"人"。这说起来似乎奇怪。倘若歌德对你说:"一个人精神的阴郁和爽朗就形成了他的命运!"[①]经验可能会告诉你,是的;"理性"却在你耳边说了别的,比如说缺乏足够的"必然性"等等。我们一向寻求把人性扩大,岂不知常常在把它缩小呢。我们关心影响"命运"的更其重大的因素,却因而忽略了大量的经常性的因素,忽略了经验、常识。是的,我们还得学会懂得"人"。

其实在骆宾基的上述小说里,倒还不是人背叛了自己的本性,而是人的本性在异乎寻常的过程中的复归:"她的生命复活了"(《老女仆》)。《老女仆》《由于爱》,都是关于人被唤醒的故事,《老女仆》更是一个人对于命运的韧性反抗的故事。以骆宾基与路翎比较,他们各有自己基本的兴趣中心。路翎反复写人在内、外双重压抑中挣扎出来,写人性的胜利;骆宾基则写内、外的巨大压迫下的人性变异——却也可以认为是"人性的胜利"。两个人的作品分别以自己的方式包含了对于人的乐观。至于"偶然性",自然是别的作家也描写着的。只是"偶然性"有时过分地被作为一种结构手段(比如设置"巧合""误会"),因而浅化了生活。骆宾基却力图由此切入人的更深的心理层次,探索人性的、人的命运的奥秘。这才是他以"偶然"

---

① 《歌德谈话录》,朱光潜译,第163页,人民文学出版社1978年版。

为对象时所显示的个人深度。

轻喜剧色彩

据《红玻璃的故事》的"后记",这故事原是萧红的,其基本线索得之于萧红的口述。但文学活动的"创造"特性是如此强烈,以至严格的笔录一经整理也会"个性化",成为整理者的个人创造物。即使《红玻璃的故事》的构思打着萧红的思想印记(我将在其他文章里谈到这一点),这小说的"调子"也绝对地是骆宾基的——尤其小说前半那种轻喜剧的调子。萧红太忧郁了,她已经不善于轻松地笑,像骆宾基在《红玻璃的故事》的前半篇中那样。①

中国现代作家们大多已经忘记了还有这样的一种笑。生活对于他们太过沉重。"专制使人变为冷嘲",于是他们尖刻地笑,像钱锺书那样;辛辣地笑,如张天翼那样;笑得放肆而少节制——《升官图》(陈白尘)属于这一种笑,笑得让你想哭出来。老舍号称"幽默大师",却也有人对这一封号疑惑:"大师"有时过分讨好,以致流于油滑,似乎还不能算"幽默"的正宗。这不免又让人想到鲁迅那个著名判断:"幽默"是爱开圆桌会议的国民的玩意儿,中国人本不是长于"幽默"的人民。

但生活与文学如此丰富,几乎对于任何"判断"都会有例外。我由骆宾基的作品里,发现了中国现代文学中极为罕见的喜剧风格,"轻喜剧"风格,态度最近于"幽默"的那种。虽然骆宾基绝不是公认的喜剧作家、幽默作家,而他又在自己的"风格多面"下,无意地掩藏着这种难得的禀赋。

中国的文学比之别国,更富于道德感,以至于"道德化"。因而"笑的艺术"一向更具有风险性质。因为"道德化的艺术"的绝对要

---

① 你会向我提到她的《马伯乐》。但这绝不是成功之作,也许正因为萧红写这题材原非"本色当行"的缘故。

求为"严肃",而道德感情的"严肃"又被混同于审美感情的"严肃"。现在我们也许早已能够把这二者区分开来了。一本新近译介的文学理论书籍告诉我们:"文学的有用性——严肃性和教育意义——则是令人愉悦的严肃性,而不是那种必须履行职责或必须记取教训的严肃性;我们也可以把那种给人快感的严肃性称为审美严肃性(aesthetic seriousness),即知觉的严肃性(seriousness of perception)。"而国外那种把问题混淆的情况竟也与我们这里相似:"教育主义者则会弄错一首伟大的诗或一部伟大的小说的严肃性所在,以为作品所提供的历史性知识或有益的道德教训就是严肃性。"①

在骆宾基创作的那个时期,写《老爷们的故事》这样的短篇,也得有点对于"严肃文学"的不同理解。因为那可不是让人"浅浅一笑"的年头。路翎写《幸福的人》,写《江湖好汉和挑水夫的决斗》以及《秋夜》(均收入《求爱》一集),也让人"浅浅一笑",但终究不如骆宾基的作品使人笑得自然。重要的还不是题材,而是作者的那种态度。他对于题材似乎并不那样认真以至过于郑重。拉开一段距离,他用近于旁观的淡漠神情看对象。他没有把自己写进去(这也许与通常对"幽默"的理解不同,那种理解是强调"自嘲"意识的)。愤慨、厌恶等等化淡了,余下的是机智——智慧的优越感。温厚柔和,略带一点儿调侃。只能说是一种"轻浅的幽默"。那效果,除了在《老爷们的故事》里令人笑一笑之外,多半并不使人感到可笑,而是让人觉得亲切。能写得"亲切",应当算得骆宾基的特殊才能。无论写农民,还是写知识分子,他都能写得亲切。而亲切之来,又由于他的那种"轻浅的幽默"——不以"幽默"为目的,像是一种与生俱来的态度。因而不需要特意的节制。"节制"是天然的。

当然,情况也因作品而不同。比如《红玻璃的故事》,倘若后半由萧红来写,想必会更见精彩。较之骆宾基,萧红更具悲剧才能。在

---

① 韦勒克、沃伦:《文学理论》,刘象愚、邢培明、陈圣生、李哲明译,第21页,北京:生活·读书·新知三联书店1984年版。

取材方面,也似比骆宾基更"庄重"、严格。她是一向注重题材的社会生活容量的。即使写风习,如在《呼兰河传》里,也写得那样满,那样沉重。

骆宾基捕捉喜剧性细节的兴趣有时与主旨无关。但也应当说明,他的某些小说主旨原本不显。他的那一种"轻喜剧"的态度,甚至会使他改变了材料原有的性质。《一九四四年的事件》本是个阴郁的故事:一个在"大后方"机关里做小书记的知识分子,为贫困所迫,犯了"抢案"。但那抢劫过程在骆宾基笔下,却是十足喜剧性的。在这种时候,作者的描写也分外出色。于是,悲怆化为了戏谑。你又会嫌作者过分地沉溺于个人趣味了。

喜剧才能并没有把骆宾基引向喜剧创作。除《老爷们的故事》外,他并没有更多的喜剧作品。而《老爷们的故事》也多少像是游戏之作(也许这判断里就有我个人对于"喜剧"的偏见)。我以为,骆宾基本人对于他的这份才能未必自觉。但也正因此,那才更是一种发自性情的对生活的态度。"艺术自觉"固然是必要的,却也怕会因自觉而失了自然。就个人趣味而言,我更珍视性情在艺术中的自然流露,"手段化"之前的状态。

骆宾基的轻喜剧式的态度,影响于他的创作风格,并不只限于"喜剧色彩"或"喜剧意味"(说"意味"或许更恰切些)。路翎峻急,而骆宾基简澹。这种不同中正有骆宾基的喜剧态度。他是讲究趣味的。有味的细节并不一定关乎"主线""主旨"。这点趣味反倒使笔墨闲闲的,有时见出一种从容优雅的风致。当这种时候,你会想到,写作对于作者必定是个乐事。他不大可能格格不吐。因而如上文所说,路翎往往生活在、整个儿泡在他的作品里,活得很痛苦,而骆宾基却能较为轻松地与对象保持心理距离。尽管一定会有另一方面的缺失,比如缺少深刻的悲剧感。但不伴随"缺失"的风格,似乎还没有存在过。

在我看来,喜剧才能也许是更为难得的,在现代文学史上简直可称异禀。创作固然要求投入,但也要求与对象间的距离,**以便保持审**

美态度。问题在于适度的控制。就现代文学来说,也许那一点"距离感"是更需要的。

主题?

异禀却未必可以言"怪"。我们还不曾说清骆宾基作品给我们的所有的"异样感"。有些更深刻的东西还潜隐在作品的表层之下。

以主张"为人生"反对游戏态度为起点,中国现代文学成为空前严肃的文学——空前的使命感,空前的社会责任感,空前清醒的历史感与现实感。现代文学对于现代历史的贴近程度,是怎样估计也不会过分的。因而即使"镜子说"不免局限,它对于说明现代文学的特征,说明现代作家注入创作过程的自觉的文学意识,他们基本的创作态度,他们对于文学功能的理解,等等,都是重要的。甚至不是一般意义上的"镜子",而是重大历史斗争、人们认识到的"历史本质"的镜子——在积极的反映论之上,又有更为"积极"的限制。你很难在别一国家的文学中,如同在中国现代文学中那样,毫不费力地发现"情趣中心",发现题材、主题的集中性,发现意向的一致和激情的相通。这是一种极其注重对于现实的**直接意义**的文学。

"严肃性"也覆盖了形式层面。30年代小说严整的结构,或多或少是那个时代文学的严肃性的形式表现。作者严肃地写着,充满了为社会责任感所激发的庄严感情。因而这一时期罕有轻倩流丽的小品之作,那类"小摆设"简直像是在冒渎人们的道德感情。

很难仅仅就上述特征较长论短。更有益的做法是描述它,描述造成这样的文学的全部历史和文学史的原因。但我们仍然无法使自己压根儿不去留意一种普遍的文学观念对于审美活动的限制。这种观念既使得文学开阔,同时也使文学狭小。某些生活面,更为多种多样的生活形态,因创作者文学意识的限制,而难以成为审美观照的对象——它们似乎无关乎重大的历史斗争,对于历史生活不具有"本质"的意义。较之以后的一个时期,"五四"文学的"为人生"还较为宽泛,更能包容。现代文学到30年代才达"严肃性"的极致。倘若由形成于这一时期的文学意识、文学趣味读40年代骆宾基的《北望园的春天》《老爷们的故事》《一个奉公守法的官吏》一类作品,会有"异样感"的吧。

1981年出版的一种《骆宾基小说选》,其选目使我有点儿惊讶。如《北望园的春天》这样的佳作似乎不应当落选的。在我看来,它较之入选的不少作品,也许更经得住时间。

这里写抗战时期大后方的两个女性和两三个男性,他们各有些无关乎"抗战"的性情的美处、可鄙可笑处或可怜处——不唯"无关乎抗战",甚至也未必关乎道德的是非、人性的善恶。对于这类平凡的世相、人生相,即使仅仅上述那些个题目,也会显得过于严重。小说中作者着笔最多的穷画家,给人印象甚深的,是他那种让人无法忍受的谦卑。这是人性的弱点。作品并无意作道德上的,更不必说社会政治上的评价。你无法依已有的思维习惯归纳小说的主题。它的特点也许正在"无主题",或者说"无明确意图"。不企图"说明",没有任何明白可感的"讽世""劝世"的目的。在作家的使命感异常强烈、道德感极其敏锐的文学时期,作者的这种作品不能不令人感到"出常"。你以这小说与构思相近的靳以的《邻居们》、王西彦的《人的世界》作一比较,对其"异样"会感受得更尖锐些。后者才配称"主流文学"。而前者却多多少少逸出了"主流"之外。

写在《北望园的春天》里的,何止是"近于无事的悲剧",简直没有剧。难得的却也就是这"没有剧"。过分的戏剧化败坏了我们的味觉,我们只习惯于由高度集中了的"苦难""悲剧"中感受悲剧性。而生活中最为大量的悲剧,却正是不成其为"剧"的那种。

这小说是动人的,而且极为耐读。笔致平淡得正如北望园的生活,却又绝不平淡到乏味。当你沉静地读下去,总能嚼出些淡淡的,久留在唇齿间的味儿——这也是人生!当吃腻了作料加得过浓过重的菜,略微一点儿清淡也会令人感到爽口,何况是骆宾基的作品这样有味的淡。

也许正是40年代的文学环境,使骆宾基能那样从容甚至悠然地发挥他的"趣味",发展他的"轻喜剧风格"。《贺大杰的家宅》同样不打算"说明"什么。作者的兴趣,只在那一种生活状态。而他那淡中有味、富于距离感的叙述,也使他敢于处理如《贺大杰的家宅》《一个奉公守法的官吏》这类顶顶沉闷的题材。

如果说,"轻喜剧风格"在于与生活保持适度距离,那么这种平淡,也造成着距离感。"平淡"同样不全出于技巧,毋宁说更出于"态度"——避开直接的善恶评价的那一种审美的态度。但也应当说,这种"平淡",不是什么"纯客观"。"平淡"仍然是一种"参与"。

以这种态度写小说,小说内容也势必会分散(在其他小说家那里,往往不难找出属于他们个人的"总主题""基本主题")。题材像是随手拣来,或偶尔撞上笔尖的。他的自传体长篇有较谨严的构思,写短篇却像一时兴到。即使题旨较为明确的所谓"主题小说",着笔也淡,像是无意间臻此,绝非专赴那"主题"似的。比如那篇《寂寞》。那是一个关于"寂寞"的极其平常的故事,却平常而沉重,因为有人因别人的"寂寞"而送了命。"寂寞"竟也能杀人的——作者仍然不打算加强这"意义",使其更像"主题"。似乎是,他只要写一种生活,一种生活的滋味、色彩,如此而已。

也因创作心理出乎常态,他的短篇取材往往较"僻",不大容易与别人撞车——你也休想轻易撞上他。他能写入极细微处,所取却常常正是别人易于失落的东西。写别人也会拣取的故事,故事发展到中途他却与别人分了手:他个人的"趣中心"出现了。你也到这时才认清了他。因而由他的短篇小说中,不易发现"流行题材"或"流行主题"。也得说明,到40年代,文学趣味确也逐渐变得多样,主题、题材之类绝不像"五四"时期和30年代那样易于"流行"。个人的漂泊无定,"文学中心"的分散,把习惯于都市(主要即北京、上海)知识者层的文学空气的作者们抛向种种陌生的环境,使他们发现了正常时期难得一遇的生活。大后方的相对平静、冷寂,也使创作者们注意到了"激情状态"下被忽略的人生现象。如果没有了上述条件,《北望园的春天》这样的作品才会是纯粹的偶然现象呢。

骆宾基不是"文体家",路翎也不是的。他们都不是如30年代沈从文、张天翼那样的革新小说形式、更新表现手段的好手。那似乎也不再是文学发展向40年代小说界提出的最为迫切的任务。活跃在40年代,他们依着自己的艺术目的,更凭着艺术直觉,各在一个小小的局部突破了常规:路翎对变态心理的兴趣,对于精神现象学的近于痴迷的热情,以及他的异乎寻常的语言艺术;骆宾基的形象选择,他的轻喜剧风格和对文学功能的独特理解。并不惊人,包含其中的认识内容也未经明确化、条理化,但却富于启示意义。到50年代小说集《北望园的春天》出版,作者对这小说的主题试作阐释,那阐释倒让人感到缩小了他的小说。如果本来意图有点模糊的话,不必设法在事后使它清晰起来。

以《一个奉公守法的官吏》与老舍的《不成问题的问题》比较,你也能觉察到骆宾基与同时期作家间创作的不同旨趣。骆宾基关心的不是人物的德行。"奉公守法"在这里,不过是"干巴巴""绝无风趣"的近义词而已。尽管主人公是个尽职的管农业的官员(如《不成问题的问题》的主人公是尽职的园艺家那样),作者却显然不打算颂扬他的职业道德,而宁以一种近于挑剔的态度看他的人生态度。乏味、鄙吝一类小小的缺陷,在正派的市民看来,简直是无足轻重的。

> 刘逸民在已经不是属于他的太太向他告别的时候,并没有发怒,或是现出悲戚的神气;相反,他是平淡的,正像面对着一个社会关系独立的普通女友一样,礼貌的说了一句:"慢慢地走。"……

然后"他打开充满衣物霉气的箱锁",把离婚证收起来——刻板得让人腻烦!与王西彦等人不同,骆宾基不大关心"苦难"等等更为"直接现实"的方面。也不同于老舍,他不试图在这样的小说里容纳直接的"政治批判"的内容。

这种对于文学功能的较为开阔的理解,在当时的意义,仍然不过是对于"主流"的映衬和补充,使文学不致偏枯罢了。其实,观念的某种灵活性,由 30 年代到 40 年代,体现在许多作家的创作里。有"常"有"变",即使最谨严的文学也如此。而文学史却一向忽视了旁流支脉,忽视了积累中的观念变动。

　　应当说明的是,本文画出的,是一个片面的骆宾基:40 年代短篇创作中的骆宾基①,或者短篇中骆宾基的几个侧影。如果骆宾基仅仅如上文所描画,那才真正可怪呢。我以为写文章大可不必都作"面面观"。求全,也许正是我们的论文往往完备而空洞的原因之一。观察每一时期的文学,也的确应了关注"常"的同时,不忽略哪怕极其细微的"变",从中发现新的文学观念、美学倾向的哪怕一点点萌芽和先兆。

1985 年 10 月改定

---

① 我当然没有忘记,骆宾基还有他写于 30 年代的长篇《边陲线上》,以及 40 年代出版的《一个倔强的人》,等等。

端木蕻良笔下的大地与人

《庄子·齐物论》中有所谓"人籁""地籁""天籁"。你也许听到过它,大地,那把你、我、他一同拥在它宽阔的襟怀间的大地的声音吧。

啊,大地!

> 多么寂寥呵!比沙漠还要幽静,比沙漠还要简单。一支晨风,如它高兴,准可以从这一端吹到地平线的尽头,不会在中途碰见一星儿的挫折的。倘若真的,在半途中,竟尔遭遇了小小的不幸,碰见了一块翘然的突出物,挡住了它的去路,那准是一块被犁头掀起的淌着黑色血液的泥土。
>
> (《大地的海》)

这就是它——"大地的海"!这样广袤,又这样寂寥。谁不了解土地在中华民族历史生活中的意义,谁就无法了解这个民族;而谁若对中国知识分子与土地的联系一无所知,他就永远不可能真正了解中国的知识分子。

活跃在中国现代文学史上的几代知识分子,只有极少数的例外,都应当被称作"地之子"。他们中的一些人,也许不曾像艾青那样,吮吸过农妇的乳汁,然而既生长在农业的中国,他们精神的感情的根须,几乎本能地伸向土地,伸向养育着这个社会的广大乡村。即使现代文明把他们带到通都大衢,动荡的时代、多变的命运使他们漂泊到异国他乡,任什么都不能消磨尽那点得自地母的骨血。农民的观察问题的角度,农民的思维习惯和感情生活的特点,顽强而持久地影响着他们,更不要说农民式的对土地对乡土的恋情——他们仍然是"地之子"。即使仅仅由这一点就不难理解,为什么中国革命政党关于土地革命的理论主张与实践活动,在现代作家(包括非党的作家)那里,得到那样及时而有力的响应,整个文学繁荣的30年代,"土地"与"农民"在创作中占据了那样显赫的位置。

由这些或感伤或悲怆或愤怒或激扬的关于土地的旋律构成的宏音巨响中,你仍然可以清楚地听到东北作家奏出的独特的音调。它们是独特的,因为其中不止讲述着你祖母的那些被你听熟了的关于土地的古老的故事,甚至也不是一般地告诉你发生在土地上的现实悲剧。在这里,一切都具有异常的性质:阶级压迫表现着原始性的野蛮,而搏斗则呈现着惊心动魄的尖锐性。这不只因为那是一片愤怒的土地,纵横流淌着血和泪,奔突着地下火,也因为那是一群愤怒的歌者,被放逐的"地之子",他们狂歌、痛哭、呻吟、呐喊在自己的旋律中。只有你对"大地"的恋情像30年代初的东北作家那样炽烈,也曾体验过民族情、乡情的双重折磨,你才能深切地理解,为什么这些流亡者的笔底汹涌着那般狂暴的激情,为什么他们往往不甘采用当时较为通用的叙事方法,而是突出了画面,不拘泥过程,抓住最鲜明的情景、瞬间,忽略了生活的单调徐缓的日常节奏;力图以宽广的历史视角,使自己的作品具有史诗结构的宏伟性;几乎无一例外地显示着强烈的主观性、抒情性、诗性……

仅仅由上述历史和文学的背景,仍然不足以说明"大地"这一抒情形象在端木蕻良小说中所占据的位置。区别在于,"大地"在端木的作品中,不仅是他的人物赖以活动的自然环境,借以倚托的物质世界。它本身常常是作为一个独立的对象进入端木的小说的。如果说在端木的几部主要的长篇中有一个贯串始终的形象,那就是大地。《科尔沁旗草原》《大地的海》自不必说,到了《大江》中,"大地"的地理界限则更为广大,由科尔沁旗草原,推而广至华北、华中。因而无须特别留意,你就会捕捉到那熟悉的旋律——对于"大地"的礼赞。在这里,作者的自白与我们的艺术感受契合了:对于"大地"的恋情,正是作者创作的一种动因。

> 在人类的历史上,给我印象最深的是土地。仿佛我生下来的第一眼,我便看见了她,而且永远记起了她。……
> 土地传给我一种生命的固执。土地的沉郁的忧郁性,猛烈的传染了我。使我爱好沉厚和真实。使我也像土地一样负载了许多东西。当野草在西风里萧萧作响的时候,我踽踽的在路上走,感到土地泛溢出一种熟识的热度,在我们脚底。土地使我有一种力量,也使我有一种悲伤。……我活着好像是专门为了写出土地的历史而来的。①

这种对于大地的辽阔性的崇拜,这种对于土地的神秘感的赞美,的确是端木独特的感情生活的一部分,而且在一定程度上决定了他的一些作品的艺术构思,他的形象选择,以及他为自己的画幅确定的色调。当然,这"大地"绝不只是地理学意义上的。端木以"大地"的形象寄托他对乡土的、民族的感情,寄托他对于农民命运、民族命运的关切,寄托他对于生活、对于那种英雄性格的爱。

这位"大地"的倾慕者,本能地追求风格的宏伟性,力图使他笔下的整个形象世界与"大地"这一形象谐调。他以东北大地的洪荒广漠造成自己作品统一的情调,使你如听林野间伐木者的号子、草原上牧马人的长歌,雄放中和着一缕忧郁,辽阔中掺着一点哀愁;使你看到纸背上的一双眼睛,它们怅望着,企图洞彻人类生存的无数世代,由地球的这一端看到那一端去。当小说通常的格局不足以容纳他的这种激情时,他把抒情诗的题材装进长篇小说的框架中,借人物之口,或者径自出面,倾吐他"对于土地爱情的自白",似乎只有借

---

① 端木蕻良:《我的创作经验》,《万象》月刊1944年第4卷第5期。

此,才能稍许摆脱忧郁孤独的少年生活的记忆和对于土地的积久的恋情造成的心灵的重压。

> ……大地,怎样,我们侍弄它,抚摩它,松散它,奉承它……它怎样……到头来,活活的把我们淹死了,连尸首都找不到,真的,是淹死了呢,是活活的淹死的……大地就是海呀……
>
> (《大地的海》)

这样重浊的叹息,仿佛是发自地层深处的。如果这大地在它之中包容了那样坚厚的历史的遗骸,那样巨量的生与死,血和泪,以致林木在它的拥抱中结成黑而坚硬的煤块,你没有理由怀疑它会发声,而且声音如此沉重和悲怆。无论端木的感情生活有怎样的独特性,流荡在他的那些关于土地的最具特色的长篇与短篇中的忧郁,绝不仅仅来自作者本人"儿时的忧郁与孤独",那里面有着对于社会的、人生的,尤其是农民命运的悲剧性的感受,只是使人感到那种悲哀较为广漠罢了。作者的意向有时的确不只在叙述某个具体的悲剧,而是表现一种更古老更广大的悲哀,表现中国人民特别是中国农民背脊上沉重的历史负载。"大地"的范围,在《科尔沁旗草原》《鹭鹭湖的忧郁》《浑河的急流》中尚较具体,到了《大地的海》,这一形象则近乎象征,被赋予了哲学的抽象性。"大地"原不是唯一激发作者诗情的形象。就作者这篇作品的创作意图而言,他之所以无意于带领你去观察哪一座具体的现实的村落,哪一户具体的现实的农家,而更有兴趣引诱你同他一道追逐一个历史哲学的命题:人与大地的关系,也正为了在这方结结实实的基座——大地与人——上,建造中国农民的青铜雕像。而"大地"的主题,在这支交响乐曲中,毋宁说是"人"的主题的变奏而已。从这种独创性的艺术构思出发,"大地"的形象被诗化了,人格化了,在"个性"与"气质"上,与生活于其中的人物浑然一体。大地仿佛是人物精神的外延,是他们沉默的影子,甚至是他们巨人躯体的一部分。人物与环境彼此渗透,使小说的形象世界达到诗的和谐与统一。

来头急遽地从窗台跳出来,迎着大海走去。

他受了符咒的催促似的,毫不迟疑地向大海走去。

大海以一种浑然的大力溶解了他。在一个小小的漩涡的转折中,他便沉落了,不见了。

(《大地的海》)

在中国现代小说史上,至少不容易找到另外一篇,将"大地"作为独立的对象对其**本身**作这样热情的礼赞,赋予这一形象以这般迷人的色彩,把农民与土地的关系,提高到如此诗意的境界。当然,如前所说,作者诗化"大地",目的也在诗化人,诗化东北农民。东北农民的形象在作者看来是那样巨大,只有广袤的大地才能容纳它,只有"大地"这形象,才能与之相称。

由地母造出的巨人

是这样的农民——他们的性格,正像这大地,犷悍雄强而又寂寞;像这大地上的古松,朴质单纯而又孤独。他们的气魄,正如希腊神话中的巨人安泰乌斯(Antaeus),是直接得自地母的。他们是更充分意义上的"地之子"。一个青年农民,独立在空旷寂寥的大地上,那气度正不啻一个皇帝高踞于他的龙椅上。他自语着:"我什么都能,只要我脚踩住了大地,手握住了土……"这是一些天真的巨人,连内在的感情生活,也像外在行为那样粗放单纯,毫无装饰。"如一个人在伤心,那么,在他的胸膛里,一定可以听见心的一寸一寸的碟裂声。如在哭泣,那滴落的泪珠,也会透出一种颤动的金属声的。"(《大地的海》)灵魂,和健壮的臂膀一起裸露着;生命,饱满到要溢出体外。在这个世界里,甚至爱情,这种人类最柔和的情愫,也浸染着原始性的野蛮,狂暴得像草原上无遮拦的风、原始山林中轰毁一切的雨。

这些农民,显然不是依照常人的规格制作的。当你用写实的原则审视这样的作品而发现方枘圆凿格格不纳时,你大可不必困惑迷惘。因为这些形象半是抽象的,半是形象的,半是散文,半是诗。

且不论富于浪漫情调的《大地的海》,即使在端木那些写实分量较重的短篇小说中,也难得找到孱弱者,无论是男性、女性,是农人、猎户,还是知识分子。统一了这些形象的,是一种雄强犷放的气质。尤其那些农人与猎人,几乎都有一种暴烈的性格、决绝的复仇冲动,而完全没有一般保守的小自耕农的谨小慎微,正像他们在焚毁自己的房屋(为的是把地主的爪牙烧在里边)时表现的那样(《憎恨》)。

对于这些农人与猎人,你很难由性格气质把他们区别开来:《科尔沁旗草原》中的大山,《大地的海》中的来头,《大江》中的铁岭,以至短篇《雪夜》《浑河的急流》《憎恨》中的主人公们。正与贯串这些作品的"大地"的形象相应,这样**一个**农民的形象也是贯串于他的主要作品的。这个农民,在《科尔沁旗草原》中,集中了农民的复仇愿望,对抗着凶残的地主势力;在《大地的海》里,他的力量在面对大自然时诗一般地倾泻出来,随后又以觉醒者的姿态,成为当地农民最初的抗日活动的发动者;到《大江》中,他便离别东北大步跨入关内,纵横驰骋,几乎身历当时的所有重大战役。这个农民,尽管面对着社会黑暗势力、民族敌人和自然力的挑战,尽管经受着各种各样的苦难,却又像那个名字"大山"所显示的那样,是超乎具体的苦难之上的。他总是巨人般地压倒苦难,战胜命运。他丝毫不让人感到是束缚于土地之上的奴隶,他是自由的,无论在土地上,在社会斗争中,还是在民族战争中。他是永远的反抗者,胜利者,强者。他是"力"本身。

两个形象——大地与人,在端木的小说里都充溢着力。作者早年曾拟过《"力的文学"宣言》,他的对于"力"的颂扬、对于雄强的性格的赞美,他的对于农民形象的理想化、诗化、英雄传奇化,显然是由一种自觉要求出发的。作者要以这种英雄性格,把蕴藏在大地中的,蕴藏在中国农民的强健体魄中的,蕴藏在民族机体中的伟力,尽其所能地表现出来,以此寄托他复兴民族的理想。在这一方面(理想的性质与寄托理想的方式),端木并非唯一者。当他在自己的作品中呼唤强悍的人性时,这种呼唤,固然是对于时代要求的反应,同时也是中国现代史发端时期前驱者的类似呼唤的回声。

"五四"思想解放的倡导者在发露民族的痼疾、探求"国民性改造"的现实道路的同时,以各种方式表达了改造民族性格的强烈愿望。陈独秀在为1915年10月出版的《青年杂志》(《新青年》之前身)撰写的文章中,甚至使用了易致误解、曲解的"兽性主义"的字样,以为健全的民族性格应以"意志顽狠,善斗不屈""体魄强健,力抗自然""信赖本能,不依他为活""顺性率真,不饰伪自文"为特征。① 李大钊寄希望于青年,冀青年"脱绝浮世虚伪之机械生活,以特立独行之我,立于行健不息之大机轴。袒裼裸裎,去来无罣,全其优美高尚之天"②。由于"理想"是由对病态社会的相似观中引出的,所以无论表述方式有怎样的差异,见诸不同作者的文字,却有大致相近的归趣,即理想的人,应当是雄健的、豪迈的、进取的、勇于抗争的、生机勃勃正当"青春"的。

对于健全人性、理想的民族性的呼唤,此发彼应,在绵延三十年之久的中国现代思想史上,始终不曾消歇。文学,以自己的方式,回应着前驱者的呼唤,而且不约而同地,在远离都市文化的带有某种原始蛮性的人们中间,发现了新鲜的健旺的生命的力:沈从文笔下的湘西山民,艾芜西南边陲风情画中的"盗贼"、马贩子,路翎小说中的"流浪汉",以至话剧,如曹禺的《原野》《北京人》,以至诗,如艾青的《透明的夜》……

这种现象,与欧洲文学史上的某些现象不免有几分"形似"。流浪的、群体生活的、保留着原始性的吉卜赛人,所以一再成为"文明社会"文学寄托浪漫主义诗情的对象,正是出于两个相关的动机:对现存社会的病态现象的否定,对健全人性的肯定与追求。于是,"吉卜赛人"成为一面独特的映照欧洲文明国家社会病态的镜子。

端木笔下的大地的儿女,是由上述理想出发并且主要是依诗的

---

① 陈独秀:《今日之教育方针》,《青年杂志》1915年10月第1卷第2号。
② 李大钊:《青春》,《新青年》1916年9月第2卷第1号。

原则创造的(当然这里所谈到的,远非端木所创造的形象的全部)。他的小说,尤其是他的长篇,证明了作为小说家,端木对于性格间的差异的敏感和兴趣。然而他的艺术在面对不同性格时并不总是成功的。他的小说中最为有声有色的,常常是在为那种带有绿林气息的人物(如《遥远的风砂》中刚被收编的土匪二头目"煤黑子")传神写照的时候。一部《大江》,艺术缺陷比较严重,但开头部分写铁岭的"初民"性格却虎虎有生气。小说中,一群猎户无端受到伪兵的洗劫,伍炮号召同伴跟他上山当土匪,一篇富于煽动性的说辞,真所谓口吻毕肖、声态并作。端木也善写女性。他笔下的林野的女儿,那些水水(《科尔沁旗草原》)、杏子(《大地的海》)、水芹了(《浑河的急流》)们,较之她们的父兄、丈夫、情人,毋宁说是更为迷人的。她们宛若未驯的野水、山林草泽的精灵,真率而又放浪,柔媚而又倔强,洋溢着原始的粗犷的野性的美。但是一旦作者让这些人物离开山野,迫使他们也迫使自己面对不熟悉的生活时,这些人物就形神黯然了。即使诗化的小说,也要求充分的细节描写。端木长于以夸张的笔墨渲染人物气魄的雄伟性,却未必总有着使人物"雄伟"的生活材料。正因为这一方面的缺陷,出现了那种欲诗化反致概念化的情况。我在上文中较多地谈到作者的意图,在这里我想说,他所达到的,并非恰如所追求的,这种情况,也不独端木为然吧。

莽苍的,寥廓的,未经剪伐的……

端木属于30年代的那一大批文学新人,这批人差不多一起步就追求独特,较之他们的文学前辈,在这一点上表现得更为自觉和迫切。时代对于他们并不特别溺爱。"五四"新文学的启蒙固然使他们有可能更快地摆脱幼稚时期而成熟起来,但已经成熟了的文坛也更容易淹没那些平庸作者的平庸之作。失败的机会几乎与成功的机会一样多。经过时间的无情选择而有幸被文学史保留下来的作家和作品,当然各有其被保留的理由,但这理由在一点上是一致的,即属于这些作者的异于他人的**自己的**面目。

无论从哪个意义上说,《科尔沁旗草原》都是端木文学事业的真正开端,构成端木小说艺术独特性的几乎一切因素都集中在这里。这部小说在艺术表现的不少方面,的确像是对于惯常的审美眼光的挑战。小说的开头部分,就足以使你获得异样的印象:你无法以通常的方式把握情节发展的连续性,因为你面对的是一幅幅突兀地拼在一起的画面,是旋风般强烈的节奏和大幅度的跳宕,类似电影剪接手法的"蒙太奇";你感到其中的文句太硬太拗、滞重生涩,以致字行间仿佛弥满了粘着灰粒的雾。使人们适应和接受这种风格,不是那样轻松的。只有当你的眼睛习惯了这种对象,你才能发现,正是这小说情节大开大阖急遽地转折变化,给了你一般性的叙述不可能给予的感触:小说动荡不定的画面,使得东北边陲"九一八"前几十年间的历史气氛成为更加具体的东西,具体到直接诉诸感官。你不但由情节本身,而且由作者的叙述方式,感觉着急遽变化的时代面貌。对于这种风格的进一步适应,还使你从那些有时佶屈聱牙的文字间领略到一种特殊的美感。他的重浊的似乎有意粗糙的文字,与他的对象——莽苍,寥廓,未经剪伐的边地原野林木之间,有一种奇妙的和谐,恰能传达那里大自然的粗犷情调,那种带有神秘性的朦胧的美。而他的违反通常语言习惯的词语的独特组合,有时的确丰富与扩大了语言的表现力,产生意想不到的表情达意的效果,令人感到构成的境界诡奇而真。《鹭鹭湖的忧郁》中的描写文字,不正给人以这样奇特的真实感?当这位作者企图以他的笔给出一个环境,一种氛围时,他绝不满足于一般性的形容。他要你同他一起用全部感官去感受,把你从头到脚浸泡在那个世界里。正因为作者对他的对象感受、传达得那样强烈和真切,以至《鹭鹭湖的忧郁》开头的一段文字,使你甚至感觉到了鹭鹭湖岸空气的浓度。那里夏夜的"热郁"成了活生生的东西,痒痒地钻进你的毛孔。不唯人,田野,而且月光也是稠浊的,睡意蒙眬的——是一个昏沉的夜。端木以他对于形象的感受和运用,造成一种旷远迷蒙的境界,一种轻绡后面的沉重的美感,增强了月光下发生的故事的特异性,使你不只由人物对话与人物行动,而且由作品的整个氛围,具体地感到生活压在这些农民身上的分量。当然,力避熟滥的形容,追求意象的新异和效果的强烈,也可能反得生硬和晦涩。但是那种脱出凡庸的艺术企图,毕竟属于推动创造的最基本的冲动。

"蒙太奇"、造语新奇等等,只是端木小说艺术独特性的易于发现的方面,尽管是引人注目的方面。这位作家与三四十年代较为普遍的文学风气显著区别的一点更在于,他的小说人物性格与情节的特异性。关于"性格"一方面,上文已经谈到了,情节的特异性正是与性格的特异性一致的。

"五四"以来的小说,受欧洲19世纪现实主义文学的影响,以表现平凡的人生故事、普通人生活中的日常现实,形成一种文学传统。虽然这种新传统有着重大的革新意义,但文学仍然为特异性留下了位置,因为特异性也属于生活。而且文学总是允许不同的创作方法、艺术风格,以适应不同的对象、不同的生活领域。你很容易看到,生活的平凡性,在端木的小说中并不占有重要的地位,这位作家对特异性更感兴趣。这使他的小说中充满了雄强勇武的人物,骚动不安的生活、气氛,戏剧性的情节发展。他的人物往往处于不安定的兴奋的状态,被内心的激情催迫着,去完成英雄的壮举。他的短篇较长篇为质朴,但是细心的观察也使你发现了风格的统一性。它们太像故事,太完整,写在那里的,是生活中可能发生的事件,却不是每个人在自己的生活中都很容易遇到的现实。《鴜鹭湖的忧郁》固然像一出独幕小剧,《雪夜》则令人想起那篇《农夫和蛇》的著名寓言。即使在这些小说里,作者也并不追求"逼肖",而让作品在写实中与生活保持那么一点距离。

任何一种(即使成熟了的)美学风格都同时是一种局限。风格的独特性正包括了局限性,或者说以局限的存在为必要条件。端木追求宏伟性,但他并不总能把构思的宏伟性与结实的生活血肉统一起来,把浪漫情调、哲理性与现实性统一起来。他企图摆脱通常的结构方式的限制,却不免要承受由于忽视小说的组织而造成的恶果。他的写于抗战时期的《大江》,结构散漫,令人难以卒读。进行艺术描写时的端木,是很有几分豪奢的。他对于自己特有的那一份生活经验过于偏好,使用缺乏节制,这种铺张有时令人感到是才能的浪费。因为它们是空花,结不出果子。

节制,是一种重要的艺术修养。"最大的艺术本领在于懂得限制自己的范围,不旁驰博骛。"①

端木长篇小说的缺陷,在短篇小说形式本身的限制中,自然得到了补救。因此他的为数并不多的短篇,在艺术的完整性上,毋宁说是超过了他的一些长篇的。收入《憎恨》这本小说集中的短篇,在30年代短篇创作的旺季,足与当时小说大家的作品并列而毫不逊色。

正如端木的长篇多半像是未完成的艺术品,青铜雕像上留着一些多余的铜块,他的风格,以至这个作家自身,也像未及完成。他的作品提供了那样多方面的可能性,这些可能性却仅仅部分地变为现实。读他的成功之作,甚至读他的失败之作的闪光的片段,总令人不无遗憾地想:如果这种风格能健全地发展起来,如果这个小说家的艺术潜力能充分发挥出来,如果这份生活经验能恰当地组织在作品里,如果……在现代小说的研究中,类似的遗憾是常常发生的。新文学史的三十年间,留下了那样多未及实行的计划(包括鲁迅关于写四代知识分子的长篇的计划),留下了那样多已经预约了巨大成功却未及完成的作品(从茅盾的《霜叶红似二月花》,到沈从文的《长河》),更有那些未及充分发展的才华和未及走向成熟的风格。这里有着历史的必要的损耗和并非必要的浪费。是否可能把"损耗"与"浪费"减少到最低?我不禁想到今天、明天……

1982 年 2 月

---

① 《歌德谈话录》,朱光潜译,第 80 页。

论萧红小说兼及中国现代小说的散文特征

这位女作家长时间地吸引着深情的关注,似乎主要不是由于她的文字魅力,而是由于她富于魅力的性情和更加富于魅力的个人经历——尤其情感经历。很难说这是由于萧红本人的性格力量,还是由于读书界审美能力的薄弱。萧红,如果不是以其创作而受到足够的尊重,那至少也是一种对于她的不公正吧——她所承受的不公正已经够瞧的了。浅水湾的墓地该是宁静的,作家本人已经不会再向这个世界要求什么,我们却理应不安,如果我们不能认识她的作品的全部价值的话。

我并不自信能认识"全部价值",但我仍想说点什么,说那个我由其作品中认识的萧红,作为小说家的萧红,而且试着改变一向的程序(我们的研究或批评早已程式化了),由最基本却又因其基本而备受轻忽的"文字"说起。

从"文字组织"到结构

这正合于我的认识秩序。首先进入我的感官,触发了我的感觉,使我呼吸其间的,是萧红的文字。她作品中的一切,情绪、意念等等,无疑是借诸这原初的物质形态而诉诸我的审美感情和认知活动的。

这是一些用最简单以至稚拙的方式组织起来,因而常常显得不规范的文句。"文字组织"是太理性的对象,审美体验则是浑然、难以分析的。我们通常并不留意文字的组织,只是经由审美感觉承受了这种文字组织的功能罢了。功能也正反映着"组织"。

如果你论及萧红的文字而希望有足够的说服力,似乎只能让她本人的作品说话。她所使用的那种语言是经不起转述的。

> 呼兰河这小城里边,以前住着我的祖父,现在埋着我的祖父。
>
> 我生的时候,祖父已经六十多岁了,我长到四五岁,祖父就快七十了。我还没有长到二十岁,祖父就七八十岁了。祖父一过了八十,祖父就死了。
>
> 从前那后花园的主人,而今不见了。老主人死了,小主人逃荒去了。
>
> 那园里的蝴蝶,蚂蚱,蜻蜓,也许还是年年仍旧,也许现在完全荒凉了。①

几乎是无以复加的稚拙——单调而又重复使用的句型,同义反复、近于通常认为的废话,然而你惊异地感到情调正在其中,任何别种"文字组织"都足以破坏这情调。这也许就是鲁迅所说的"越轨的笔致"?②

文学语言更关心自己的功能,如萧红这里的传达一种情调——而且凭借"文字组织"本身——的功能。萧红的语言感正在于,她能让经她组织的文字,其"组织"本身就含有意味。也因而这是一种富于灵气的稚拙,与"粗拙"是两种境界。

她以"文字组织"捕捉情调,为此不惜牺牲通常认为的"文字之美",却又正与情调一起,收获了文字之美。同一目的("传达情调"),不但规定了文字组织,也规定了整个作品的组织。"文字组织"正与作品组织——一种近于稚拙的"无结构的结构"——相谐。

---

① 这节文字茅盾在《〈呼兰河传〉序》中曾引用过。茅盾《萧红的小说——〈呼兰河传〉》,初刊于上海《文汇报》1946年10月17日,收入《呼兰河传》时改题为《〈呼兰河传〉序》。
② 鲁迅:《萧红作〈生死场〉序》,《鲁迅全集》第6卷,第408页。

萧红通常不是依时序而是直接用场景结构小说,最基本的结构原则也即"传达情调"。你会发现,她对于"过程"显得漫不经心,而只肯把气力用在一些**富于情致**的小片段上。久贮在记忆中的印象碎片,她就这么信手拈来,嵌在"过程"中,使作品处处溢出萧红特有的气息,温润的、微馨的。这些碎片散化了情节,浓化了情致、韵味,对于读者,常常比之"过程"有更久远的生命。她的小说,也的确于散漫处、于似乎漫无目的处最见情致,比如《生死场》开头的大段文字。在被过于**切近**的"目的"所鞭策、急切地奔向主题的创作风气中,她的散漫,也像是出于一种艺术敏感和才具。

"情调"对于描述萧红的文字,似乎还嫌"隔",也许应当引入一个更为传统的美学范畴:"味"。说"味",总难免虚玄。但我这里指的是情味,以及更平常的"感情意味"。"亲切有味"近于滥调,但这"味",也正是你经常地由萧红文字嗅得的那一种"味"。若是能够说清楚"味"之所从出,滥调也就未见得"滥"了。

> 鱼摆在桌子上,平儿也不回来,平儿的爹爹也不回来,暗色的光中王婆自己吃饭,热气作伴着她。
>
> (《生死场》)

——岂不太过平淡了吗?但仍然能淡得有"味"——**由特殊的文字组织中**透出的"味"。"平儿"两句分拆了说,是萧红惯常的表述法,在此处即使得寂静、寂寞因而现出深长。鱼,"暗色的光","热气",正是农家晚炊最习见的情景。而"热气作伴着她",则平添了活气。萧红的叙述中永远有情境,完整的、满溢着生活味的情境。她惯于把对象作拟人的描写,而且出于最自然的态度,令人不觉其为"修辞格",笔触间处处见出作者对物情的体贴——是"体贴"而不只是"体察"。她永远这样朴素而亲切地接近着她的生活。因而"味"在最朴素直感的文字。甚至令人不感到文字;是"直感"本身。这样的文字连成一气,全篇也就被"亲切"那一种"味"浸透了。

这种"味"只能出自特殊的文字组织,是文字经组织后产生的审美特性。如果用"风格学"的范畴,它们绝对难称精美。它们只是当构成整体(句、段、篇)时才显示为美。换句话说,那些文句只有在作品的整体结构中才是美的。也因而,它们不具有修辞学的典范性,甚至常常出于文法的"规矩"之外。也许是一种偏好,我所喜爱的,正是这样的逸出常规、以"组织"强化了"功能"的语言运用。比如萧红这样的依赖"组织"的力量又保持了语言的自然的语言运用。这是富于整体感的语言。规范与否是语言学家的判断。在语言发展中,文学总率先承担起创造新规范的任务。

在萧红这里,语言经由"组织"不只产生了"意义",而且产生了超乎"意义"之上的东西,如上文所说的"情调""味",也可以说是意义外的意义——"言外意""味外味",庶几近之。朴素到了极处,却每一笔都有味。这种文字趣味,正显示着、联系于作者那种在极其具体琐细的事物上发现情趣,对极微小平凡的事物保持审美态度的令人羡慕的才禀。古典文学语言因世代的积累易于产生的审美效能,现代语言只能在更为苛刻的条件限制中求得。这也是使现代汉语成为一种真正的文学语言所必经的努力。

萧红文学语言的上述特征很易于由读者的审美经验所印证。阅读她的作品,你不正是往往被"混沌"包裹,沉浸于作品提供的"语言场",而忽略了具体文句?我以为这也许正是作者所追求的境界,约略近于"得意忘言"。你也许感到了作品的文字之美,但那种感受如前所说是"浑然"的,难以分析的。它们绝不因过分炫耀而割裂了你的审美感受的浑不可分的整体性。那是作为一个有机整体的构件的语言,而绝不是以自身为目的的洋洋自得的语言。

我们再来说"味"——依赖于文字组织,作为文字组织的功能体现的"味"。"味"有不同,所谓"五味",不过取其粗者。很有些作者,味欲其浓,不惜反复形容。而萧红文字的这一种味,却是于无意中得之。她忘记了文字。她只用文字去摘取物象,倒让人亲切地感到了文字的力量。不惜竭泽而渔,穷尽文字的所有、所能的,则会令人目眩五色，而不复感到**文字**之美。

萧红小说并不以"抒情性"为特征。"抒情"应当是以抒情主体的存在为前提的。萧红作品的情绪特征在于那浸透了文字的"感情意味"。这是一种不可离析出来——与文字，与内容——的元素，是萧红赋予她的文字的一种属性，是她的文字本身。她的作品细节的魅力，也正在于这"感情意味"。

无论有意还是无意，对于"情调""情味"的追求都多少规定着她的作品的结构形式，即上文所说的"无结构的结构"。《牛车上》一篇，散漫地写来，如风行水上、白云出岫，一派自然，而情致在焉。不以任何有形的控制，而以"氛围""情调"为内在的制约，创作心理则不在"收"，不在控制，而在"放"，在信口信腕。因而有其从容、暇豫，构成独特的美学境界。探究萧红创作与传统文学的联系，会令人感到无从着笔。但存在于萧红文字中的这种联系，又的确比之许多作家为强韧。那是化入文字中、不着形迹地透进整个艺术世界的中国式的审美趣味——也向读者要求着这一种趣味，至少是感应。直白地说，也要有相应的修养，才能由萧红的单纯、平淡以至稚拙中读出风致、情味，识得其"文字之美"。

她以自己的美学追求，借诸自己的文字组织，有效地使戏剧性（在当时也是一种"小说性"）淡化了，使小说化解为散文，使"事件"丧失（或部分地丧失）其"情节意义"。也许"过程"仍然完整，并不曾被化解掉，但"过程"的时间骨架被极其具体的缺乏时间规定性的情境替代了——而且多半是极其细碎的生活情境。其结果是散化、徐缓化，是"情味"化，是无底的沉静、寂寞……文字组织就这样"规定"着结构、节奏，"规定"着情感状态，以至"规定"着内容的性质。①

---

① 这种文字组织也只是在与作品的情绪、心理内容的和谐一体中才呈现为"美"的。以《呼兰河传》式的琐屑用于讽刺小说，即使"讽刺"化淡。萧红缺乏那种把讽刺性一把攫出来的机敏和刻毒。因而那种絮絮如说家常，信笔所之，几乎全无约束，在《马伯乐》这样的作品里，即难免变成了短处。讽刺文字是要有一点精悍之气的，而所忌正是散漫无归。

而"情味"始终是更其重要的,是作品的魂灵。

无组织的组织,无结构的结构,正属于中国式散文的结构艺术。用极俗滥的话说,"形散而神聚"是也。也正是在这种时候,你更能确信萧红是天生的散文作者,散文才能之于她,是犹如禀赋一样的东西。我由作品认识萧红的散文才能,同时由萧红的文字认识"散文性"。"散文"不只是情绪、韵味,不只是结构,它也是一种语言形式。

我已经一再地说到萧红文字的浑然不可分析性。这里应当补充说,"生活"在她的感觉里就那样浑然不可分。也许只有儿童,才能这样感觉生活吧。人类的智慧发展在一定程度上是以牺牲这类宝贵禀赋为代价的。在所谓"成熟"的人们那里,世界形象不免会是割裂的、破碎的。理性培养的诸种才能中,就有这种把世界拆卸后又组装过的才能。僵硬了的"艺术法则"在造成着另一种意义上的分解。[①] 因而我想说,萧红作品提供了真正美学意义上的"童心世界",与大量平庸的"儿童文学作品"不同层级的"童心世界"。我是从较为严格的意义上谈论这种级差的。我注重的是儿童感受世界的方式(比如保有世界形象的"浑然性"的感受方式)以及表述方式(也是充分感性的),儿童对于世界的审美态度,等等。

也因而萧红的文学世界尽管单纯,却仍然较之许多复杂世界为"完整"。那是个寂寞的童心世界,寂寞感也是浑然不可分析的。寂寞不是主体的意识到了的表现对象,它是一种混茫的世界感受、生活感受,霰一样弥漫在作品里,也因而才更近于整体性的世界感受。

这种"混沌状态"正是许多创作者所企望却又不能达到的。精神的发展不免造成着精神上的某种丧失。对象世界对于思维者有时太清晰,有时又太模糊,以致浑然一体地把握那个浑然一体的世界,几乎变成不可能,正因此如萧红这样的对于世界的整体感受力,在审美活动中更见出可贵。基于这种理解,我由萧红想到了当代小说家

---

① 对不少作品,你可以很轻易地以几条现成的美学原则分解开来——它们原本就是用铆钉铆在一起或用针线缝合成的。

王安忆。在这个层面上,不同时代的这两位作家是可以比较的——真正有点价值的比较。

我也由此想到,创作要求着这一种智慧,保有自己对世界的整体性感觉,至少是对于世界形象进行"感性整合"的智慧,这种智慧的价值绝不下于知解力等等,而且比之后者更难保有或获得。

上文中的"童心世界"半是借用——不作这样的声明很可能被认为对萧红的缩小甚或贬抑。诚然,萧红不只写了"童心世界",但萧红的确写了童心世界,而且那是她作品中最有光彩的世界。你会亲切地回味到《牛车上》一片稚气中的盎然情趣,和《后花园》《小城三月》《呼兰河传》(在我看来,这些是萧红作品中最美的篇什)中"童心"对于"世界"的覆盖。我还想说,即使在她那些未取儿童视角的作品如《生死场》中,也仍然有着"童心世界":那是由情趣尤其由笔调,由上文反复提到的"文字组织"显示的。① 你得承认,"童年印象"是她的作品中最具审美价值的部分。我非但无意于贬抑,而且以为这种形象记忆、情绪记忆以至感觉记忆的能力,是她的文学才能的独特证明。

曾经有过那样多的作家尝试复原自己失落了的"童心世界",成功者却屈指可数。成功从不来自对儿童的模仿,而来自在时间的迁流中不曾失去的儿童的生动感觉,不曾失去的儿童特有的世界模型,尤其是"整合"世界形象的感性才能。凭着这才能,他们才有可能重造童年,像萧红这样。

我想再作一点比较。我曾谈到过孙犁对于美学意义上的"单纯"境界的追求。这里不妨说,萧红作品的"单纯"是与性情一体的,俨若由天性中流出,而孙犁作品的"单纯"则出于自觉的美学追求。换句话说,萧红的世界原本单纯,而孙犁则是把世界还原为单纯。萧

---

① 除文字的稚拙、感受的单纯天真外,还有生动的直观性。这也正是儿童看世界、思考世界的特有方式:不是诉诸经验与理性(那是成人世界特有的),而是诉诸生动的直观。萧红有时正是使你感到,对这世界,她似乎只在看,并不深想,但却"看"得很深。

红式的单纯几不假人工,而孙犁的单纯则是依特定审美理想着意选择的结果。——这里只论风格,不涉优劣。仅据上述种种区分,也是无以论优劣的。在我看来,萧红与孙犁各自创造了属于他们自己的那一种美,这就够了。

散文特征——由萧红说开去

在文学的形式方面,表现手段应当是最革命的因素。表现手段的更新、变易,则有社会生活的变动作为背景,即使是较远的较为间接的背景。中国现代小说史上的情形也不例外。表现手段的尝试、创造,到30年代,即呈现出相当的活跃性。却也另有一些形式因素,稳定地存留下来,由新小说诞生期直到40年代末。比如现代小说的"散文特征"。这种稳定性,一定程度上正依赖了"传统"的力量。

从文学史上寻找证明是不至于太费气力的。自"五四"以来,新小说即有"散"的一派,并且时见佳作。关于这派小说,人们往往由鲁迅作品说起:由鲁迅的《故乡》《社戏》(其实远不止这样的两篇)说到废名小说,由郁达夫、郭沫若说到初期"革命文学"作者洪灵菲,然后再说到30年代的沈从文、芦焚、艾芜,一直说到写于40年代初的《呼兰河传》,说到孙犁,等等。即使细细梳理也仍然会有大片的遗漏,因为几乎每个较有分量的小说家都有"散文风"的小说,有这一种"风格面",有部分作品的"散文特征",或一部作品中的散文片段、散文成分。值得特别提到的,倒是以散文方式结构的长篇。

短篇小说在结构上易于更新,多半也因其篇制的短小。长篇的困难一向更大些。以中国新文学论,长篇在技巧方面始终落后于短篇,叙述方式也单调而少变化。"五四"时期的长篇(如王统照的《一叶》《黄昏》等),像是当时那种短篇的抻长,不过略具长篇的规模而已。到30年代小说创作规范化,新文学才有了近代样式的长篇。这种长篇较之"五四"时期的"准长篇",结构固然大大复杂化也完备化了(以茅盾小说为代表),却又时时令人感到逼促,似乎少了那种适应于中国人的审美心理的从容裕如、好整以暇的风致。

有规范即必有非规范、反规范。张天翼、端木蕻良作品中隐约可见的电影组接手法的借用，即是结构—叙述方面的创造。此外还有路翎小说的"破碎"——至《财主底儿女们》几达极端。而介于规范与非规范之间的"散文化"倾向，更为普遍，也更有美学根柢。散文化，这不只是一种结构手段或原则，也是一种心态，是作者的审美态度，是创作活动中一种特定的主客体关系。"无结构的结构"，不过是其外在形态而已。

其实，说"无结构的结构"不过是一种故意的夸张，如《呼兰河传》，如沈从文的《边城》《长河》，都各有独特的结构形式，只不过异于当时更为通用的长篇结构罢了。较之那些有着贯穿情节、中心人物、锻铸周严的人物关系的长篇，宛曲回环的《长河》、舒卷自如的《呼兰河传》，其时空结构更具开放性。以我自己的趣味，偏好这种结构的"非结构性"，也因其更有自然之致。每每到得小说太像小说的时候，不免会让人疑心通行的"小说观念"出了毛病。当此之时，结构的任何开放或松动，都能引起审美愉悦。可惜到 50 年代，结构形式更趋统一，虽有《铁木前传》这样的不像长篇的长篇，终不能成大势，只如一湾细流，蜿蜒在主河道旁的沙滩上。

由此看来，新文学史冷落了某些现、当代作家，也不全出于简单的政治上的原因，其间也有社会审美心理的变易，小说艺术自身发展过程中的选择。当然，"变易"与"选择"也曲曲折折地反映着时势。

不消说，这种"散文体式"并不能被认为是新的美学观念的形式体现——如现代派的小说结构那样。就艺术渊源而言，这种结构形态毋宁说更与旧文学相近。因而中国现代小说的散文化，从一个方面实现了文学史的衔接、承续，在审美意识上沟通了现代文学与传统文学。文学史现象就是这么矛盾：一方面，有中国小说的"现代化"，师法欧美，输入新潮；另一方面，又有骨子里的中国味，有审美心理、审美意识中的传统的力量。这种力量并非总是"历史的惰性力"，文学的逻辑终究不等同于社会历史的逻辑。比如散文意识下结构形式的开放,不就接通了传统文学与现、当代文学,尤其文学形式变革的"新时期文学"?因而传统文学的"散文意识"中倒是有可能孕育、启示现代的形式感、结构样式呢。值得做的工作,是找到"传统"与"现代"的焊接点,解释这种审美意识的交错现象。

你看,人们正热衷于谈"断裂",我却愿意同时注意一种深层的联系,且相信系结着文学历史的血脉,还不仅有这样一条。在中国,"传统"从来具有强大的延续力,即使在最称彻底的"五四"文学革命时期也不例外。但也唯此才叫"中国文学"。

自然,是中国传统美学的重要范畴。师法乎自然,师法乎造化,追求"化境",追求消泯了外在形式痕迹的形式、消融了结构框架的结构,所谓"自然天成",所谓"如风行水上,自然成文"。这多少像是一种神秘的能力。中国的传统文化确实在具有较高审美修养的人们那里培养了这种能力。中国古代散文的典范之作,也正体现了有关的审美理想。

在实际创作中,对自然神韵的追摹,又与敏锐的形式感统一在一起:出乎法度之外而又无往不合于法度。由此才有无结构的结构,不见形式的形式。中国式散文因其外在结构的隐蔽性,更加要求内在形式感、内在审美尺度的高度控制。没有外部的尺寸规格,即愈加强调"神"的统摄、"意"的贯通、"味"的渗透,愈加注重融入创作意识之中的形式意识、高度"自由"的境界中的内在制约。① 自然,是高度审美化了的境界,与原始形态的那个"自然"毋宁说离得更远。

萧红的作品正给人以这样的印象。

---

① 我由此想到沈从文的小说结构——尤其在湘西诸篇里,又尤其在《边城》《长河》中——即近于传统书画的"线的艺术",流转自如,令人不觉其"结构"。《八骏图》是作者的得意之作,极叙述方式之多变、结构运用之灵活,却仍然不如湘西诸篇的了无转折痕,俨然出诸天工。这里有作者的审美心理与对象间的同构,并不全出于技巧。沈从文常说他的灵感得之于水流,说他的智慧中有水气。他的叙述,他的结构运用,也真如水般柔活。似非出诸明确的艺术设计,随意宛转,无往不宜——审美创造中近于"自由"的境界。中国书画艺术中线的流动,谁说不也得自河的启示?沈从文果真把他熟悉的沅、辰诸水引进了"结构艺术"。

"五四"时期,新形式、新美学理论的输入,改造着人们的欣赏习惯,而文化的沉积却更内在地决定着普遍的审美价值取向。现代优秀的散文体式的小说,正以其形式与普遍的审美心理结构对应,自然易于引起审美愉悦。这一时期文学社团林立,有"排他性"的派别意识,而鲁迅的《故乡》却得到一致的好评。共同的"形式美感",是这种共同的价值取向的依据。

既探究形式感,就不便一味在"情致""味"等过于虚玄的领域盘桓,否则会使人如坠五里雾中,无从把捉。而形式感所附丽的"形式"有实体性质,比如"文字组织"这一种形式。

古典散文的文字组织,其相对于古典诗歌的最外在的形态表现是"参差错落"。民歌也"参差错落",但有一定限度。词曲亦"参差错落",作为诗之"别体",却被认为形式上已失纯粹,在向散文靠近了。

"散文美"相对于"诗美",其形式美感即在文字组织的更大自由,更其"参差错落",因而也更便于负载某种情感。有人以为凡诗所写,散文无不能写,这里也许有某种误解。散文与诗的区分,其一即在由文字组织规定的审美功能。同题的散文与诗,其"味"绝难混淆,终于不过"同题"而已。至于"参差错落",本身就富于美感。如《呼兰河传》那种行云流水般的文字、和谐自然的节奏(它势必调整你的心理节奏,使之趋于和谐自然),无疑是足以唤起审美感情的客体,对于浸润在或浸润过中国传统艺术的心灵,则显得尤为熨帖。如上所说,文字组织的错落有致中产生的"散文美",是以人们的审美心理结构与作品的形式结构、作品的结构形态与其负载的情感形态的对应为依据的。

"参差错落"之间,也势必产生一种张力。钱锺书谈到过中国古典绘画的主要流派南宗画以"简约"为原则,以减削迹象来增加意境。用时下流行的说法,即以"简约"求得意象的"张力"。文字组织的"参差错落",便于借"空白"刺激联想、想象,并由相应的韵律化的情感,自然地造成"情绪场",完成作品"形式—内容"的和谐统一,一种近于浑然天成的统一。

萧红由于其"散文化"了的审美意识，不必用力寻求，文字即自然、有韵律，见出疏密有致、参差错落的美。形式又反转来"规定"了内容，使容纳其中的生活也"散文化"了。越不用力，越不为预设的目的所拘限，她越像自己，任何过分的用力都反伤自然。因而也可以认为这是一种娇弱的风格。这种风格的成熟（以《小城三月》《呼兰河传》为标志），当然赖有40年代文坛的鼓励。外在环境和文坛自身的变动，使趋于僵硬的意识（包括形式意识）软化、松动，鼓励了意向的多方面伸展和不同艺术个性的自由创造。我已在有关骆宾基小说的文章中谈到了这种文学史的条件。

也许读者已经注意到，我谈散文体式，着眼的主要是作品的组织尤其语言组织，而不是被认为是散文的主要性质的"抒情性"，我更关心的，是由句式、句间关系、语言的组织所规定的萧红作品的情感表现及表现方式。

显然，萧红作品的语言结构不是在模仿生活，而是在模仿情绪，它们是依据作者本人极为深潜极为内在的情绪流来组织的，也因而往往有像是随意的省略，有其明显的**有意**的不规范性。你只有在这种语言结构的整体功能中，在这种语言组织与一种诗意情绪的对应关系中，在这种语言组织负载的情绪中体验那美。"抒情性"不能准确地概括萧红的小说。萧红作品特有的情绪特征、情绪力量主要不是经由主体的发抒，而是经由她特殊的文字组织实现的。

"抒情性"，是一种太过空泛的概括，因包容过大反而弄得缺乏意义。郁达夫作品的"抒情性"与沈从文作品的"抒情性"（我在下面将谈到，沈从文作品的散文特征并不在于其"抒情性"）是难以相提并论的。沈从文与萧红的作品都不曾试图唤起某种激情，它们的情绪色彩甚至比某些公认的写实作家（比如茅盾、丁玲）的作品更淡薄。在它们那里，你所遇到的，**不是通常意义上的"抒情"，而是充满感情意味的具体情景**。这里才有中国传统散文特有的美感。中国式的散文，与其说"主情"，不如说"主味"，主"情致"。这是一些较之"情感性""抒情性"远为细腻、微妙的美感，属于中国传统美学的特有范畴。"情致""情味",很大程度上,正是一种文字趣味,极大地依赖于语词、句子的组合及组合方式,因而也难以由其语言载体中剥离出来。

有必要对上文中的概括作点校正。本节开头一股脑儿地罗列出的具有"散文特征"的小说作品,完全可以由其文学渊源划出不同的类型。现代小说的散文特征并非都源自传统散文。这里有中外文学的交叉影响。外国散文的译介,外国近现代小说结构方式的多样化,也影响到中国现代小说散文特征的生成。郁达夫被认为旧学根柢深厚,但由他的《沉沦》之属中几乎看不出与传统文学的形式联系,那些作品倒是有鲜明的"抒情性"。而他写了杭州—福建时期的那些笔触轻淡的小品文字,才更赖有祖上传下来的那份美学遗产。

依这样的区分,中国现代散文式小说承继传统而最见功力的,除沈从文、废名诸作外,也许就是孙犁小说吧。那是富于文字趣味、韵味十足的散文式小说,极其浅近平易,情绪因节制而含蓄内在。对于这一类现代文学作品,传统的美学思想、批评方法不但有用,而且非以此即不能搔到痒处。

中国传统艺术讲求情绪的节制,审美评价则以感情深沉内在、不形诸辞色为高品类,不能不影响到具有"散文倾向"的现代作家。沈从文对于对象的鉴赏态度,即表现出(或曰"实现了")情绪的节制。萧红式的"寂寞"(淡化了的痛苦)也造成她特有的节制及节制的心理依据。这种情绪上的节制(而非"宣泄"),出于中国人的文化—心理结构,合于"温柔敦厚"的诗教,沟通了中国的艺术与哲学传统。

一度的冷落之后,"散文特征"似乎更引人注目地回到了小说。"新时期"一部分小说结构的散化,是更为大胆、活跃的"结构—形式"创造的一部分。也已有人追踪过某些作家作品的文学渊源。①在我看来,除汪曾祺、宗璞等少数作家外,大量小说作品的"散文性",属于别一美学世界,与传统文学即令"形"近,也仍"味"异。这

---

① 参看黄子平:《论中国当代短篇小说的艺术发展》,《文学评论》1984年第5期。

自然由于不同时期小说家的不同教养,文学创作的不同文化氛围。

新文学的前两代作者,因从旧文化中脱出,不免带有更多的蜕变痕迹。即使后天受到外国文学的熏染,富于惰性、偏于保守的美感仍然由"文字趣味"曲曲折折地反映出来。当代小说家(除汪曾祺等少数人外),与那个"传统"又远隔了一层,看起来似乎一脉相承,其实脉管里的血液已有不同。形肖而神不似,即使追摹亦令人感到力有未逮。论者喜欢以某当代作家与某现代作家相比拟,粗粗地比一比尚可,因为以谁比谁都嫌不妥帖。就"散文性"而言,所少的往往就正是那道微妙而又微妙的"味",难免要让嗜古成癖的雅人叹一声:"此道之不传久矣!"①

传统散文是一种美感,是一种心态,而且要求作者与读者间心理节奏的谐调。上述条件在变化了的社会环境中注定了不复存在,因而传统意味的散文的衰落正势所必至。已经有人著文谈到,近百年间小说兴盛,话剧崛起,散文却因过于成熟以致形式上不易变革。但"熟极"也才会有新变,而且有可能变得彻底,这也叫绝处逢生吧。由传统的散文美学中跳出来,生出全新的散文形态,而又由散文与小说的"杂交",衍生出不同于现代文学史上散文体式小说的新的文学品种——也许,在我们刹那间的恍惚中,这品种已经生成了呢!

再说结构与叙述

即使"散文特征"是个包孕较广的概念,它也不足以容纳文学史上的萧红。我们仍然得谈萧红本身,谈这个艺术个性的内在丰富性。比如她所选择的结构形式。在本文第一部分中,我已由"文字组织"而及于结构。但结构毕竟包括了更多的方面。

---

① 当代小说创作生机蓬勃,可望从总体上超越现代三十年文学(局部已有超越),但当代散文创作则未可乐观,创作和鉴赏水平都有下降。这也更使得读书界迫切要求形式、内容一新的散文作品,要求新时期新的散文美学。

到萧红创作小说的这一时期,新文学经十数年的积累,创作者的"结构意识"已经极大地丰富了。你由30年代作品中,不但可以看到各种叙事角度的试用,看到小说与散文、小说与速写、报告文学"杂交"繁衍出的新的结构样式,也可以看到小说家不同的时空意识,这种意识的多种多样的结构表现。

萧红对于历史文化的理解集中寄寓在她作品的时空结构里。时序的概念对于理解萧红作品的结构有时全无用处。那些作品的各构成部分之间,往往不是依时序,而是由一种共同的文化氛围焊接(更确切地说,是"熔冶")在一起的。萧红更注意的,是历史生活中那些看似凝固的方面,历史文化坚厚的沉积层及其重压下的普遍而久远的悲剧。她是用宽得多——比之当时的许多作品——的时间尺度度量这种悲剧的。《生死场》写了四时的流转,却没有借时间推动情节。占据画面的,是信手展示的一个个场景。如上文说到过的,她常常把看似孤立的情景(是空间单位而非时间单元)**组接**在一起,并不为了表现过程的连续,而为了传达"情调"。到《呼兰河传》的前半,她更索性使时间带有更大的假定性:是今天,也是昨天或者前天,是这一个冬天同时也是另一个冬天,是一天也是百年、千年。这里的时间感、时间意识从属于作者的主旨:强调历史生活中的共时性方面,强调文化现象、生活情景的重复性,由这种历久不变的生活现象、人性表现中发掘民族命运的悲剧性。由《生死场》到《呼兰河传》,时间由模糊、重叠、富于弹性到假设性、非规定性,因而也愈益增添了"非小说性"。不能想象凭借这样的"时间"来构造通常意义上的"情节"。小说特性在这里也被冲淡了。①

时间的假定性势必造成叙述的假定性,人物动作的假定性,以至整个情节架构的假定性。出现在《呼兰河传》开头的,无论"年老的人",还是"赶车的车夫",以至"卖豆腐""卖馒头"的,都非特

---

① 即使作为小说雏形的古老的故事,叙述的着重处也在具体的人。而散文,尤其记述风习的散文,才更关心现象的普泛性,常在叙述中以假定性代替特定性。

定的个人。上述称谓不是特指而是泛指——这些世世代代生活在呼兰河边的人们,以"赶车""卖豆腐""卖馒头"等等为业的人们。因而,即使"个人命运"在这里,也较之在作者的其他作品里,更带有"共同命运"的意味。在技术上却并非由于依"典型化"的原则对特征进行了"集中",而是由于作者的那一种叙述方式,和包含其中的时间意识、历史意识。也因而"呼兰河传"才更像这部书的总题:那种叙述内容,坐实了,就没有了"呼兰河"的"传"。① 时间的假定性,使特定的空间范围(呼兰河)在人们的感觉中延展了。是"呼兰河"的"传",又不仅仅是呼兰河的。空间的特定性本是"风俗画"的必要条件,时间的非特定性则合于表现一种文化形态的目的。看似自身矛盾的时空结构,却在映现一种文化形态的"风俗画"中被作者统一了。

很难说这种时间意识是属于散文的,但至少它是足以弱化情节、弱化"小说性"的,也因而有可能助成某种"散文特征"。

叙述内容的假定性,如前所说,目的在于表现过程的重复性,生活的循环性。这不是具体的哪一天,因而才是无论哪一天,是无穷无尽的呼兰河边的日子。萧红要她的作品情境在虚实之间,在具体与非具体、特定与非特定之间,在历史与现实之间,在写实与寓言之间。《阿Q正传》的"序"至关重要。那里使用的也是近于假设的表述法,不是某一位可以考定的阿贵或阿桂,而是介乎虚实之间、具体与非具体之间的"阿Q",这才更见出鲁迅悲剧感的广漠无垠。这种体现于"结构"中的历史认识,使作品于极其具体中多了一味"抽象"。《呼

---

① 《果园城记》(师陀)的构思命意与《呼兰河传》相近。师陀说:"这小书的主人公是一个我想象中的小城,不是那位马叔敖先生——或是说那位'我',我不知道他的身份,性格,作为,一句话,我不知道他是谁,他要到何处去。我有意把这小城写成中国一切小城的代表,它在我心目中有生命,有性格,有思想,有见解,有情感,有寿命,像一个活的人。"(《果园城记·序》,《果园城记》,上海:上海出版公司1946年版)既要写成"中国一切小城的代表"——为一种文化形态作"传",就必得着眼于普遍、重复性。《呼兰河传》《果园城记》都如此。

兰河传》首章中关于大泥坑的故事,不就既是"呼兰河生活方式"的象征,"意味"又更在呼兰河外——不妨同时看作关于中国历史、民族命运的象征或者寓言?那是包含着深远的忧思和无尽的感慨的。但你并不感到有哲理对于你的强加。化入了"形式"的思想,本身即有可能成为审美对象。而叙述方式、时空结构又何尝只是"形式"呢?它们同时是内容。

沈从文也惯用这种方式叙述,强调现象的重复性。他的《腐烂》写上海闸北贫民区,也如《呼兰河传》那样,世相是他的"人物",所写是无论哪一个灰黯的萧索的日子。依着时间写下去,时间本身却是非特定的。世相因人生而不同,笔墨则随处流转。凭着经验和想象,就着一点时间和空间,他把想象纵横地铺开去。想象在任何一点上都可以生发,一切可能的场景、过程一一叙到,使诸形诸色都呈现其上,因而"过程"不但破碎而且不重要。这里是散点透视,没有贯穿线,却一端引出一端,环环相扣,节节呼应,"自由"中仍然见出"组织"。欲以一篇文章穷尽一类世相,这种不见结构的结构,倒是出于巧思呢。沈从文的小说,除《腐烂》外,《夜的空间》《节日》《黄昏》《晚晴》等,都使人感到了生的扰攘。叙述者分明地告诉你他不但在看,而且在设想,在以这种方式组织他的生活印象。他把关于"结构"的设计,也一并呈现给你了。

富于魅力的更有萧红的讲述。无论使用怎样的人称,那都是她的讲述——一派萧红的口吻,因而本质上都是第一人称的。视角的单一则由叙事人性情的生动显现作为补偿。①《呼兰河传》的第一章

---

① 萧红所追求的"语言的造型性"就正包括了叙述文字的"声音意象"的创造。即使下意识地,她在组织文字时,的确把声音因素作为了构造的根据。因而我们在阅读中所感到的"亲切",在相当的程度上也正来自那诉说般的委婉语气。即使你并未分明地觉察到这种"诉说口吻",那口吻中的"亲切"也已透入你的感觉了。"诉说口吻"也正属于声音层面。在这个层面上,你常常于"亲切"同时体验到"宁静",极深的宁静。这也是你的声音感,属于听觉意识。如果你肯仔细地辨析一下你最初的感觉,你会相信那"宁静"果然是你听到的。

没有出现"我",你的意识中有"我"在,待到第二章"我"在字面直接呈现,你也不觉得突兀。在已经由叙述造成的整体氛围中,一切自然。

但作者、叙事者、作品中的"我"之间的间隙,你仍然由叙述中感觉到了。既然不是现场摹写,而是由印象、记忆中抄出,"时差"中就有心理距离。那里有微讽,以及沉重的、严峻的、悲悯的、无可奈何的诸种混作一团的情绪。保有儿童的感觉方式的作者,寄寓着作者形象的叙事者,毕竟不等同于作为作品主人公的那个孩子。因而,是"童心世界"又不是"童心世界"。其实,自传体(或带自传性质)的文学中的"童心世界"无不是在这种"时差"上构筑的。在这一点上,艺术"级差"往往正系于叙事者与作为儿童的人物间"间隙"的控制。

在萧红的作品中,《生死场》的结构过分自由(即使有"四时的流转"),带着一种稚拙的放任,几乎无所谓"结构艺术"。然而《呼兰河传》中萧红创造的结构形式,其雏形正在《生死场》中。我不打算掩饰我对于《呼兰河传》,对于《牛车上》《后花园》《小城三月》这类作品的偏爱。《桥》和《手》自然是好的,但是太有组织,"结构"像 X 光下的骨骼一样呈露着,令人想到张天翼——张天翼的小说结构正是呈露在外的,像骨节峥嵘、筋脉凸起的手。那种结构形态也许适于张天翼的才情,却会斫伤萧红作品自然流溢的生机。因此我宁取《呼兰河传》《牛车上》等作品的浑成,以其更有"天趣"。[1] 这样说,等于承认了我个人对于传统散文美学境界的偏嗜。在我看来,像《牛车上》这样的作品,才真令人感到有灵气灌注。借用了创造社诗人的话说,这种文章不是"做出来"的,而是"写出来"的。

---

[1] 如果更细地比较,我还想说,《桥》的节奏形式是简单而显明的,简单到可以由段落中用笔画出来。《牛车上》等篇的节奏更内在,却使每个不只用了眼睛,而且用了心去读这些作品的人,生动地感觉到了其中的节奏和它的力量。

"内容—形式"统一的深层依据:悲剧感

浅水湾黄土下的萧红有理由感到幸运,即使只为了茅盾那篇《〈呼兰河传〉序》。有几人能得这样深的理解呢?因而寂寞者也究竟并不寂寞。尽管如此,茅盾的有些批评仍然显得苛刻,而且不可避免地带有那个时期普遍的认识印记。① "愚昧保守"而"悠然自得其乐",难道不正是这样一种文化形态下生活的普遍悲剧吗?老舍笔下的旧北平人,沈从文小说中的湘西山民水民,都使人看到了这种悲剧。只不过沈从文往往把他的人物生活诗化了,而萧红人物的"悠然自得其乐",却能使你有超乎一般"悲哀"的悲哀。它不刻骨铭心,却茫漠无际。这自然不是同一时期的作品中常常可感的那种由灾难性的生活变异带来的尖锐的痛苦,而是因年深月久而"日常生活化"了的痛苦。很难说哪一种痛苦在悲剧美学的天平上更有分量。这是体现着不同的悲剧意识的悲剧,给人以不同的悲剧美感。

鲁迅在论及淦女士(即冯沅君)的创作时,曾经引述过匈牙利诗人裴多菲给 B.Sz.夫人的如下题照诗:"听说你使你的男人很幸福,我希望不至于此,因为他是苦恼的夜莺,而今沉默在幸福里了。苛待他罢,使他因此常常唱出甜美的歌来。"引用这样的诗句不免要招致误解的吧,因而鲁迅又有如下的解释:"我并不是说:苦恼是艺术的渊源,为了艺术,应该使作家们永久陷在苦恼里。不过在彼兑菲的时候,这话是有些真实的;在十年前的中国,这话也有些真实的。"②即使在引用了鲁迅所引的诗,又引用了鲁迅为防误解的解释之后,我仍

---

① 茅盾认为,在《呼兰河传》中找作者思想的弱点,"问题恐怕不在于作者所写的人物都缺乏积极性,而在于作者写这些人物的梦魇似的生活时给人们以这样一个印象:除了因为愚昧保守而自食其果,这些人物的生活原也悠然自得其乐,在这里,我们看不见封建的剥削和压迫,也看不见日本帝国主义那种血腥的侵略。而这两重的铁柙,在呼兰河人民生活的比重上,该也不会轻于他们自身的愚昧保守罢?"
② 鲁迅:《〈中国新文学大系〉小说二集序》,《鲁迅全集》第6卷,第245页。

然担心着误解。因为如前所说,人们对萧红生平的兴趣(包括追究她的悲剧的责任者)似乎始终超过了对作品的审美兴趣。我以为一切既成的历史都不妨作为理性剖析的对象,作者的个人悲剧在这里很可以被作为风格、艺术个性的成因之一而获得较为积极的解释。萧红的悲剧对于她个人固然显得残酷,我们却仍然不妨说,萧红的透骨的寂寞,在某种意义上也成全了她,使她的浸透着个人身世之感的悲剧感,能与生活中弥漫着、浮荡着的悲剧气氛相通,那种个人的身世之感也经由更广阔的悲剧感受而达于深远。你能说庐隐是狭窄的,却不能这样说萧红,即使她在"一九四〇年前后这样的大时代"里"蛰居"着。她没有更多地表现惨烈的斗争也许可以算作某种损失吧,但作为小说家,她却由对于自己来说最有利的角度切入了生活。每个作家都注定了要在主客两面的限制中从事创造。你很难责备、苛求作为小说家的这个萧红。就她所提供的作品看,那也许正是她所能有的最好的选择。

萧红的悲剧感也自有其**尖锐性**,更不必说深刻性。她把自己对于生活的悲剧感受,集中在人类生活中如此普遍而尖锐的"生"与"死"的大主题上。她尤其一再地写死亡,写轻易的、无价值的、麻木的死,和生者对于这死的麻木。

> 在乡村,人和动物一起忙着生,忙着死……
>
> (《生死场》)

与死神对过面的王婆,忙着为这个也为那个女人接生:

> 等王婆回来时,窗外墙根下,不知谁家的猪也正在生小猪。
>
> (《生死场》)

也许应当说,这才是当她写《生死场》,并这样奇特地为她的书题名时,最尖锐地刺痛了她的东西。① 在萧红看来,最可痛心最足惊心动魄的蒙昧,是生命价值的低廉,是生命的浪费。

> 生,老,病,死,都没有什么表示。生了就任其自然的长去,长大就长大,长不大也就算了。
>
> (《呼兰河传》)
>
> 假若有人问他们,人生是为了什么?他们并不会茫然无所对答的,他们会直截了当地不加思索地说了出来:"人活着是为吃饭穿衣。"
>
> 再问他,人死了呢?他们会说:"人死了就完了。"
>
> (《呼兰河传》)

恬静到麻木、残酷到麻木的,是这乡间的生活。这麻木在萧红看来,是较之"死"本身更可惨的。由《生死场》到《呼兰河传》,如果说有流贯萧红创作始终的激情的话,那就是关于**这一种**悲剧现象的激情吧。

染缸房里,一个学徒把另一个按进染缸里淹死了,这死人的事"不声不响地"就成了古事,不但染缸房仍然在原址,"甚或连那淹死人的大缸也许至今还在那儿使用着。从那染缸房发卖出来的布匹,仍旧是远近的乡镇都流通着。蓝色的布匹男人们做起棉裤棉袄,冬天穿它来抵御严寒。红色的布匹,则做成大红袍子,给十八九岁的姑娘穿上,让她去做新娘子"。至于造纸的纸房里边饿死了一个私生子,则"因为他是一个初生的孩子,算不了什么。也就不说他了"。(《呼兰河传》)

在作者看来,这里有真正的黑暗,深不见底的中世纪的黑暗。这

---

① 因而这部与《八月的乡村》(萧军)齐名并以其题材特点造成了相当大的影响的作品,题旨与《八月的乡村》并不那么一致。《生死场》主要地不是一部关于时事的书,它的意义也不在这里。就其本身的性质来说,《生死场》与《呼兰河传》是互为呼应、有"贯穿主题"的姊妹作。

黑暗也是具体的,现实中国的:这大片的土地还沉落在文明前史的暗夜里!尤其可痛心的是,"不惟所谓幸福者终生胡闹,便是不幸者们,也在别一方面各糟蹋他们自己的生涯"①。这不也正是使"五四"时期的启蒙思想家为之战栗的悲剧现实?这里的"'五四'启蒙思想",不是柏格森的"生命哲学",而是关于改造中国社会的思想。对生命价值的思考和改造民族生活方式的热望,构成了萧红小说有关"生""死"的描写的主要心理背景。

由燃烧着的东北大地走出,萧红不曾淡忘过"时代痛苦"。因而沈从文写化外之民,萧红在《呼兰河传》中所写,却是尘世中的阴界、地狱,尽管也在僻远的地区,远离都市文化的地方。沈从文写"化外"的文化,所谓"中原文化"的规范以外的文化,萧红却在同样荒僻的地方,写中国最世俗的文化,中国绝大多数人呼吸其中,构成了他们的生存方式的文化。沈从文发现了那一种文化的浪漫性质与审美价值,萧红却发露着这一种文化之下的无涯际的黑暗。沈从文写人性的自由,写一任自然的人生形态,萧红却写人性的被戕贼,写人在历史文化的重压下被麻木了的痛苦。萧红也以审美态度写习俗,最美者如放河灯(《呼兰河传》)。但即使这美,也美得凄清,浸透了悲凉感,从而与全书的情调相谐。萧红的作品,其基本特征属于当时的左翼文学,社会批评、文明批评的自觉意识,始终制约着她的创作活动。而沈从文,如我在收入本书的另一篇文章中写到的,有着不同于萧红的追求。

但透入萧红作品之中的心理内容却要复杂得多——不仅有如上所说的相当一批现代作家共同的心理背景,而且有作者个人独有的心理根据。仅仅"叙事内容"并不足以使她与别人区别开来。而"叙事内容"如果不与"叙事方式"同时把握,你不大可能真正走近这个作者。

萧红用异乎寻常的态度、语调叙述死亡——轻淡甚至略带调侃

---

① 鲁迅:《〈幸福〉译者附记》,《鲁迅全集》第10卷,第173页。

的语调。我在下文中还要写到,不止轻淡,她还有意以生命的喧闹作为映衬。当这种时候,她不只在对象中写入了她对于人生悲剧的理解,而且写入了她个人的人生感受,那种俨若得自宿命的寂寞感。她的关于"死"的叙述方式,曲折而深切地透露了这心态。有神秘主义倾向的人们,也许会由此敏感到这个人的命运的吧。这个性格的确自身包含着深刻的悲剧性。

王阿嫂死了,她的养女小环"坐在树根下睡了。林间的月光细碎地飘落在小环的脸上"(《王阿嫂之死》)。这是萧红的初作。

耿大先生被炭烟熏死了,"外边凉亭四角的铃子还在咯棱咯棱的响着。因为今天起了一点小风,说不定一会工夫还要下清雪的"(《北中国》)。这小说写在她去世的当年。

人生的荒凉也许无过于此吧。萧红的调子中却更有她本人关于人生的荒凉之感,那是笼盖了她短促生命的精神暗影。萧红笔下的"死"也有这内容——心理层面的繁复性,因此,即使作为"社会批评者"的萧红,也与另一批评者不同。

萧红不只透过自己的荒凉感看荒凉人间演出着的"生"与"死",也把这荒凉感写进了人物深刻的人生迷惘里。

骆宾基写他那篇《红玻璃的故事》时,在"后记"中声明小说的构思是萧红的。这小说的主人公——一个乐天的乡下老大妈,也像《后花园》里的磨倌冯二成子那样,"偶然地"生出了对于自己**整个人生的怀疑**。这的确是萧红式的构思。萧红一再地写这种顿悟式的人生思考,也一再描写精神上的枯萎和死灭——甚至在《马伯乐》这样的长篇里。你在这些文字中同样发现着作者的敏感心灵中的荒凉。

《马伯乐》中的一个车夫,家破人亡,病上加忧,把他变成了"痴人"。

　　……每当黄昏,半夜,他一想到他的此后的生活的没有乐趣,便大喊一通:

　　"思想起往事来,好不伤感人也!"

若是夜里,他就破门而走,走到天亮再回来睡觉。

他,人是苍白的,一看就知道他是生过大病。他吃完了饭,坐在台阶上用筷子敲着饭碗,半天半天地敲。若有几个人围着看他,或劝他说:

"你不要打破了它。"

他就真的用一点劲把它打破了。他租了一架洋车,在街上拉着,一天到晚拉不到几个钱。他多半休息着,不拉,他说他拉不动。有人跳上他的车让他拉的时候,他说:

"拉不动。"

这真是奇怪的事情,拉车而拉不动。人家看了看他,又从他的车子下来了。

在《后花园》里,萧红更精彩地——也许唯她的文字才能这样精彩——写了生趣全无的人生。无论王婆(《生死场》)、冯二成子(《后花园》),还是《马伯乐》中的这个车夫,《红玻璃的故事》中的乡下女人①,都像是厌倦了生命,令你感到"生"的枯索。人物像是由极远极远的世代活了过来,因而累极了,倦极了。你由这些作品或描写中,恍然感到了萧红作品中潜藏最深的悲观,关于生命的悲观。

但愿"悲观"这种说法不至于吓退了神经脆弱的读者。我在下文中还将谈到萧红作品中表现得那样热烈(却也热烈得凄凉)的关于生命的乐观。在我看来,有这两面才使萧红更成其为萧红。

如果说《红玻璃的故事》前半的轻喜剧,骆宾基写来"本色当行"的话,那么这小说的后半,非由萧红本人动笔才更有味道。正如骆宾基的才能不适于如此沉重的题材,尤其不适于这样一种扑朔迷离的悲剧,萧红的才能也不适于轻喜剧、通俗喜剧。我不能因为对萧红作品以及她本人的倾心,就一并称赞她的《马伯乐》。我以为那个构思倒是很可以让给骆宾基的。

---

① 我是在"萧红式的构思"这一意义上谈这篇属于骆宾基的作品的。

现代作家中,沉醉于"残酷"的,是路翎吧。路翎渲染残酷,有时让人感到是在不无恶意地试验人的心理承受力。比较之下,萧红显得过于柔和了。她习于平静、平淡地讲述悲剧,以至用一种暖暖的调子。①她甚而至于不放过浅浅一笑的机会。当面对真正惨痛的人生时也不免会有这浅浅的一笑吧,只不过因一笑而令人倍觉悲凉罢了。这是秋的笑意,浸透了秋意的笑。对于这年轻的生命,这又是早到的秋,正像是早慧的儿童的忧郁。

"节制"也像结构、文字组织一样,是无意而得之的。节制主要来自她特有的心态,作为她的心理标记的那种忧郁、寂寞。这种忧郁、寂寞,是淡化了的痛苦、理性化了的悲哀,助成了她的作品特有的悲剧美感;那种早秋氛围、衰飒气象,那种并不尖锐、痛切,却因而更见茫漠无际的悲凉感。忧郁、寂寞自然不属于"激情状态",却很可能是有利于某种悲剧创作的情感状态。它尤其是便于传达萧红式的历史生活感受的情感状态。"激情"的对象往往是具体的,而萧红所感受到的悲剧却极普泛。因而在萧红的作品里,那"寂寞"只如漠漠的雾或寂寂的霜,若有若无,无处不在,而又不具形色。它正是萧红所特有的文字组织、叙述方式,也无法由字句间、由叙述的口吻中剥出。

萧红使自己与别人相区别的,正是她特有的悲剧感,融合了内容与形式的人生的荒凉之感。这种悲剧感,统一了主、客,具体又不具体,切近而又茫远,属于特定时地又不属于特定时地,是她的人物的更是她本人的。即使具体的生活情境别人也可以写出,那沉入作品底里的更广漠的悲哀,却只能是萧红的。这是一个过于早熟的负载着沉重思想的"儿童"。她并没有切肤的痛苦,没有不堪承受的苦难,却像是背负着久远的历史文化,以致给压得困顿不堪了。

在中国现代作家中,也许萧红比之别人更逼近"哲学"。由她反

---

① 她惯用"侧锋",比如由局外的老人或儿童出发,而避免直写事态(如《看风筝》《夜风》《哑老人》等),其效果也在造成审美的距离感,使悲感因淡化而益显深切。

复描写着的"生"和"死"中，本来不难引出富于哲学意味的思想。但萧红却在感觉、直觉的层面停住了。她不习惯于由抽象的方面把握生活。也因此，萧红是中国现代作家，她的思维特征是属于这个文学时期的。对于"生""死"，她关心的始终是其现实的方面，而不是超越现实的哲学意义。中国现代作家普遍缺乏从哲学方面把握世界的能力，缺乏关于生活整体的哲学思考。有自己的哲学的作家永远是令人羡慕的。但也有过这种情况：过分清晰的哲学、过分强大的理性反而窒碍了审美创造。萧红的优势仍然在于她浑然一体的对于生活的把握，在于那寄寓在"浑然"中因而能有力地诉诸审美感情的生活思考。令我倾心的，正是这个萧红。

萧红写"生"与"死"，写生命的被漠视，同时写生命的顽强。萧红是寂寞的，却也正是这寂寞的心，最能由人类生活也由大自然中领略生命感呢！一片天真地表达对于生命、对于生存的欣悦——其中也寓有作者本人对于"生"的无限眷恋——的，正是那个善写"人生荒凉感"的萧红。而由两面的结合中，才更见出萧红的深刻。

> 三月的原野已经绿了，像地衣那样绿，透出在这里、那里。郊原上的草，是必须转折了好几个弯儿才能钻出地面的，草儿头上还顶着那胀破了种粒的壳，发出一寸多高的芽子，欣幸地钻出了土皮。放牛的孩子在掀起了墙脚下面的瓦片时，找到了一片草芽子，孩子们回到家里告诉妈妈，说："今天草芽出土了！"妈妈惊喜地说："那一定是向阳的地方！"……天气一天暖似一天，日子一寸一寸的都有意思。……

（《小城三月》）

有谁写出过这样融和的春意，而又写得如此亲切、体贴？她不像她"东北作家群"中某些同伴那样，努力去呼唤原始的生命力，大自然的野性的生命。她把"生命感"灌注入她笔下那些极寻常的事物，使笔下随处有生命在勃发、涌动。攀上后花园窗棂上的黄瓜，"在朝露里,那样嫩弱的须蔓的梢头,好像淡绿色的玻璃抽成的,不敢去触,一触非断不可的样子"。而玉蜀黍的缨子则"干净得过分了","或者说它是刚刚用水洗过,或者说它是用膏油涂过。但是又都不像,那简直是干净得连手都没有上过"(《后花园》)。并非有意的"拟人化",却一切都像有着自己的生命意识,活得蓬蓬勃勃,活得生气充溢。萧红并不大声呼唤生命,生命却流淌在她的文字里。

天真无邪的生活情趣与饱经沧桑后的人生智慧,充满欢欣的生命感、生命意识与广漠的悲凉感——不只不同的人生体验,而且智慧发展的不同层次,都在这里碰面了。也因而才有萧红的有厚味的淡,有深度的稚气,富于智慧的单纯,与生命快乐同在的悲剧感。你也仍然见不出矛盾间的"组织",它们和谐地浑然不可分地存在于萧红的作品里。你却感觉到了"功能":生命欢乐节制了她关于生命的悲哀,而悲剧感的节制又使关于生命的乐观不流于盲目。——两个方面都不致达于极端,既不会悲痛欲绝,也不会喜不自胜。

对人生有深切悲哀的人,对生命如此深情地爱着。也许有了这悲哀才会有那深情的吧。如上文所说,这里也有萧红的深刻处。她仍然不是哲人,没有过自己的"生命哲学",**但她的感情深刻**。

萧红特有的生命意识,自然地进入了风格层面,直到结构形态。悲剧、喜剧意识,以全史为细腻的悲悯、嘲讽意识交相融汇,没有"纯粹形态",一个中掺入了另一个。因交叉重叠的情感"结构化",才能有上文所说的意境的浑融,使"单纯""稚气"同时见出深厚。至于《看风筝》《小城三月》《北中国》诸篇异乎寻常的结尾形式,也无关乎"亮色"。给阴郁如严冬的故事一个明丽如春的收束,以两种人生形态、情感状态大胆组接,那色调氛围的反差谁说不正是在诉说着人生的荒凉、人与人之间哀乐的不能相通?"亲戚或余悲,他人亦已歌。"这种以朴素的生活理解为依据的悲喜剧意识的交融,令人更陷入了对人生普遍悲剧的沉思之中。

"结尾形式"仍嫌太"结构化"了,未免"着迹"。我更乐于体味的,是消融在形式骨架之中的作者的生活理解。在后花园的火炽

(那儿有"火辣辣地"开成一片的"红得鲜明晃眼的大花")里写磨倌的寂寞,在暖融融的春阳下、牛车上叙说人生的创痛,在饱满到四溢着的生命之流中写人生的枯寂,把世界的诸多形色、人生的诸多滋味同时写出,从而使境界"浑然一体"的,是我所认识的萧红。在她这里更重要的不是"架构",而仍然是她那种语言组织、叙述方式及其传达作者内心隐微的能力,和对于世界形象的整体性把握。

回到文字

本文由文字说起,仍想结于文字。

即使有古典白话小说的成就在前,现代白话成为真正的文学语言,仍然经历了历史。现代白话是在几代作家手里,才具有了"艺术语言"的性质的。每一代作家对于这过程都有自己的那一份贡献。"五四"小说家的语言运用本身,是一种真正创造性的活动。一大批作者在较少规约也尚无范例的情况下进行文学语言创造,难道不是一种壮观的景象,至少与这个星球上其他民族那里呈现过的类似景象同样壮观?创造者自身也正是历史的创造物。因而"五四"文学不但文白夹杂(保留了较多的文言句式、文言词语),而且作者往往出于思维习惯,以蜕变中的文学语言构造着古典文学中的常见意境(比如在郁达夫、庐隐的小说里),甚至造境手法也相近。大呼"解放""破坏"的时期,在这一方面也显示着自身的"过渡"性质。到30年代,文学中才有更畅达的白话,创作界才有更普遍也更自觉的文字风格的追求。"风格化"在这种新的文学语言的创设时期,永远是有效的推动力。文学语言方面生动的个人创造,是一个民族文学成熟的必要前提。

三四十年代新起的作家们,较之"五四"作家远为彻底地摆脱了文言文法规范。30年代作家行文普遍的"欧化"倾向,常使人误解为在精神上割断了与古典文学传统的联系。但这不免是皮相的观察,因为"联系"只不过变得更深潜、更内在罢了。这一时期的文学语言创造,一方面表现为改造利用外来的文法形式,另一方面是对日常用语的提炼、锻造。老舍发愿烧出白话的"原味儿"来①,在这一时期即很有代表性。这些作家中,萧红的造句、造境都是白话时代的,而且少欧化句式(也可称作"译文体"吧),但如上文所说,她的文字组织,尤其渗透其中的审美趣味,却联系于民族的文学传统。这联系不好从字行间拎出,却实实在在地存在于字行之间。

一批作者利用各自的便利,由自然形态的语言,由"俗"极"白"极的日常语言,由"现成话"中发掘着表现力,发现着使之成为"艺术语言"的可能性,萧红的追求显然与老舍不同。她并不致力于对方言的提炼,甚至有时完全不使人感到"提炼"。她好用"拙语"。自"新文艺"兴,渐有一种"新文艺腔"(被张爱玲挖苦过的),久读不免令人发腻。当这种时候,任何有别于那一道腔的语言风格都会令人感到"鲜味":穆时英《南北极》中大都会底层社会、黑社会语言的大胆运用,师陀《结婚》《马兰》中轻松俏皮富于机趣的语风,张爱玲亦俗亦雅、恣肆泼辣的文字,都令人惊奇,一新耳目,获得审美愉悦。萧红语言的"拙味""生味"也是一种"鲜味"。经了萧红的性灵,尤有醇厚的美。

"东北作家群"中,语言以"俗白"胜的,还有骆宾基。骆宾基也用"拙语",但与萧红文字的"拙味"并不同。叙述的平淡与从容,两个人也有相近处,而与这一作家群的某些作家迥别。同为平淡,萧红的文字有悲凉在,而骆宾基的神情才真的近于"恬淡"——心态与智慧类型也仍然彼此不同。本来这个"作家群"就不是"风格"的集合,也不具有严格的"流派"意义。

骆宾基、萧红的淡与路翎、张天翼的浓,构成了色调上的对比。这里所呈现的,是现代文学语言的色阶。骆宾基的像是随意似的用笔,他有时的故作唠叨,都是一种不用技巧的技巧,不见技巧的技巧。他的文字平滑而流畅,毫无窒碍。相比之下,路翎、张天翼当驱遣文

---

① 老舍:《我怎样写〈二马〉》,《老牛破车》,第18页。

字时,可就显得过分用力了。

不同于萧红的醉心于小场景,骆宾基更关心"过程"。"过程"往往冗长——主要是心理过程。骆宾基长于叙述。张天翼的小说中由"动作"承担的任务,他都交给了"叙述"。他一口气说下去,似乎没有大的激情,叙述方式本身却富于魅力,足使你忘其冗长。本文由萧红而及于骆宾基,无非想说明,不止萧红,其他许多小说家的创作,都有必要由文字的方面去研究。我们的风格研究还有几多疏漏呢!现代作家独特的文字修养,他们对于文学语言的提炼熔铸,往往被忽略了。似乎人的审美感觉在这一方面已经变得粗糙,鉴赏力在这一方面已普遍衰退,以致难以领略较为细腻的文字趣味,尤其俗白、素淡中蕴含的美。这也是当代小说"散文化",而散文艺术却同时衰落的原因之一吧。当然不能说散文语言较之小说语言有更高的要求,但却可以说,散文创作因其艺术传统也因其没有"情节""故事"等凭借,往往更依赖于文字功夫。这种艺术的兴衰也在更大程度上取决于创作界与读书界对于文学语言的审美能力。

让我们回到萧红。

骆宾基的《萧红小传》(上海:建文书店 1947 年版)认为萧红有一个从强者到弱者的变化过程(见该书"自序"),是由萧红与社会运动的联系着眼的。我以为,小说家的萧红所经历的,倒是相反的过程:从弱者到强者。对于这个萧红,强者的证明是其艺术个性的完成,是萧红作为艺术家的自我完成。写于"蛰居"中的《呼兰河传》,是这生命的悲怆有力的幕终曲。① 我们可以向有些作家期待更多,对于萧红,却不妨满足于她已经提供的这一些。

当悄吟女士和三郎②一道,写收入《跋涉》一集中的短篇时,绝对

---

① 她的小说中,《牛车上》《王四的故事》《后花园》《小城三月》,甚至《北中国》诸篇,都不妨看作《呼兰河传》的延展,尤其风格、调子的延展。尽管其中有几篇写在《呼兰河传》之前。这是萧红的"《呼兰河传》时期",是作者浸润在关于呼兰河的情绪记忆里的时期。

② 悄吟、三郎,分别为萧红、萧军的笔名。

没有成为"名家"的征兆。这个例子或许可以鼓励那些初学者。30年代尽管已是新文学的繁盛期,却也还没有造成大的威压,使文学青年自惭其幼稚而不敢弄笔,因而他们尽有时间从容地成熟起来。在这一时期两个人的作品中,三郎蓬蓬勃勃的情绪,总像要把作品的外壳涨破;悄吟所有的,却是动人的细节。而有三郎式的粗粝的衬映,悄吟的文字已经显出了那可爱的稚拙。"稚拙"有可能成为美的。人类所创造的艺术品中,也许正是稚拙的美,最经久,最耐得住时间的磨损。但美学意义上的"稚拙",与幼稚只隔着一层纸。艺术上的幼稚却不可能唤起审美感情。萧红的作品如果说有一个水平的波动区域,那也就在这两者间吧。(萧红的创作水平也的确起落不定,令人不免看得有些担心。)《王阿嫂之死》等是幼稚的。而《牛车上》《小城三月》所显示的,才是审美化了的稚拙。

从《王阿嫂之死》到《牛车上》,萧红式的"单纯"才终于成其为美,具有了风格意义。仅仅说"自然而然""无意得之"是不完全合乎实际的。这里也有自觉的风格追求,有对于意识到了的个性魅力的审美显示。萧红也曾一度力求"规范",写依当时的标准看来"像小说"的小说。这作为一种艺术训练,对于她或许是必要的。但在"有意的追求"之后,这个个性却必得更为自由放任,因为任何拘限都会斫伤生机。她以追求"规范"使自己脱出了幼稚,她的成熟却最终在于她找到了适当的方式,得以最为自然地展示自己。

萧红的作品不多,真正的佳作更不多。但有《呼兰河传》,有《牛车上》《小城三月》,萧红也就有了文学史上她自己的位置。近几年的"萧红热",多少让人感到有点虚浮。"量"的发现并不能为这名字增添什么。那个不甘瞑目的萧红,也许更希望人们识得她作品真正的美质,从而发现她作为小说家的全部价值。

1985 年 11 月

张爱玲的《传奇》：
开向沪、港"洋场社会"的窗口

  张爱玲的小说集《传奇》，是一个开向沪、港都市社会，尤其是其中的"洋场社会"的窗口。装在窗框间的，俨然封闭的小世界，光怪陆离，而不失自身的和谐。其中那些忙忙碌碌与百无聊赖的人们，似乎被时代忘却了，自己也忘却了时代，但这种生活却以其独特本质，反映着近现代中国历史的重要侧面。

  当《传奇》一九四四年在上海出版时，扉页上印着作者的如下题辞：

> 书名叫传奇，目的是在传奇里面寻找普通人，在普通人里寻找传奇。

用大上海、香港"洋场社会"之外，"高等华人"生活圈之外几亿普通中国人的眼光看，收入集子中的十个短篇所"传"，是"太平世界"的奇闻。但这理解与"题辞"不相干。"题辞"不过是说，作者要由荒唐的故事中，发现平凡的人生。在"传奇"这一借来的名目下，她追求传奇性与普通人人生的平凡性的统一。虽然她所谓"普通人"，无非是她自己那一世界中人，而她所开的"窗口"绝不宽大。

  《传奇》一集中，足以称为张爱玲**对于生活的发现**、构成张爱玲小说艺术独特性的一个重要标记的，是她在《倾城之恋》《沉香屑：第一炉香》《茉莉香片》等篇中生动地描绘出的沪、港"洋场社会"。

  对于内地读者，对于近几十年出生的青年、中年人，香港和旧时代的大上海,是个荒唐而怪诞的世界。近现代中国历史的诸种矛盾辏集在这里,拼成一幅五光十色的图画。三四十年代,一些沪上文人,以夹着洋场气的笔墨写洋场,作风上明显地呈露出西方现代派文学的影响,形成了一种值得注意的文学现象。这些作家在抗日战争爆发后,多半留在"孤岛",政治上的情况很有些复杂。但就创作言,除公然为殖民主义、侵略者张目的文字外,他们写洋场的作品,仍自有其价值,有它们的那一份认识意义。

在擅写沪港上流社会、洋场人物的小说家中,张爱玲确属矫然不群,更深刻也更完整。构成张爱玲小说的基本矛盾的,并非准确意义上的"新"与"旧"(因为其中并无所谓"新"),而是资本主义性与封建性。矛盾,渗透在小说创造的整个艺术世界,由人物的生活情调、趣味,以至服饰,到精神生活,到婚姻关系。

> 山腰里这座白房子是流线型的,几何图案式的构造,类似最摩登的电影院,然而屋顶上却盖了一层仿古的碧色琉璃瓦。玻璃窗也是绿的,配上鸡油黄嵌一道窄红边的框。窗上安着雕花铁栅栏,喷上鸡油黄的漆。屋子四周绕着宽绰的走廊,当地铺着红砖,支着巍峨的两三丈高一排白石圆柱,那却是美国南部早期建筑的遗风。从走廊上的玻璃门里进去是客室,里面是立体化的西式布置,但是也有几件雅俗共赏的中国摆设,炉台上陈列着翡翠鼻烟壶与象牙观音像,沙发前围着斑竹小屏风,可是这一点东方色彩的存在,显然是看在外国朋友们的面上。英国人老远的来看看中国,不能不把些中国给他们瞧瞧。但是这里的中国,是西方人心目中的中国,荒诞,精巧,滑稽。

《沉香屑·第一炉香》所写女学生葛薇龙眼中香港富孀梁太太的府邸,未始不可当作一种象征,那种亦洋亦旧、非中非西的洋场生活方式的象征。殖民统治下"所特有的东方色彩",浸染了这里的全部生活。即使梁太太"园会"的布置,也仿佛一个缩小了的香港,"五尺来高福字大灯笼"间,"歪歪斜斜插了几把海滩上用的遮阳伞"——"处处都是对照:各种不调和的地方背景,时代气氛,全是硬生生地给掺揉在一起"。只有这种"不伦不类"的生活方式,奇特的生活情调,才能非但容忍而且纵容梁太太那样的女人,让她"一手挽住了时代的巨轮,在她自己的小天地里,留住了满清末年的淫逸空气,关起门来做小型慈禧太后"。这位梁太太本人连同她的全部生活,正是**这一种**社会环境的产物,并生动地说明着环境的性质。

并非单纯的"洋化",而是"洋"与"东方固有文明"的同盟,由西方"现代文明"滋养、翼覆的最古旧最腐败的封建生活方式与封建文化,这才是40年代沪、港"洋场社会"生活的最基本的真实。如果张爱玲只是表面地接触到这种真实,如果她的小说仅仅提供了这种生活的外部特征,那么上文中的"深刻"就落了空。张爱玲带你走进这种生活的深处,尤其走进这些人物精神、感情生活的深处,她不只打开了梁太太们的衣橱,请你一嗅留在其中的"悠久的过去的空气",而且让你看到她的人物的灵魂,那灵魂是整个被这种生活浸渍过的。两种文化的交叉点归根到底在"人"那里。

两性关系、婚姻关系,是张爱玲发掘人性、发掘洋场生活特殊本质的主要角度。你不能不承认,在张爱玲,这是一个有利而且运用得有力的角度。

《倾城之恋》一开篇,就有那么一种袭人的洋场气味。随着女主人公"爱情事业"的进展,场景更由上海滩而移至香港,洋场气味随之益发强烈。《倾城之恋》中的"爱情",绝对没有花前月下优雅的诗趣。这里的人们,属于那些洋场上随处可见的阔绰而无聊的人们。他们所事,不过"上等的调情"——顶文雅的一种。人物间婚姻的缔结程序也是十足洋场气味的。来自旧式人家的白流苏和华侨富商范柳原,被不同的家世、文化背景、心理、习惯分隔着,各怀鬼胎,试着彼此贴近,绕够了圈子,费尽了算计,真真假假,虚虚实实,半推半就,若即若离。最后还是仗了香港的战事,把"戏"做成了真的,简化了这个无穷尽的过程。战争剥下了范柳原那点纨绔子弟的感情的浮华,也剥去了出身望族的白流苏的矜持，使这一对上流男女活得稍为自然一些，关系中多了一点"真"，就在这点"真"上结成夫妇，预定的悲剧结局改演了"大团圆"——当然是有点苦涩有点怅惘的"团圆"。

然而即使没有战事，范、白仍然会走到一处的，只不过关系可能是另外的一种罢了。洋场气十足的范柳原，偏偏看中了旧派女人白流苏，其中很有些耐人寻味的心理内容。且看范柳原作何道理：

> ……柳原道："你好也罢，坏也罢，我不要你改变。难得碰见像你这样的一个真正的中国女人。"流苏微微叹了口气道："我不过是一个过了时的人罢了。"柳原道："真正的中国女人是世界上最美的，永远不会过了时。"流苏笑道："像你这样的一个新派人——"柳原道："你说新派，大约就是指的洋派。我的确不能算一个真正的中国人，直到最近几年才渐渐的中国化起来。可是你知道，中国化的外国人，顽固起来，比任何老秀才都要顽固。"流苏笑道："你也顽固，我也顽固，你说过的，香港饭店又是最顽固的跳舞场……"他们同声笑了起来。……

范、白的结合有其深刻的基础，有非对方不可的必然逻辑。不止洋派的中国人，即"中国化的洋人"，他们的爱中国"固有文明"，也常常比中国自己的遗老遗少更彻底，正如吃腻了牛油面包，即觉中国菜更爽口一样。鲁迅早就道破了此中奥秘。范柳原一类洋场阔少，离中国既近又远。他们似乎被拆卸后又组装过，因而人生像是道拼盘，是"洋派"的，但骨子里却又是道地中国的，而且是最"顽固"的中国的。这里是殖民地化中的畸形的精神现象，资本主义文化与中国封建文化交媾生出的怪胎，近现代中国社会历史的特殊产物，洋场上的"新的"人种。

在我看来，这才是《传奇》所提供的最有价值的"普遍"。半殖民地半封建的中国社会这一独特侧面中，包含着近现代中国历史的某种本质。

这两面——近现代中国上流社会生活的强烈的封建性与日益加强的资本主义性,无疑是张爱玲所占有的极其独特的经验材料。她本人领教过封建家庭专制的淫威,这种痛苦的经验凝结而成日后创作《茉莉香片》《金锁记》等篇的重要的心理与感情的基础。在一篇随笔中,她这样追记了自己逃出封建家庭禁锢时的内心体验:

> ……当真立在人行道上了!没有风,只是阴历年左近的寂寂的冷,街灯下只看见一片寒灰,但是多么可亲的世界呵!我在街沿急急走着,每一脚踏在地上都是一个响亮的吻。……
> （《流言·私语》）[1]

对于张爱玲,这是永恒的一瞬。

张爱玲长于刻画女性,尤擅刻画曹七巧、梁太太一类的家庭暴君。她在描写曹七巧、梁太太时的那种毫不宽假的刻毒,正部分地来自她作为"后一代"的自我意识。她的愤怒是由被压抑、被戕害的那一代出发的。《倾城之恋》《茉莉香片》《沉香屑:第一炉香》等作品使人看到,上述经验是如何与对受殖民统治的沪、港上流社会的观察结合在一起,助成了她对于洋场生活本质的某种把握。她使封建性与资本主义性之间的相互吸引、纠缠,彼此推拒、碰撞,构成自己部分作品的情节基础,由这一方面,显示出自己作为现代作家的历史感——尽管是不那么自觉的历史感。

《传奇》是一本并非严格地依写作时间先后编排的小说集。由编排顺序透露出的,是作者本人对于自己作品的估价。排在卷首的《金锁记》最称力作。然而这篇精巧、结实、在性格描写方面极见功力的小说,对于说明张爱玲的文学观念,却不一定是最具代表性的。曹七巧是张爱玲小说世界中唯一的"英雄",而张爱玲所主张的,却是写"软弱的凡人",因为在她看来,"正是这些凡人比英雄更能代表

---

[1] 张爱玲:《流言》,上海:五洲书报社 1944 年版。

这时代的力的总量"。而且与其艺术成就显得同样触目的是,在《金锁记》里,缺乏故事与历史生活之间的必然联系,情节、人物性格缺乏**历史的规定性**。这不免令人惋惜。不同于《传奇》中其他诸作,《金锁记》所写姜公馆中人,不过因时代动乱客居沪上,他们的生活方式,显然没有与沪上的生活情调融合起来;也不同于《传奇》中其他诸篇,七巧与小叔子季泽、七巧女儿长安与留洋学生童世舫的"爱情",尽管在曹七巧的性格刻画中处于重要位置,但两性关系毕竟只是作品观察与表现曹七巧的一个角度,即使是一个极关重要的角度。然而,《金锁记》仍然由一个方面,以其强烈的主题笼盖了全书,那就是:金钱对于人性的腐蚀。

这是一个金钱势力拨弄下的世界。自 19 世纪末起,随同外国经济力量涌入的,是西方文化、西方的"精神文明"。这种文化,固然利用、联合了中国原有的封建文化,同时又恶辣地嘲弄、无情地亵渎着古老农业社会一切素被尊崇的神圣事物。财产关系的改变,割裂、改装了社会的伦理结构,改造着整个社会的道德面貌。在这一过程中,沪、港,尤其是其中的"洋场社会",更尤其是"洋场社会"的上层,正可谓得风气之先。

金钱对于东方式的婚姻观念、婚姻关系的渗透,也许并非沪、港"洋场社会"特有的现实。但即使所谓"正常的"历史现象,在这个本身畸形的社会中,也不免被变形、漫画化,从而更夸张有时也更真实地显现出它的本质。

张爱玲以复杂矛盾的感情,注视着发生在"洋场社会"的这一过程,并在自己所能把握的有限范围——主要是洋场人物的两性关系、婚姻形式——表现了生活中不可避免地发生着的变动。出现在张爱玲笔下的,是颠倒错乱的两性生活对于正常人的道德感情的戏弄。她的人物公然把西方社会最堕落的一幕在洋场这一特殊舞台上搬演了。

《沉香屑·第一炉香》所写,正是这样的一幕。小说中那个来自上海的女学生葛薇龙,陷入了姑母梁太太和香港浮浪少年乔琪共同设下的情网。葛薇龙究竟比白流苏嫩得多,竟然一度相信超越经济利害的所谓"爱"。梁太太、乔琪的那个世界终于让她醒过来:在这里,"为了爱而结婚",是像"把云装在坛子里"一样的蠢举。她梦想当一个合法的妻子,而他(乔琪)却只需要情妇。在与乔琪、梁太太的较量中,失败的只能是葛薇龙。她被迫面对的,是一个淫荡的世界,只有公开的宿娼和公开的卖淫。她在这个世界里是毫无保障的,展开在面前的,是"无边的荒凉,无边的恐怖"。

呈现在《心经》中的,更是习惯于东方式伦理观念的人们无从想象的情景:维系在峰仪与他的女儿小寒之间的,不是通常的父女之爱,而竟是所谓"性爱"。当峰仪意识到这种"性爱"没有实现可能的时候,他选择了一个叫作绫卿的跟女儿相像的女孩子。这在人物所属的社会,并没有什么特殊的戏剧性。因而当峰仪回答满含醋意的女儿的诘问时,态度毋宁说是从容的。

> 小寒道:"啊,原来你自己也知道你多么对不起绫卿!你不打算娶她。你爱她,你不能害了她!"
>
> 峰仪笑道:"你放心。现在的社会上的一般人不像从前那么严格了。绫卿不会怎样吃苦的。你刚刚说过:我有钱,我有地位。你如果为绫卿担忧的话,大可以不必了!"

峰仪毕竟有他可爱的坦白。他所以确信他能庇护他的情妇,只是因为"我有钱,我有地位"。在这一点上,这些洋场上华贵文雅的男女,较之粗俗的曹七巧,并没有多么高明。至于范柳原、白流苏之间的爱情,其最大特征也正在相互关系中的"交易"性质:男的目的在于毫无损失(首先是不损失他的"自由")地得到一个情妇,女的则为了把自己安顿在与一个**富有的**男子组成的可靠的(即经济上交付了保险的)家庭里。

写人物婚姻考虑中的生意眼,收入《传奇》的《琉璃瓦》,别是一种趣味。它篇制短小,爽利泼辣,肉虽不丰,骨却很健。支配着小说中那个中产人家的,是又一种婚姻动机。对于家境小康的姚先生,女儿们的婚姻是他攀附上等人的手段。这场买卖充满了势利、鄙俗气,但比之上等人如白流苏、范柳原之间的交易,却直率爽快得多了。大约在张爱玲看来,白流苏、葛薇龙一流人的婚姻爱情,尽管有着讽刺性,毕竟还有一点"诗",而在姚先生府上,"诗"是没有任何位置的。这当然是张爱玲的那一种眼光。但用了这种眼光,把姚先生的俗气也真看得格外分明。小说写姚先生为女儿心心择婿,选中了"杭州富室嫡派单传的青年"陈良栋,"到了介绍的那天晚上,姚先生放出手段来:把陈良栋的舅父敷衍得风雨不透,同时匀出一只眼睛来看陈良栋,一只眼睛管住了心心,眼梢里又带住了他太太。唯恐姚太太没见过大阵仗,有失仪的地方"。于此不难领略《琉璃瓦》一篇的文字趣味。

婚姻形式绝不仅仅等于它自身。特定的婚姻关系,反映着人们赖以生存的物质条件,反映着统治生活的总的法则。从白流苏到姚先生,他们的婚姻观念,是在支配的财产关系下形成的,是对统治着他们生活的金钱法则的承认。张爱玲似乎无意于谴责这些充当金钱的奴隶的人们。在除《琉璃瓦》之外的其他篇什中,她的讽刺倾向,往往被某种悲剧情绪压倒了。但你也一定会注意到,正是在写《倾城之恋》《沉香屑:第一炉香》《心经》诸篇**之后**,张爱玲写了她的小说名作《金锁记》,以人物剧烈到点得着火的内心冲突,把金钱毁灭人性的力量惊心动魄地揭露出来。在这里,人对于金钱的贪欲俨若被物态化了,令人不能不感到《金锁记》与《传奇》中其他诸作的精神上的联系。正是由长期的观察与经验积累中,张爱玲找到了这样的人物与这样的故事,更强烈也更集中地体现她对于生活的独特认识,尽管当她把这种认识表现为感性形式时,"历史"的形象反而给弄模糊了。

《传奇》十篇,质量不能称均衡。编在前面的几篇,集中了全书的精华。写下去,似乎笔力就不济了。然而尽管窄,尽管久看即不免单调,这毕竟是一扇窗子。张爱玲凭借她的特殊便利——她在生活中的位置,打开了这扇窗子。希望一窥现代文学全貌的研究者,固然不应废弃这窗子,而意欲认识历史、认识生活的读者,也不会拒绝利用这个窗口。

并非偶然的,张爱玲笔下的夜常能动人心魄。《传奇》一集中很有些精彩的场面,是在夜的掩蔽下铺展的。其实在十篇小说多数主人公前头,都是无尽的夜:淫乱的夜(《沉香屑:第一炉香》《心经》),疯狂的夜(《金锁记》《茉莉香片》),浑噩混沌的夜(《年青的时候》《封锁》),或者索性,是整个世界都在眼前熄灭的永恒的夜(《沉香屑:第二炉香》《花凋》)。不错,《封锁》的一幕发生在白天的街头,但那不过是光天化日下的夜:"整个的上海打了个盹,做了不近情理的梦。"在《倾城之恋》外,这些小说甚至没有一点暗示,暗示人物未来命运的可能的转机。

在40年代,提供如此阴沉的图画的,很难设想是看到了光明的人。但生活在动荡的中国,张爱玲毕竟感觉到了——对于她,那叫作什么呢?叫"破坏"吧。1944年9月,为《传奇》写《再版的话》,她清楚地表述了她的预感:"个人即使等得及,时代是仓促的,已经在破坏中,还有更大的破坏要来。有一天我们的文明,不论是升华还是浮华,都要成为过去。如果我最常用的字是'荒凉',那是因为思想背景里有这惘惘的威胁。"

"思想背景里"这种"惘惘的威胁",潜在地影响着张爱玲的创作,使她的《传奇》诸篇以及写在同一时期的随笔集《流言》,浸透了那样一种不欲明言的深刻的没落感。

说明这一集小说中人物与时代——那是怎样惨烈悲壮的时代——的关系,排在小说集最末的《封锁》,也不妨看作一种象征。战时上海常有的那种临时性的"封锁"期间,一辆搁浅的电车上,银行会计师吕宗桢细心地研究着手里那张包了热腾腾的菠菜包子的报纸。同车的人们一道受了感染,"有报的看报,没有报的看发票,看章程,看名片。任何印刷物都没有的人,就看街上的市招"。而这只不过为了"不能不填满这可怕的空虚——不然,他们的脑子也许会活动起来。思想是痛苦的一件事"。《传奇》中最"荒凉"的,正是这人心。荒凉到一无所有,仿佛史前的洪荒世界。到了连那张粘在包子上的报纸也无法填满"空虚"时,《封锁》的主人公宁向同车的女人调情,只要能让他逃开时代,逃开生活的严峻课题。《传奇》人物都在这辆电车上,挤在他们中的有作者本人。读《传奇》,你会感到作者在怎样并非十分甘心和安心地让自己仅仅去注意生活中那些琐屑的远离**现实**政治的方面。一本《传奇》中,撼动了整个民族的战争,几乎没有真正加入她的小说人物的生活,至多不过像在《倾城之恋》中那样,从他们生活的边缘擦过,使他们感到微震而已。

与张爱玲的人物们不同,她是一个醒着做梦的人。在《流言》里她曾经这样为自己也在其中的"我们"画像:"时代的车轰轰地往前开。我们坐在车上,经过的也许不过是几条熟悉的街衢,可是在漫天的火光中也自惊心动魄。就可惜我们只顾忙着在一瞥即逝的店铺的橱窗里找寻我们自己的影子——我们只看见自己的脸,苍白,渺小;我们的自私与空虚,我们恬不知耻的愚蠢——谁都像我们一样,然而我们每一个人都是孤独的。"这里的话也许并不完全由衷,因为她很难使自己完全觉察不到存在着的"我们"以外的"他们"。无论是"谁都像我们一样",还是不应当只"注重人生飞扬的一面"①,任什么都不能消除那种失落感,当这个人已经分明知道"时代的车"已从自己身边轰然驶过的时候。感觉不到与不愿感觉毕竟是两码事。而所以不愿,在其他诸种原因之外,也正由于"思想背景里"那"惘惘的威胁"。

同一"威胁"下的同命运感,复杂化了张爱玲与她的人物的关系。她当然不是萧伯纳,她不是她所属世界的自觉的批判者,她不过

---

① 在《自己的文章》(《流言》)里,张爱玲表述了下面的文学见解:"现在似乎是文学作品贫乏,理论也贫乏。我发现弄文学的人向来是注重人生飞扬的一面,而忽视人生安稳的一面。其实,后者正是前者的底子。又如,他们多是注重人生的斗争,而忽略和谐的一面。其实,人是为了要求和谐的一面才斗争的。"

是这个世界中的智者。她以她的清醒,不但看到了这个世界的珠光宝气,而且看到了这个世界的烂疮。她把两者都写给这一世界的人们,让他们由她的小说认识自己。她看透了眼前身边的红男绿女,但对于"宏观世界"认识的局限,毕竟降低了这份智慧的价值。世界是整体的,她的人物生活的腐败性质,也只有在时代生活的广阔背景上,才更见得分明。先于那些还在大梦中的人们,她看到了自己所属世界的不祥的未来。作为这一社会有教养的女性,她讥诮,嘲弄,却仍然禁不住希望被自己讥嘲的人们能像范柳原、白流苏那样,有个"圆满的收场",而不希望战争抑或更可怕的"大改革",把他们打发到地狱里去。较之那种能够动摇她所赖以生存的全部生活基础的"大改革",似乎旧世界还较能使她忍受,尽管这里有那么多令人腻烦的庸俗、自私、势利、空虚和愚蠢。这是一个上层知识者的悲哀。她的一切(包括知识、教养)都是来自那个上层的,但这个上层却在无可救药地腐烂下去,陷落到"没有光的所在"。

张爱玲的清醒,她的讽刺态度,她在政治上的敏感,使她成为她的世界中的佼佼者,却没有让她跳出她的世界。她是站在这个世界中感受着变动着的时代的,她始终与这一世界之外的最大多数人、与时代生活的主流隔膜。她的无可怀疑的文学才能都被用来唱这种既是嘲谑(包括自嘲)又是哀挽的关于这一社会的歌了,这不免让人惋惜。但既然现实地存在着这一世界,就自然会有它的歌者。不妨认为,没有张爱玲的那种表现对象和表现手段,就没有作为小说家的张爱玲。她在中国现代小说史上所占有的位置,也是不可替代的。

张爱玲的艺术本能,使她在诸种矛盾的艺术因素间,找到并组成了她所需要的那一种和谐、统一。这里最基本也最足构成特色的,是旧小说情调与现代趣味的统一。在那一时期的小说家中,张爱玲的文化背景很有其特殊之点。对于"五四"以后的中国现代小说,外国文学几乎是唯一的范本。所谓"欧化"的倾向统一了小说界。而张爱玲却由为新文学者所不屑一顾的另一方面,吸取了艺术营养。她曾经嗜读张恨水的小说,在收入《流言》集的《存稿》一文中,提到过自己所写题为"摩登红楼梦"的"长篇的纯粹鸳蝴派的章回小说";她尝试过古典小说的多种形式,诸如"今古奇观体""演义体""笔记体"等等。而试作的"新小说"(她称之为"新文艺腔"的小说),却为她鄙薄以为不足道。她的早期习作无从读到,但由《存稿》一篇所录片段也可见出,她运用旧小说笔法,确实可称驾轻就熟。这种文学修养,清楚地反映在《传奇》诸篇,尤其是其中的《金锁记》《倾城之恋》《琉璃瓦》中,令人感到一种"旧"中的"新"。"旧"是那种笔调、情调本身所有的,"新"却由于新文学的一般读者对于旧小说的疏隔。这倒不失为一种耐人寻味的文学现象。旧小说的阅读和写作训练,毕竟只是她的创作准备的一部分。作为40年代生活在沪、港上流社会的知识者,尤其是在香港接受大学教育,对西洋文化具有相当知识的现代作家,她对于生活、对于形象的感受、把握方式,是古典小说和流行的通俗小说所不能拘限的。她的作品使人看到,她怎样较为成功地调和了两者——中国旧小说与西方现代小说的不同情调,在似乎"相克"的艺术元素的化合中,找到了自己的那一种调子。这调子未必是最动人的,但对于张爱玲叙述的故事,却是最适宜的。这就够了。可以说,张爱玲的小说风格,是在与描写对象——沪、港"洋场社会"——的和谐中完成的。她成功地找到了这种和谐,非只是表面的、外部的,而且是骨子里的——经由她创造的感性世界,经由光、色、声、形……

这是一个生动、活跃、跳溅着的感性世界,其中有着充分的感性形象的丰富性。得自中国旧小说的叙述技巧,讲故事的才能,甚至有意使用的"旧小说的词句",都不足以使这些作品与旧小说混同。它们只能是属于张爱玲的,是这个活跃的心灵的创造物。

> 到了浅水湾,他挽着她下车,指着汽车道旁郁郁的从林道:"你看那种树,是南边的特产。英国人叫它'野火花'。"流苏道:"是红的么?"柳原道:"红!"黑夜里,她看不出那红色,然而她直觉地知道它是红得不能再红了,红得不可收拾,一蓬蓬一蓬蓬的

> 小花,窝在参天大树上,璧栗剥落燃烧着,一路烧过去,把那紫蓝的天也薰红了。她仰着脸望上去。柳原道:"广东人叫它'影树'。你看这叶子。"叶子像凤尾草,一阵风过,那轻纤的黑色剪影零零落落颤动着,耳边恍惚听见一串小小的音符,不成腔,像檐前铁马的叮当。
>
> (《倾城之恋》)
>
> ……墙里的春天,不过是虚应个景儿,谁知星星之火,可以燎原,墙里的春延烧到墙外去,满山轰轰烈烈开着野杜鹃,那灼灼的红色,一路摧枯拉朽烧下山坡子去了。……
>
> (《沉香屑:第一炉香》)

红得狂放,红得恣肆,红得咄咄逼人,热烈里含着威胁。南国的这一角,本来就是大红大绿浓浓地抹出来的。张爱玲正抓住了这带点热狂带点夸张放诞的色调。张爱玲笔下的红,有时令人想到热辣、雄强的原始性格,与上等人的没有血性、矫揉造作和掺了水的感情,倒是一种对比。自然界总算还保留了这一种真实,仿佛专为嘲弄人的卑怯颓靡似的。

然而用同一种色彩,也可以构成全然不同的情调。

> ……天完全黑了,整个的世界像一张灰色的圣诞卡片,一切都是影影绰绰的,真正存在的只有一朵一朵挺大的象牙红,简单的,原始的,碗口大,桶口大。
>
> (《沉香屑:第一炉香》)

这里却红得荒凉,罩着一重神秘性的恐怖。溶解在色彩这种感性形式中的,是复杂的心理内容,其中有对于未来"蛮荒世界"的隐隐的忧惧。《再版的话》也许可以作为这种心理内容的注脚。但也不必过分热心于在字缝中搜寻有关政治的隐喻。色彩总归是色彩,求之过深,即不免穿凿。

不无西方现代派文学的影响,张爱玲强调人物的感官印象,在捕捉感官印象时充分显示出艺术家的精细和敏捷。香港情调在《倾城之恋》中,是透过渡轮上由沪抵港的白流苏的感官印象传达给读者的,你想不出另一段文字,如此生动地表现这种情调。

>……好容易船靠了岸,她方才有机会到甲板上去看看海景。那是个火辣辣的下午,望过去最触目的便是码头上围列着的巨型广告牌,红的,橘红的,粉红的,倒映在绿油油的海水里,一条条,一抹抹刺激性的犯冲的色素,窜上落下,在水底下厮杀得异常热闹。流苏想着,在这夸张的城里,就是栽个跟头,只怕也比别处痛些……

这里形象的新异性来自情景的特定性。客观世界在每一个特定个人的生动的感觉中,在每一个个人特定时候特定场合的感觉中,永远是新异的。张爱玲小说中环绕人物的一切(包括这个人物以外的其他人物)无不感印着特定人物的情绪,瞬间的感受、印象,感印着人物生动的主观。这些描写有机地组织在人物的心理过程、感情生活中。它们绝不只是人物活动的衬景,而且是人物心理现实的一部分。张爱玲在人物的感官印象中寻找特定性、个别性,因特定性、个别性使形象常新。从人物出发,她总能令人惊讶地抓住形象间的新的联系,发掘出一些习见的事物的微妙的表情潜能,使自己对于对象的刻绘,合于逻辑(不仅仅是人物的心理逻辑)又出人意表。香港码头巨型广告牌在海水中的倒影,在白流苏的感觉中"窜上落下","异常热闹"地"厮杀"。这里除了人物此一瞬间的心理的真实之外,难道不也有着香港社会生活情调的真实?这种真实正是在具体人物对于外界事物的生动感受中达到的。梅雨之夜梁太太庭院外的山林,在葛薇龙眼里"杀气腾腾"。你很难在另一场合发现"茂盛"与"杀气腾腾"之间的联系。葛薇龙可以如此感觉,因为她自己正经历着内心的搏战。然而你不以为用"杀气腾腾"形容南国那"繁殖得太快"

"繁茂过度"的林木,有一种奇异的真实感?《心经》中被猝然的打击震昏了头的女主人公走上盛暑的上海街头,发现"一座座白色的,糙黄的住宅,在蒸笼里蒸了一天,像馒头似的涨大了一些"。而在被天真纯洁得可怕的妻子逼得走投无路时,一个有教养的丈夫会感到熄灭前煤气炉的火焰,像"一圈齐整的小蓝牙齿",正如他妻子"白得发蓝的小小的牙齿那样"(《沉香屑:第二炉香》)……

很可以如此把例子举下去,因为类似的描写在《传奇》中俯拾即是。在适于一般中国读者的欣赏心理的连续性的故事叙述中,满嵌着如此生动的感性形象,同时使不同的审美趣味得到满足。张爱玲以她独特的艺术手段,为自己赢得了尽可能多的读者。尽管如前所说,思想与生活的匮乏只能由思想与生活方面弥补,张爱玲小说艺术上的某些成功,仍然可资新文学的创作者借鉴。

1982 年 8 月

附录一 "五四"小说家简论
——庐隐·王统照·凌叔华

对于本文所论的几位小说家,我的兴趣在题中的"五四"二字,在这些小说家所拥有的"五四"标记:他们的观念形态、表述方式、情绪特征,以及凭借"五四"而获致的文学史的位置。他们都远不是大家。但我的兴趣却也正在此。"大家"往往太彻底,太极端,以至像是超越了时代。因而,对于反映"普遍",一些不那么重要的作者,也自有他们自己的那一份价值。

庐 隐

> 悲哀似乎指示我一切了。……
> 　　　　　　　　(庐隐:《时代的牺牲者》)

这也许是最年轻的文学。年轻,是文学史意义上的——现代文学的发端期焉能不年轻?年轻也是作为文学自身的精神特征的:此后的中国现代文学再也不像"五四"文学,有那样多青年直接在其中呼喊,悲喜,哭和笑,沸沸扬扬,令人听得一片年轻的声音。当然,年轻的也正是这批作者本人,这新时期最先醒来的人们。

"青春"从来是个让人欢乐也让人烦扰的时期,何况在这样的时世!于是,"五四"文学被年轻人的悲哀塞满了。关于社会的悲剧感加上少男少女青春期的烦闷,既热烈又浮泛,却通常少了一点深刻。

最深刻的悲哀倒是属于那位"老人",那位并不大嚷大叫地宣泄哀感的"老人"鲁迅。仅仅上述情况,就已是多么耐人寻味呢!

庐隐是悲哀的,正像那个时期的一般青年一样。在她那些作品中,悲哀的情绪往往泛滥乎全篇,把极有限的"事实材料"给淹没了。但这悲哀也同样热烈而又空泛,像是茫漠无际,也像是缥缈无着,正如当时大群烦恼的青年,"烦闷究竟是什么?不知道"。这还远不是一种深刻的悲剧情绪。

深刻的悲剧情绪,永远源自深刻的悲剧意识。只有明晰的智慧,彻底的批判精神,极其清醒的理性,才可能有"大悲哀"。因而最痛苦的灵魂,总是属于时代的智慧代表,一代人中最深刻的思想者——很难说是幸还是不幸。

鲁迅亲切地批评过冯沅君(淦女士)的作品,说其中的文字"实在是五四运动直后,将毅然和传统战斗,而又怕敢毅然和传统战斗,遂不得不复活其'缠绵悱恻之情'的青年们的真实的写照"①。这种不彻底,在当时,也正是一种特色呢,一种"'五四'青年"的特色。庐隐的悲哀和这悲哀的空泛性质,或多或少反映了她本人作为"'五四'青年"的不彻底性。

女作家通常是善于写情的。"五四"时期的女作家中,冰心反复写的是母爱、友情,几不涉男女私情。这是那个时期有充分教养的女性的态度——不言中也正暗示着某种道德意识。庐隐不然。庐隐的文字正如她的生活,更带有叛逆色彩,但她在文字间却又远不及她在生活中有勇气。《象牙戒指》之前,她的作品几乎没有对于爱情的**直接描写**。也许正因此,淦女士的大胆更值得被时人称许。以女性而写热恋中的男女,要有何等的勇毅!你不能忽略了女性作家的特殊处境、心境,她们特殊的创作心理状态。在那时,"女性"本身就是一个悲哀。

固然由于才禀、性情,却也不能不由于男性、女性间不同的心理负载,郭沫若、郁达夫的写情,终比庐隐等的动人。郭沫若、郁达夫总

---

① 鲁迅:《〈中国新文学大系〉小说二集序》,《鲁迅全集》第6卷,第244—245页。

力图传达出真正的性爱的那种"灵肉一致"的境界。他们以其彻底、大胆,将隐微——写出:是有血有肉的青年的爱。郭、郁之间,郭的文字又较少"猥亵的趣味"——由美感而来的节制,较之单纯由道德律而来的节制,更能保存自然率真。

郁达夫、郭沫若的人物,情太盛,血太热,所发不免为"郑卫之音",但"过"中有饱满的青春激情。爱是喷出的,而且像有不竭的源头,汩汩地直喷下去。没有蕴藉含蓄,甚至不要一点儿存留,一股脑儿地喷,直要到喷尽方休。你读着,感到作者并人物把有关的一切全交付给你了。信任感无疑会轻易地打通你的心理关防,你因而即有快感。而庐隐的以至淦女士的,却仿佛挣不出来的哀哭。"爱"在尚未被喊出来之前,已经快要闷死在胸中了。庐隐的人物爱着,目光却注在自个儿内心(仅仅这一点就有点反常),那儿有尚未解放的维纳斯。你在《海滨故人》中看不到少男少女相悦相恋的情态。作者没有足够的道德勇气去正视这一种生活,因而不能不迂回到空泛缥缈的伤春悲秋的那一种自我的情怀。这种哀感多半只能引起有保留的同情,很难有更大的感染力量。妨碍了作者尽兴尽情的东西,同样也会窒碍读者的感应。

于是,一方写真正世俗的爱,现世的男女之情,写爱情心理,也直写爱情状态,而另一方却一味在"纯粹精神"的领域放纵热情与想象;前者的文字有"不洁",但那些文字近人,所写为活的人生,后者的文字倒是绝无"不洁",却也因此"远人",少了鲜活的人的气息。

庐隐的文字使你感到作者的自我规约、节制。"发乎情,止乎礼义"——即使在实际生活中难以如此,在文字间亦得如此(这里是否有对于"文学"的一种理解?)。但这才更像那一时期的知识女性,她们的道德意识和文学意识。①

才情不足以完全解释上面的差异,你仍然会追索到"观念"。作

---

① 郭沫若、郁达夫则纵情任性,乐而淫,哀而伤,一任自然。这是对一角感情世界的解放,却又绝不是《留东外史》式的"解放"。

为小说家,庐隐的道德意识过于强烈,而这意识本身又新旧参半。因而下述情况才没有什么难解:"五四"是解放时期,"新女性"们新人生的起点,而"新女性"的文学形象,却要到下一个时期——大革命前后——才纷然出现。有莎菲(丁玲:《莎菲女士的日记》)式的、章秋柳(茅盾:《蚀·追求》)式的叛逆、挑战性格的映照,玉君(杨振声:《玉君》)们显得何等柔弱!庐隐在这一点上,正属于她那个时代——因卡在两个历史时期的接缝处而空前矛盾着的时代。她的整个文学性格都是"五四"的。那个时代的作者,那个时代的女性作者,才可能有如此的表情方式,有这一种观念上和文学表现上的不彻底性。

最先醒来的,也最易于幻灭。现实与梦境间反差太强烈,使敏感脆弱的理想主义者难以忍受。对于表现"五四"青年的幻灭,庐隐也是相当"完整"的,尽管仍然远不深刻。《海滨故人》一集的后半部,已有衰飒气象,《曼丽》一集更满纸萧索的秋意。秋来得也太早。《西窗风雨》中的叹息,像是出自久历人生者之口:"哎!残余生命的河中,久已失去鼓舞的气力了……"《月夜孤舟》中的一班青年,俨然"海滨故人"们的重聚,但早已不复有当年意气:"只要在静默中掀起心幕,摧毁和焚炙的伤痕斑斑可认……"

"五四""性爱的觉醒"之后,经历涓生、子君式悲剧的青年知识者,曾有对于"五四"的反省。大革命前后的一批作品,正包含着这种反省,其中尤以《莎菲女士的日记》(丁玲)、《虹》(茅盾)为深刻。张天翼写在 30 年代的《畸人手记》《出走以后》等篇,也在作历史的反思,只是采用了喜剧或半喜剧的形式。对于个性解放运动中的喜剧性、讽刺性方面,"五四"当时的小说家即有省察,如叶绍钧、凌叔华的小说和丁西林的剧作。庐隐不同。她不是作为智者从旁窥见了庄严中的可悲与可笑,而是作为庄严的当事者亲历了由热切到幻灭的心理过程。① 又稍早于《莎菲女士的日记》等篇,这一过程尚未及

---

① 不同还在于,庐隐就其个性言,是缺乏嘲讽意识的。她过于认真和郑重,而少了标志着更明彻的智慧的幽默禀赋,因而否定即不免为极端的否定。

从理性的思考中经过即进入了作品,因而肤浅、粗糙,也因而成为从叶绍钧、凌叔华到丁玲、茅盾间的补充。

所以不同于《莎菲女士的日记》《虹》的作者们,不只由于庐隐一向富于热情而缺乏思想力,也因为当她写作《时代的牺牲者》诸篇时,与过程逼得太近。对"五四"时期肤浅的热情的否定,没有引出更富于理性的肯定。认识过程因少了一个环节而显得残缺不全。

写在《时代的牺牲者》《一幕》《风欺雪虐》等数篇作品中的,是失望于"自由恋爱"者的伤心之言。"我本来是醉心自由恋爱的,——想不到差一点被自由恋爱断送了我!"(《时代的牺牲者》)同篇中一个人物对被丈夫遗弃的不幸者说:"这虽是你的不幸,然而正足使我们四千余年来屈伏男性中心下的女子,受些打击,……并且使现在痴心崇拜自由恋爱的女子,饮一些醒酒汤。你的牺牲是有价值的呵!"自然不妨视为幻灭者的愤激语,却也标出了庐隐自己的认识层次。这里有刚刚被"解放"的个性的变形,而且正因其刚刚被"解放",就更容易变形。① 由于一次与丑恶相遇就把世界看作一个泔水桶的人,往往过于善良天真。这让人想起鲁迅一再称引过的裴多菲的名句:"绝望之为虚妄,正与希望相同。"庐隐及其人物的幻灭,固然因为遇到了"真的黑暗",也因为自己本来就不是能迎战黑暗的斗士。

太短的时间距离难免妨碍对历史的认识,判断易于为最切近的事实、经验所障蔽。也许只有杰出的人物才能超越。在"狂热—颓丧""肯定—否定"的混乱中,鲁迅稳定地走他自己的路。他的《伤

---

① 稍晚一些时候,庐隐在她的长篇《象牙戒指》里,较完整地记录了一个"个性变形"的故事。但此时庐隐的态度已有不同,因而"同情""同感"中才含有温和的批评。如《象牙戒指》中长空、沁珠一类的人,应当是人群中的精品。痴情的人,执着于所求的人,在人世间本不多见。鲁迅因而以为"无论爱什么,——饭、异性、国、民族、人类等等,——只有纠缠如毒蛇,执着如怨鬼,二六时中,没有已时者有望"(《杂感》,《鲁迅全集》第3卷,第49页)。历史生活中辉煌的瞬间,永远由这些人造成。但在庐隐的时代,"痴情"与"执着"似应有更重大的对象,否则也会徒然造成热情与生命的浪费。

逝》，与上述《时代的牺牲者》等，属于两种境界。稍后，丁玲也表达了一种否定，但却是比之庐隐有力得多的否定——不是否定"自由恋爱""个性解放"本身，而是否定使一切都如泡在染缸里、使一切人的正当欲求都扭曲变形的恶浊的社会环境。她笔下那些强悍的个性，令人相信是会由沮丧以至绝望中挺过来，继续她们的追求的。

  既然已经涉及了两位女作家间的比较，那么不妨接着说下去。丁玲由写知识女性入手，但她绝不满足于由"知识女性"的特殊方面对世界说话。而庐隐在她的作品里，彻头彻尾地是个女人。"五四"时期的女性小说家，几乎都有强烈的女性自我意识，这自然与当时的妇女解放运动所激发的女性的自觉有关。自怜自伤其为女性，同时又有空前敏感的女性的自尊。因而较之一些力图冲出女性作者局限的女作家，庐隐强烈的女性自我意识倒也成其为一种特色，个性中正有那个时代。

  读到这里，你也许会不满于我在本文中一再把庐隐与她的人物叠在一起。我自然有我的理由。这本不是成熟的文学。与其引用关于文学的一般规律的论说，不如探究作品的实际。这儿有"五四"作品较为普遍的狭窄性。创作固然不能不凭借创作者的个人经验，"五四"作者对于这经验仍然显得过分依赖。女性作家则更其依赖，尤其如庐隐这样经验范围极有限的女作家。作品人物难以与作者的"自我"拆开，可能出自种种情况——由于作者的个性太强烈，或者由于艺术上太稚拙。庐隐的情况多半是后者。庐隐主要由她个人的"灵泉""灵海"中掬取小说材料，外部生活世界的形象在她的作品里是粗糙的，具体可见的生活场景、结实的细节，难得进入她的艺术世界。"五四"本是个抒情的时代。第一人称的直抒，本来就特别适宜于女性作家；对读者易于动之以情，在作者则便于藏拙。有人批评巴金写小说好用偏锋，有取巧之嫌，其实那不过是小说家的惯技，难以苛责。但"自我"太小，的确有可能弄小了作品的世界。因而"五四"时期的不少小说，总会令人想到别林斯基引用过的莱蒙托夫的诗句：

"你痛苦不痛苦,于我们有什么关系?"

庐隐大部分作品是抒情的,而且与叙事外壳略有枘凿。她的人物通常只用一个调子说话——庐隐本人的调子,令人久读即觉单调。作为小说家,她始终拙于小说的组织,叙述往往失之平、直,几无技巧可言。能以叙事胜的,也许只有《象牙戒指》那一部。虽技巧平平,但故事有动人处,作者娓娓叙来,倒也能让人忘其"平""直"。

庐隐于旧文学濡染太深,遣词造句常觉陈旧。刻意求工,雕琢太甚,更少了自然之致,是典型的"放脚鞋样""改组脚"。但你得承认,这种文句因其一波三折,倒是恰能传达庐隐式的情绪。"五四"时期弄笔的知识女性,笔下或多或少都有古典式才女那一种顾影自怜的态度。到写《灵海潮汐》(一九三一年一月初版),庐隐还是那个庐隐,依然怜人自怜,有伤春悲秋的万种愁绪。这些也尽够织成一首优雅的诗了,但如果无篇无之,却只能令人如对一片单调的灰色,以致麻痹了神经,迟钝了感觉。① 其实,在不免空洞的怨叹的后面,未尝不是一种不自觉的满足,至少是满足于那一缕"淡淡的哀愁"。

又回到本文开头有关"悲哀"的话题上来了。我想套用一句现成话:庐隐想使你悲哀,你不过略微感到茫漠的秋意;鲁迅未必使用"悲哀"的字面,你却深深地悲哀了。

中外古今,凡诗,十九是写悲哀的,也可以说是"永恒之主题"吧。人生多苦痛,文学素被作为苦酒之杯。"悲哀"在庐隐,则被认为是一种高贵的激情,这种激情使人生深刻。她几乎是在**追求**悲哀:"……世上的快乐事容或有诈伪藏在背面,只有真的悲哀,骨子里还是悲哀,所以一颗因悲哀而落的眼泪,是包含人生最高的情绪。"(《时代的牺牲者》)

而这种艺术化了的情绪,本身即包含快感。她自己把这一点说破了:"悲哀才是一种美妙的快感","并且只有悲哀,能与超乎一切

---

① 但也得说,庐隐即使写"愁",文字也并不纤柔,倒是令人感到弦促调急,如凄紧的秋风。此中也许正有庐隐式的强毅?

的神灵接近","悲哀诚然是伟大的!"(《寄燕北故人》)究竟是因感到悲哀而借一支笔宣泄,还是驱遣文字意在追求诗化了的"悲哀"——二者应当兼有的吧。这里无所谓明白区分的因果。

庐隐这种典型"五四"青年式的悲哀,让人不期然地想到辛弃疾说"少年不识愁滋味"的那几句词,因为诉说悲哀者未必深知、真知人生,未见得深谙人生三味。"五四"之后,痛苦日深,文学中却不复闻"五四"式的怨嗟,又恰似饱经忧患者的"欲说还休"。当专制压迫禁绝一切"人"的声音时,敢于大声叫出自己的悲哀的,是勇敢者。然而陷溺在自己的悲哀里,甚至玩味、鉴赏这悲哀的,终究又是怯弱的人。正是在"五四"时期一片怨叹哀歌的背景下,更见出了鲁迅的"忧愤深广"。

庐隐毕竟也有她的强毅。到写《寄梅窠旧主人》,眼界胸次已觉开阔,调子也转为激昂。很难推想庐隐作为小说家艺术上可能的发展——因为她已有的几本集子里,令人不大能看出艺术演进轨迹,但却可以从中探知这个人的其他潜在可能性——由那些作品所提供的诸多线索中。一时还难以说尽的正是她本人,她本人那些勇壮的行为、凄哀的故事。"五四"文坛上的人物往往比其作品更有魅力,庐隐不也是一个证明?

王统照

什么是目的?人生的目的在哪里?

(王统照:《在剧场中》)

我不大敢恭维王统照的小说才能。他大约也像"五四"时期的许多"文学青年",是为时代风气所诱惑,偶然地闯进小说界来的。他的才能很可能更适于别的而不是小说。即使这一点,在中国现代文学史上也极具普遍性——不是(或曰主要不是)为文学兴趣所催迫；而且即使当弄文学时，也不大能想到文学自身（如果真有所谓纯粹意义上的"文学自身"的话）。文学意识在王统照那里始终不能像社会意识、政治意识那样强烈与自觉。但也正因此，王统照作为中国现代作家，倒也有了相当的代表性。

情况很像是，当时代、社会没有提供一个更适宜的讲台以便发言时（是怎样的"无声的中国"！），他们选择了"文学"这讲台。但使王统照非"发言"不可，而且滔滔不能已于言的冲动，却是他自己的。走上这讲台之时，他正是一个典型的"五四"青年，而且是"五四"**学生青年**，严肃、忧郁、拘谨，内心却热烈得近于病态。他不但把"五四"学生青年的忧郁、苦闷，而且把他们的"问题"直接带进了小说。"五四"一度流行"问题小说"，但黏着于"人生问题"这一个"问题"，反复申说，不能自休的，也许只是庐隐与王统照吧。这里也正有那一时期"学生青年"的典型姿态。

你在"五四"时期随便哪一所大学的校园里都能遇到这类青年：性喜沉思，却又缺乏思想能力。他们或徘徊树下，或踟蹰湖畔，时而仰天叹息，时而俯首凝神。世界在他们不过一座喧嚣的剧场。他们目无所见，耳无所闻，一味沉溺在自己的问题和孤独感中：

> 大的喧嚷与哗唱，在台上重复闹出。而台下的人们，也随之作一阵一阵的起哄的声音。……然而我对于这些种种外来的景色，却不能引起我的感应，只感一种寂寥的悲哀，在我心头荡动！
>
> （《在剧场中》）

这忧郁的青年，比其他人更关心"人生问题"，而且正是从哲学方面而非生活的实际方面去关心。但却也如其他人，只限于嗟叹与发问，因为他的思维能力毋宁说离哲学更远。他把哲学"情绪化"了。有时你感到，与其说使他耽溺的是哲学，不如说是"思考"这一种行为、姿态。他生活在"思考"中，而非在生活中思考。王统照在这一点上也正像庐隐，他不关心生活的具体性。即使坐在喧嚣的剧场里，他也沉思着同一问题,而且用同一方式发问:"什么是目的?人生的目的在哪里?"

几乎没有经过中间的层次,问题一下子便指向"根本的根本"。这正是当时学生青年所习惯的发问方式。所"因"往往不大,似与所"感"不称。但这也是一时的风气。一切个人的小小不幸,生活的小小缺陷,都被归结为"人生"的大题目,而且极其容易地,引出悲观、虚无的结论:"爱是悲的背影!人们的生,只是催速着往死上走去!"初恋的不幸(《钟声》)、友人幼子的夭折(《月影》),都足以造成这空虚——因为人生原多缺陷,也因为生命本不充实。

即使"人生问题"不是学生青年特有的问题,但这样提出的"人生问题"却也可以说是学生青年特有的。如果你注意到了深知人生的鲁迅从来不作如是问,注意到了"五四"时期不同于王、庐而另有阅历的作家如叶绍钧等并不作如是问,也许会相信这一点。说实在的,也只有真的"心事浩茫连广宇"者,才能言人生,言生死——至少,才能真的进入"哲思"的境界。

在入世未深的青年,对于人生的失望,多半由于先做了"圆满"的梦——"永无缺陷"的爱情的梦,"绝对幸福"的家庭的梦,等等。及至发现了破绽、缺陷,就堕入深渊,生趣俱无。庐隐《或人的悲哀》中的人物,由追逐爱情到追索人生的真谛,终于由爱情的幻灭,感到人生的虚无——在如此狭小的范围里,集中着"人生问题"的出发点与结论。她把一个近乎无限大的题目,在一个具体而小得多的题目中找归结。人物的感慨正与王统照的人物相似,如有默契:"人生哪里有究竟!一切的事情,都不过像演戏一般,谁不是涂着粉墨,戴着假面具上场呢?……"——也像王统照,庐隐的人物在问了"人生究竟"之后,永远是空洞的喟叹和渺茫的悲哀。不唯不得其解,倒常常得到了虚无感。

相似还不止于此。并不十分分明地,也并非没有迟疑地,他们在探寻"究竟"时都感到了宗教的神秘力量的吸引。其实"五四"时期的人们,是既问"病源",也开"药方"的,只不过两者都不免含混、朦胧罢了。无论别的什么宗教,还是"爱的宗教",都是一味药。而且开这类药的,绝不只是王统照、冰心、庐隐、许地山几家。不同于许地山、冰心,庐隐与王统照不过随手抓住了流行思想而并无坚信,所以在"爱的哲学"(或曰"爱的宗教")的背后,又有怀疑论。——即使从作品的境界,从许地山的安详、冰心的宁静与王统照、庐隐的扰攘不宁的对照中,也可以看出这点区别。在当时的中国,宗教思想对于激进的学生青年,不可能有持久的影响力。

《春雨之夜》的主人公有对于"爱"的信念,《自然》中的主人公则有对于生命的绝望①,对于人生的"绝对怀疑"。所"因"也都不大。但这"因"即能使人物或升至"理想的绝巅",或降到"悲观的深谷"——绝少中间状态。人物的"人生意识",也就在这两间颠簸,大幅度地起落升降。无论"爱的哲学"抑或"怀疑论",两面都不彻底。这种不彻底除了由于中国固有的思想传统外,也由于理想主义者及悲观主义者("五四"知识者往往一身而二任)对现实都无真切的观察与认识。理想既非根于现实,悲观亦非真正根于现实。他们只是剧场中漠然无所见、无所闻的看客。只有当他们不自居为观剧者,从楼座走下来,走到人群中去,他们才真的抓住了一点人生的真实,生命的真实。

王统照、庐隐之间,王的"人生问题"更混沌。如果说庐隐不如同时期的淦女士敢于直写性爱中的男女(冰心则索性远远地绕了开去),那么王统照的写爱情,也如写及其他问题时那样犹疑。他的人物心事重重,若有深忧。他们绝不会像郁达夫的主人公那样狂热地拥抱异性(哪怕只是在想象中拥抱)。即使爱异性,他们也一定爱得冷静,爱得节制,似乎在爱中沉思。庐隐的主人公总在诉说,激动不安地宣泄她的抑郁、愤懑。而王统照的主人公则一味沉溺在混沌的思想里。由这一点看,耽于"纯粹精神"的庐隐,倒是比王统照

---

① "世界本没有光明的,而黑暗却到处都是,不久了,太阳落了下去,夜之黑暗,便开始张开它的威权来,也像我们生命的行程一样。"(《自然》)

世俗,作品也较有"生人气"。但是天晓得,王统照何尝真的是什么哲人!

写小说而以哲学胜的,亦是一格。即使在现代主义文学问世之先,也并没有人能依照《文学概论》而将这一格从"小说世界"中逐出去。却也有追求哲学不得只写出自己(或人物)的"追求状"的,比如王统照。他最终写出的,是当时的学生青年在"人生问题"的困扰中,"猜测,迟疑,不安,与怅惘""迷乱""沉迷烦扰"的精神状态。他用浓重的情,去给这沉思加色,用了精致的文字为沉思润泽,却不能因而使思想本身充实:"我读了几年的哲学书,何曾说得清人生是什么?"(《河沿的秋夜》)

王统照在当时写不清楚他的哲学,未尝不是幸事。他的长处本来就不在思辨,而在体验一种情绪、心理状态。

我在本文开头也许过分低估了王统照的小说才能——依据的还是习惯的尺度。王统照在这一时期创作的发动,往往由于偶发的感兴、偶生的意念,很少由于某一具体的生活状态。这正是诗的起点;而传达人物瞬间感受的精微与准确,同时又属于一种小说才能。王统照早期创作的构思,常能利用自己这一方面的优势。如《月影》写人物由别人的死而引起的心理变异,《醉后》写良知未泯的赌徒在行凶后茫然自失,都很能探入幽微。《警钟守》写人物履行了职分上的责任后,站在警钟楼上,四望寂然、凄然,也很费了意匠经营。然而长处通常也正是短处。他的小说情胜理、文胜质。"文"嫌过事雕饰,"情"则太多回旋,反使人觉其累赘重浊。他长于细细地描绘,但当过细时,也会成情节之累。沉重的情感的分量,和未脱出古文影响的滞涩的文句一起,使他的早期作品滞重,缺少活泼的情趣。但这也可以认为是涉世未深的文学青年作品的通病。

"五四"时期的小说家,往往在小说中追求诗趣,这自然由于中国文人的那一种特殊的教养、由以形成的审美意识;他们在追求"诗趣"的同时又追求"理趣",也不能不认为与中国深远绵长的美学传统有着联系——这也很耐人寻味。关于"五四"文学,人们往往仅从它开"新文学时期"的一面来认识,而忽略了如下事实:"五四"文学与传统,似"断裂"而实"粘连"。像中国这样的国家,是不大容易出现文化断层的。我们的骨子里总埋着老祖宗的幽灵——我不敢说这是幸还是不幸。

在早期的作品中,王统照拙于写"性格"。他别有才禀。文学有它自己的流向,不是哪一种才禀都有可能受到鼓励。你很可以由这一线索考察文化史上人类才能的浪费。至于王统照,不久即经由自觉的追求而汇入大流①,却也终无大的成就。这是我正要说到的。

自《寒会之后》,到《生与死的一行列》,到《纪梦》,王统照对于"性格"的兴趣日趋浓厚,人物描写也愈趋精细。作者既由内省式的沉思转而注视周围的"人的世界",现实人生的描写即代替了渺渺茫茫的悲哀,人物个性也渐次多样,风格则走向结实质朴。但同时,王统照也淹没在这"流"中,不再被人感到他特异的存在——得耶失耶,我也不敢说。但王统照的小说,的确在依那时的标准成熟起来。他写城市贫民(《生与死的一行列》),写孤苦无依的养媳(《纪梦》),写洋人买办(《鬼影》),写团丁(《司令》),写农民(《沉船》),写乡间的穷知识分子(《搅天风雪梦牢骚》),写性格各异的知识者,终至于在30年代写长篇《山雨》和《春华》。经由这一种"成熟",王统照与文学史同步,完成了由"五四"到30年代的变化。

> 老魏作了一辈子的好人,却偏偏不拣好日子死,……像这样如落棉花瓢子的雪,这样如刀尖似的风,我们却替他出殡。老魏还有这口气,少不得又点头咂舌说"劳不起驾!哦!劳不起驾"了!
>
> (《生与死的一行列》)

---

① 一个时期以后,王统照回顾自己的早期创作,说是当时"自己的生活经验十分窄狭,只是用不结实,不生动的文字写青年,恋爱,虚浮的幻想"。不过几年,即有变化:"社会情况的描写较多,个人虚幻的情感不很愿意在笔底下流露了。"(《王统照短篇小说集·序》,《王统照短篇小说集》,上海:开明书店1937年版)

如此生动的文字,你很难相信是出自写《一叶》《遗音》的那个王统照之手。文学风气有何等的移人的力量!

《沉船》写闯关东的山东农民因渡船超载沉入风涛中的悲剧故事,王把笔力集注在农民离乡背井后难以排遣的乡愁,和对于前途的难以言传的忧惧上。

> ……理发匠与他的妻对坐着并不言语。他望着从来的道上,那细而蜿蜒的长道像一条无穷的线,引导着他迷惘中的命运。他对此茫然,似乎在想什么。
> …………
> ……理发匠尽跟着他的伙伴往码头的前面走,他隐约中看见白浪滚腾的海面。那苍茫间,无穷尽的大水使他起一种惊奇而又惶怖的心理。他对于泛海赴关东的希望在家乡中是空浮着无量的欢欣与勇敢,及至昨天在野店的门前已经使他感到意兴的萧索了;而当他来到这现实的海滨,听着澎湃怒号的风涛,看着一望无边的水色,他惘然了。"为什么冒行这样险远的路程?但怎么样呢?"黄光而暗弱的电灯柱下,他站住了。

能这样从容地深入到农民的心境中去,才敢于写《山雨》那样的长篇。

由《雪后》到《沉船》,在王统照,是一段艰难的创作历程。以他比之于同一文学社团的叶绍钧,两个人的创作起点有显然的不同。叶绍钧的早期创作尽管技术上稚拙,却总有一种朴素的实感,亲切的"生活味""人间味"。他也写情,但一定是附丽于现实生活的,带有极其世俗的性质。叶绍钧天生的不是诗人而是散文作家。他质直地记录生活,朴拙地模仿原始形态的生活,经由生活经验与艺术经验的积累,达到对生活的审美把握;而王统照以其诗人的方式,达到了相近的风格,却不免走了更为迂曲的路。现代作家中很有一些人是这样地殊途同归的,"主流"也因此才得汇聚而成。如此大规模的汇聚,固然由于生活的驱策,却也由于文学风气的吸引。在这一点上,王统照也有其代表性的吧!

凌叔华

我在上面谈过了**庐隐的、王统照的小说**,在这里我要谈作为**小说家的凌叔华**。作这样的区分决非意在扬抑褒贬。因为在我看来,庐隐、王统照小说的价值,之所以主要地不在小说艺术方面,很可能倒是因了它们在别一方面的成功;而关于凌叔华,却最好由"小说艺术"谈起——谁说这不是由于她的小说在其他方面的局限呢?对作品也正像对人,固然可以取各个角度观察,却总有最佳角度。我在这里本来就不打算写出"全人",只不过试着摄取一个侧影罢了。

近几年女作家在文坛上走红,于是与性别有关的议论也见得热闹,甚至专为女作家而辟的创作园地、专以女作家为号召的文学刊物也应运而生:当代女作家毕竟比她们的女性文学前辈更幸运。女作家在中国,一向是一种特异的存在,不免被人格外地提出;而女作家也非特异于一般女性,则难以自见。情况似乎是,以女人而操笔为文,必定有某种特异,更被人看得特异;即使无意于特异,也一定会被人从字缝间觅出特异之点来。

但凌叔华实在是个平常的女人;而且由文字看,非但平常,还是个十足女人式的女人。以她的《花之寺》《女人》两本集子与同时、后世女作家的作品比,固然显出这平常(这会儿我就不禁想到,凌叔华文字间那份女性的温婉,一定难当早期丁玲作品的强悍凌厉之气的吧);她写给孩子们的《小哥儿俩》,比之冰心的那一组《寄小读者》,文字竟平凡到没有一点"才女"的气息——她的确是个平常的女人。

许多现在已经被淡忘了的作者,当年也大多引起过某种轰动。如果不是这样的话,那一定会被认为寂寞的吧。凌叔华的作品似乎就从来没有特别引人注目过。这一点上倒有点儿像她笔下的人物——那主要的是一些不被注意,甚至被遗忘了的人们。凌叔华写这些被遗忘者,大时代中的庸常之辈,变动中人世间的不变的角落——使人嗅得出霉腐气味的,吊着蛛网、潜行着蟑螂的。倒也未必是有意向当时的文坛立异,不过这是她熟悉而感着亲切的一角生活罢了。凭这点材料搭不起殿堂来——她也一定明白。但这毕竟也是"一角生活"呀!于是,她就这样地写了。

凌叔华的创作,看不出怎样分明的由幼稚到成熟的过程。她一下笔就写得很熟,像是老于此道。自然也因这"熟",少了点儿鲜味儿、涩味儿。比如收在《花之寺》卷首的《绣枕》,布置就很巧。上篇侧写绣枕,已经吊起了读者的胃口,却偏要把正面描写的一节文字放在下半篇,使绣枕的明艳和大小姐心境的黯澹更成对比。由小姐儿道出的那绣枕的美处①,处处映照出大小姐不欲明言的苦处,而绣枕与绣绣枕人的命运,又岂是始料得及的?真是物非人事也非,触目皆可伤情,但凌叔华也不过淡淡写了一句:"大小姐没有听见小姐儿问的是什么,只能摇了摇头算答复了。"

三个人物,一主二仆,一对绣枕,这是小说的也是主人公的全部世界。一对绣枕织进了大小姐的梦,那梦也是她的母亲以至祖母一代代做了过来的。她只能梦到这些,也正是她的可怜处。

契诃夫讲过一个相似的故事(《嫁妆》),在那故事里,"嫁妆"(正属"绣枕"之类)也构成了那对母女生活现实的讽刺。那篇小说里写的是一种只有幻想,没有追求,只有胆怯的希望,没有富于生气的人类活动的生活,阴沉、凝滞,仿佛道边辙印里的积潦。整个生活,以至空气,都像与生命有仇。但凌叔华所写的却是中国式、东方式的旧式家庭、旧式人物,而且用意也绝不深。她不过让你看一个这种样式的家庭——很可能曾经热闹过,煊赫过,却早已衰败、冷落。如大小姐这样的人物,没有新女性的见识、勇气和对时代变动的敏感,时代却又弃她们而去了,这寂寞何由排遣呢?

---

① 绣枕之美由小姐儿道出,既透出故事本身的讽刺意味,也因口语而增添了文字的活泼。否则,几千字的短篇,很难不因嵌入一大段描写而致板滞累赘的。

凌叔华熟悉这些新时代的旧人物,"五四"妇女运动外的旧式女人,这些被遗忘了的寂寞的人们(如这里的大小姐,如《吃茶》中的芳影,如《茶会以后》里的阿英、阿珠姊妹),熟悉她们那点可怜的琐碎的悲欢。她甚至也多多少少分有了她们的命运:尽管有《现代评论》同人的揄扬,凌的创作活动仍然比之同时代女作家更寂寞。为她所发现的那冷僻的一角是不会被卷在狂潮中的人们关心的,他们至多不过送去匆匆的一瞥而已。但也正因此,凌叔华于寂寞中,悄悄地拥有了自己的那一块领地,即使不过小小的一块。

在"五四"特殊的时代条件下,知识者(尤其青年知识者)对于宗法封建性家族制度弊害的揭露,多半是由他们切身感受到的婚姻不自由出发的。面对同一现实,凌叔华却借了自己的便利,取了与别人不同的角度。她的描写使人看到,这种家庭自身在腐烂中,正在失去存在的权利。凌叔华长于写家庭生活,尤其旧式婚姻造成的不幸家庭的不幸。这类影壁、屏风后的家庭戏剧,在凌叔华写小说的那个时候,很少被人如此贴近地观察过。她写旧式人物被遗忘后的凄凉(《吃茶》),对于被遗忘的忧惧(《茶会以后》),她写这些衣暖食甘的男女们的悲哀,他们的生活方式(尤其精神生活)的可怜可笑处——信手用笔尖捉住了时代变革投射到这一小块生活上的几个模糊的光斑。你也许想象不出,生存在这儿的人们会怎样地将生活信念维系在一块鸭肉上(《中秋晚》),而婚姻关系又是怎样地脆弱易折!你经由她的文字窥见旧式家庭内部虚伪丑恶的财产关系(《有福气的人》),看到了被这关系系在一处、拴在一处的各色人等——享受儿孙供奉的老太太,是"主"又是"奴"的太太,以至命运比前辈更不济的小姐们。这是一幅光景惨澹萧条的图画。较之30年代出现的揭露家族制度罪恶的作品,比如那部有名的《家》,凌叔华小说的格局自然小得多了,笔力也弱得多。但她却是在这一角生活被撂荒的时节下锄的,这也是多少值得提到的吧。

不同的还有凌叔华的态度,那种温婉的嘲讽。依一种逻辑,对于非"进步"的生活现象,不批判即意味着同情、惋惜。其实态度可以是更加多样的,比如介于"批判"与"惋惜"之间的一种混合状态。凌叔华用淡笔写她那个人物世界,不怎么动感情,尤其没有冲动。闲闲的笔调,似不经意地写出的文字间,仍然有感情的浸润,只不过这感情均匀而稀薄,既不像挽歌,也非诉状,因而使凌叔华的调子与别人不同而已。

在大小姐们的悲哀之外,也还有另一种悲哀,如《再见》的女主人公筱秋所感受到的。世事变化也真快,它能将大小姐一类原在深闺中的旧式女子一夜之间变成新式青年眼里的古董,也能使某些一度激进的少年只经数年即变为俗不可耐的旧式官僚。那本是一个充满了戏剧性的时代。生活的各个环节似乎都不安于原先的状态,每个人当早晨醒来时,或者感到需要修改自己的观念,或者发现生活已经"修改"了自己。在"旧"中沉湎既久的固然要被人们遗忘,而一度骛"新"却不识"新"为何物的浅薄的"新派人物",也不能不被时光洗去了油彩——生活实在善于开玩笑!

凌叔华有她的那份聪明,聪明却不露锋芒。她是较早地发现了"解放"运动中的讽刺方面的。她的《酒后》在当时算得上"意思新颖"[①],经丁西林改编为独幕剧后更见出精彩。作品中那一对"新派人物"不过在演戏而已:女的拙劣地扮演一个"解放型"的女子,男的则扮演一位绅士风的丈夫。严肃的伦理问题,被这些上流社会有教养的男女浅化了,曾经被用来表现"英雄主义"的题材,却被插科打诨,演成了客厅里的小喜剧。凌叔华以她的幽默感,敏捷地抓住了生活的喜剧性、讽刺性,旧道德崩坏后道德意识的混乱,时尚中的浅薄方面。她由看似完满的婚姻幸福上看出破绽,从自以为堂皇的言行中窥见虚伪。《花之寺》中的燕倩不过与丈夫开了个小玩笑,就使丈夫陷于狼狈境地。"我就不明白你们男人的思想,为什么同外边女子讲恋爱,就觉得有意思,对自己的夫人讲,便没意思了?……"《花之寺》甚至很难说是"讽刺",那只不过是给当时知识者中的流行病

---

① 见丁西林作独幕剧《酒后》序,《现代评论》1925 年 3 月 7 日第 1 卷第 13 期。

一点微讽而已。

淡淡的嘲讽中,有这一班文人的那份机智,由学养培植的机智,来自智慧的优越感的机智。较之丁西林,凌叔华的态度更平易。但你仍然感到了那种自我的优越感。倒是那些看似特立独行、呼号唏嘘的作者——"孤独者",跟他们的读者更平等——这很有趣,不是吗?

但这种调侃究竟与旧人物的冷嘲不同——你打字行间读出了点儿亲切,有了这么点儿"亲切",就划开了"微讽"与"冷嘲"的风格界限。"五四"文学时期讽刺艺术并不发达,讽刺意识却也层次分明,区分得细致而又清晰。文学风格的背后,是处在社会结构不同层面上的人们的不同意识。对于当时的热潮,凌叔华所处的位置似乎有点儿微妙:既未投入,也不远离;不是台上忘情的演员,却也不是台下漠然的看客。因而对于沉醉中的青年,她才能持亲切的微讽态度,保持着适度的距离,显示出并不冷漠的冷静;而对于潮流圈外的人们,则怀有一种略含揶揄的悲悯感情,不像当时的"新人"们那样不屑一顾。正因此她才能写出自己的一角世界,与别人不只在题材上,也在风格上区分开来。

凌叔华由这两个方面看取历史,竟也捕捉住了一点"历史"的影子。写《绣枕》之属像是在绕开历史,历史却正映射在作品中;《再见》似乎在否定"运动",倒也写出了"运动"的另一面的实际。对历史也如对人,本不妨由各个方向看取的。

当然,关于"解放运动"中的女性,凌叔华不只写了上面谈到的那些。她写女学生(《说有这么一回事》)和职业妇女(《李先生》),写前者混乱的感情生活,解除了禁锢后感情盲目的泛滥,写后者"职业"所不能慰藉的感情的荒凉和孤栖的寂寞——她所写的,倒也不限于"高门巨族",尽管人物世界远不算开阔。

凌叔华所写而又写得好的,仍是女人。女性作家往往由写女人开手,即使日后有了大的发展,写得最好的,终究还是女人。如丁玲的写莎菲、陆萍,张爱玲的写曹七巧、白流苏。她们的写女性,其精微处,也确是男性作者所不能到的。凌叔华也写女人,却是最最平常的女人,而且用了最平常的态度,像是邻里、友朋间关于家常琐屑的闲谈。她的笔力自然远不及丁玲、张爱玲这两位,写女人却也有她的精彩。收在《女人》一集中的《小刘》一篇,写一个中产人家女儿性情的变异,即处处生动。即使伶俐活泼狡黠骄纵的小刘,也拗不过女性通常的命运。这个爱嘲弄人的女孩子,终于被生活所嘲弄。作者着笔依旧地淡,却令人读出了淡淡的酸楚。还有什么比这类平淡的事实对于一个女人更可怕呢?在字行间,作者悄悄地叹息了。

太太们的世界,是凌叔华最熟悉的,包括刻薄寡恩、精明挑剔的太太。这些太太,有时是老爷们的厌物,另外的时候,却也俨然家庭的主宰者。"家"即是她们的生活的全部。

"什么东西都过不得底下人手,他们'过水都要温一温手'的,"这题目也是周太太最得意的,声调是非常响亮,"买米,买煤炭,买油盐酱醋,照例他们得落一份底子钱不用说了,随便你叫人送点东西上门来,他们也拉着要钱,简直是'多个下人多个贼',你花一块钱里至少就得有一毛是给他的。"

(《送车》)

这是她们的"太太经"。那种生活环境、生活方式、生活内容,把她们灵魂中的"恶"唤了出来,养成了她们的褊狭、庸俗、卑琐。她们把所有的精明机诈都用在与丈夫、"下人"斗法上。这也是大小姐们的归宿。这种命运谁说不也是可叹的?

凌叔华的教养使她熟悉欧西现代小说的艺术方法,所写在当时是较为成熟的短篇——不仅仅是篇制上的,而且正是"艺术方法"上的。她善于依照短篇的艺术要求剪裁,对情节的长度有严格的控制。当然,如上文所说,太"熟",太巧,也终乏力量。但对于这"熟",幸有"朴素"来作为补偿。小说中的凌叔华,没有书卷气,也没有闺阁气、脂粉气。她的笔触是朴素的——在当时难得的朴素。"五四"是个激情的时代,而激情要由浓墨重彩来涂染,凌叔华却几不着色。人们用滥了"白描"这字眼儿,以致使之失去了特殊的风格意义。凌叔华的文字,是不必太打折扣的"白描"。① 这"白描"却又并不让人感到质朴——朴素到了灵魂里的那一种朴素。她的"朴素"更像是一种技巧,一种有意追求的风格,但也仍然难得。

凌叔华是较早地使用口语、俗语写作小说的小说家。"五四"小说的知识分子腔,被人讥为"新文艺腔"的那种"腔",模糊了作家之间的风格界限,以至不过用色彩,直写物象、直写"生活本身",也像是一种才能。在当时,写知识分子以外的人物而能口吻毕肖,已属难得,若非观察得细致,体会得亲切,即不能出此。到这一时期的后半期,小说文字才渐趋流畅,少了一点"新文艺腔",多了一点语言的个性化、风格化。你由叶绍钧、王统照那里,能看出这演进的轨迹。现代小说的一些自然而然不必特为拈出的特征,其实得来并不自然而然。只是人们往往记住了结果,忘记了过程,以为"从来如此"就是了。

文学确有"主流"的。中国现代文学尤其让人看得分明。凌叔华像个拾荒者,或者说像是践着浅濑在沙滩上拣贝的游人。她也有一小方"自己的园地",虽不太费经营,长出的小花小草也还鲜活可人。而园地的主人也像自得其乐,并不觉其落寞。

她的才能也许只适于弄弄这样的小花小草吧。构筑了"五四"文坛的作者们,大多只有这样一些小小的作品。不同于凌叔华们,王统照的心灵总向着深远和广大,但他的才力、思想力却限制了他的追求。他那些作品无论在思想还是艺术上,都不免还是"小"的。

这正让人看到"五四"那个时代,鼓励表现自我,鼓励大手笔也鼓励小才情的豁达的时代。即使一些偶然路过文坛的人,也会唱一

---

① "五四"是个抒情时代,"情景融汇"又是中国诗家、散文家的长技。"五四"时期写小说几乎全用白描,很少以"情"掺入的,如叶绍钧、凌叔华等,风格倒更与30年代及其后的小说家相近。

两声的,管它是不是有人喝彩!

　　王统照和庐隐又分别唱了一个时候,凌叔华则真的像是匆匆的过路人。但在一大片空白上,都不太费力地留下了各自的一痕。其实凌叔华的作品至今也还有人记得。1978年巴金写《创作回忆录》中《关于〈长生塔〉》一篇时,还亲切地谈到了他记忆中的凌叔华其人,及"她的小说的魅力"。世界也并不是只靠了天才支撑的。"主流"须有旁流支脉充实,"大才"也须小才以至庸常之辈扶持与衬映。哪个人对于这世界都不多余。

1985年5月

附录二 《赵园自选集》自序

在我,"遭遇学术"这一事件的严重性,使我不能不对那个暧昧的字眼"命运"凛凛然怀着敬畏。在去年写作的一篇自述文字中,我写到了那场遭遇的情境:

> ……我之从事"中国现代文学研究"全出偶然。当"文化革命"开始而中断学业时,我还未及学到现代文学——那时北大中文系的文学史课程,是由古代部分讲起的。"文革"爆发那年刚刚讲到宋元。我还能记起当我的老师在课堂上将宋词讲得如醉如痴之时,他的学生埋头记录以备批判的情境。"四清"及"文革"前夜的北大,已安放不下平静的书桌。之后,是"横扫"、派仗、"教改"(所谓"斗、批、改")。接下来,是"四个面向"——我即插队到中原的一个小村,在锄红薯和侍弄烟叶中度过了两年。一九七八年恢复研究生考试时,我正在家乡城市的一所中学里。那中学大约没有人认真对待我的报考,因而当我准备应试时,还担任着毕业班的语文课,只由同事处得到了一点帮助。我无可选择。在十几年的荒废之后,我只能报考仅有三十年历史的现代文学以便考取。
> 复试时,衔着大烟斗的王瑶先生问到我,为什么选择这个专业,我竟不假思索地说,我年龄已大,记忆力衰退,学古典文学为时已晚。王瑶先生莞尔而笑的样子,至今仍在眼前。……

也是在那篇文字中，我写到了这偶然的际遇之于我的意义，写到事后对当初不得已的选择的心怀感激。在另外的文字中，我还写到这种选择正是在作为"命运"的意义上，强制性地安排了我此后的人生。这不只指学术作为生活方式，而且指由学术对象与学术方式所规定的你与世界的关系——你的自我认定，你的价值态度，你的反应方式，以至你人生的调子。也是在那篇自述中，我写到了那种"像是'生活在'专业中"的感觉，也写到了认同所构成的限制："我们至今仍在所研究的那一时代的视野中。"

基于对象的性质，也基于我的个人兴趣，我的思考一开始就聚焦在那个未经界定的概念"知识者"上。在写作后来收入《艰难的选择》一书中的那批论文时，我搜索着前代知识者留在"作品—文本"中的踪迹，直至写作有关"乡土""荒原"那组文字（后来即成《地之子》一书），仍继续着这种搜索。我承认我对现代文学作品的思想史兴趣，半是由对象、半是在自己的反思愿望中形成的，而"人民""革命"这类神圣字样的背后，是怎样重大的关系；"农民""乡村"一类语义沉重的语词中，沉积着怎样厚重的知识者经验。越过这些关系、经验，甚至会使得"中国知识者"无从谈论。当然，我也发现不能在这些关系、经验之外真正述说自己。在这种论述中，不但"知识者"，而且如"人民"一类概念，都属于约定俗成、其语义不言自明的。在未审查所论时期知识者所使用的"人民"这一概念，也未清理由"五四"到当代（也即论者使用这一概念之时）语义衍变的情况下，"关系"的历史就付诸了论述。出于对自身缺陷的意识，我更满足于描述而非概括。但即使描述、即使仅仅材料的排比，其背后也有理论预设，也参照了某种有关"现实关系""秩序"的图像。在一些年之后，因时尚转移、社会文化氛围的变化，"'五四'情结"渐成讽刺，我却已经离开了最初选择的课题。当我发现自己上述研究的致命缺陷，在于对论述据以展开的前提缺乏反省时，已难以补救——并非没有反省的愿望，而是缺乏反省的能力。

可以并不夸张地说，这也是一代研究者共同的局限。多少也因此,使得这个一度生气勃勃的学科,错失了与当代生活对话的机会。没有自我更新能力的研究,没有自我反省可能的研究,其最佳命运,是作为思想及语言化石摆放在学术史陈列馆中。它们的意义或许只在说明,80年代前半期复苏了的新文学研究,曾吸引了哪些方向上的思考。当回顾时感到无愧的,是这一代研究者不曾回避他们意识到其"重大"的那些问题,尽管由于学术训练的不足,问题的提出才正是最成问题的。

我不大关心实用性,即使问题像是贴近现实的。作为动力的,是求知与求解的热情,是书斋动物所渴求的心智的满足。这也更是隐居者、独处者的习癖。我常常感到与外在世界"不属",一种似游离之状态。这种状态也为我所在的单位所鼓励。同在那一座大楼者不乏极活跃的人物,但那单位却也能提供一份纯粹的书斋生活。我对在北大任教的友人说,大学是有舞台的,大大小小的舞台,而文学所几乎没有。这便于制造幻觉,因而都不妨"感觉良好"。但对于我,上述条件却有助于由80年代的氛围中脱出,与某些联系脱榫,回到更宜于我的"独处"与"自语"状态。这种状态令我安心。应当说,在学术这一种生活方式中,不断被问题吸引,毕竟算得令人满意的,即使清楚地体验着无力,意识到巨大的无际涯的"未知",有对"极限"的知觉,对"意义"的怀疑,我却从未堕入过虚无——或也因不赋有那一种能力。

价值不论,上述"知识分子研究"在我个人,始终伴随着生命体验。过分地专注与投入,使得过程中时有痛苦。这倒可以看作某种"非学术化"的代价。但在一些年后回想起来,你竟也会怀念那痛苦。因为激情毕竟证明着青春尚未远去。痛苦也如爱欲,是一种能力,一旦丧失就难以再次获得。

至于写于其间的《论小说十家》与《北京:城与人》则像是间歇,甚至是一种休息。对作品的品味、鉴赏,多少浸润了枯燥的研究生活。但我现在不妨承认,即使"十家"的选择,也不无勉强。我未能免于鲁迅所挖苦的"十景病"。这两部较为轻松的书,所得反应超出了我的预期。当得知这种反应部分地由于文体,我不能不感到失望。

"文体""感觉"这类被别人褒奖的东西,并非我自己所最珍视的。我渴望的,是洞悉世界与体验生命的深,我渴望体验与传达的深度与力度。《北京:城与人》更意外地使我与身居的城市结了某种缘,俨然"城市研究专家"。我没有机会澄清误解。其实对于书中所谈论的胡同,我是不折不扣的外人。我何尝真了解这城!那本书只是对诠释的诠释。在这大城中,我更像是寄居的乡下人。

不同于对"中国现代文学"的选择,几年前对"明清之际士大夫"这一课题的选择,是在极其自觉的状态中作出的。意识到选择的必要,一方面由于文学研究中滋生着的疲劳,另一方面也由于对"边际"的越来越强烈的意识:由于知识准备与理论准备的不足,我的经由文学的"知识分子研究"注定了不能越过的边际。缺欠并非总能弥补。我只能寻找所能继续致力的方向。我想到了"上溯"。我曾上溯到士的早期历史。但我不久就意识到了限定时段的必要。事后证明,在限定了的时段中,你原有的那些似是而非的成见,才有可能得以澄清。

也是在上文一再提到的那篇自述里,我写到了初涉"明清之际"的那段日子。

> 我在香港中文大学度过了一九九二年那个冬天。三个月里,待在中大图书馆,浏览有关明清的书籍,直至春节闭馆。离开北大十年后,坐在南国俊秀的少男少女间,重温图书馆情调,竟也感到了新鲜。春节前的图书馆一派冷清,透过大玻璃窗的斜阳颜色惨澹。翻阅完台湾版的那一大套《明清史料汇编》,我长长地舒了口气:终于有了"题目"。返回北京的书斋,继续读王夫之、黄宗羲、钱谦益、吴伟业,读陈确、孙奇逢、刘宗周、方以智、张履祥、刘献廷、张煌言、祁彪佳、瞿式耜、颜元、朱彝尊……主要由文集而非史著入手,我选择的或许是更繁难的方式,但它适合于我的兴趣与目的。正如在现代文学专业,我关心的是"问题"更是"人"。我由那些文集"读人"。我力图在想象中复

原那时代的感性面貌,触摸那段历史的肌肤,力图使三百年前的空气生动起来。我明白自己的缺陷。我将具体的研究目标设在"文化—心态"上;我声称我所处理的主要是"话题"而非史实,我关心的是那一时期的士大夫说些什么以及何以这样说;虽然这题目也并不容易对付。我重又体验了"不自信",而且较之研究现代文学之初更不自信,甚至有点儿"如临如履"。但这不正是我想要找的感觉?当初友人向我建议"明清"时,我所想到的正是,这或许将是我最后一次较重大的选择。我必须试试自己的力量与可能性。倘若再不动手,我将会永远地失去了机会与勇气。

这里我说到了"话题",即把所接触的材料(包括史述)作为"言论"处理:明清之际士人关于"戾气""生死""南北""世族""流品"以至关于"言论"的言论。"遗民"部分多少例外。建文"逊国"(或曰燕王"靖难")是有明国初的大事件,我所关心的也更是有关的"说法",包含在"说法"中的士人经验、体验,他们对所处王朝的情感态度及理性批评。我并不以为据此可以复原那一时代的言论环境;但我仍力图弄清楚当时士人的上述"话题"与"说法",他们对其当代问题与当代事件的谈论的旨趣与方式。当然,清理"言论"的所得不止于此。"言论"中有"心态史",可读出的,更有使"言论"得以酿造的社会、文化氛围。

为了我的目的,于正史、野史、私家史著外,我确也更感兴趣于文集,即更个人化的言论。关于文集,黄宗羲曾将其与《实录》比较,对其史料意义有下述说明:"余选明文近千家,其间多有与《实录》异同,盖《实录》有所隐避,有所偏党,文集无是也。且《实录》止据章奏起居注而节略之,一人一事之本末,不能详也。"(《陆石溪先生文集序》,《黄宗羲全集》第十册)而我的倚重文集还有更个人的理由:我固然感兴趣于"思想的历史",却也关心着映现在思想中的"人的历史"。这兴趣又是由文学研究延续下来的。如果不是那些人——顾炎武、黄宗羲、王夫之、方以智、刘宗周、孙奇逢、傅山等等吸引了我,我或许不会选中这一时段。我所借阅的文集,有些在文学所的图书馆中沉睡已久,纸页破损且开了线,当还书时,要请丈夫将整函书一一装订过。大量的披阅固然像沙里淘金,但每遇精辟之论,都会让我为之一振,甚至激动不已。"问题"所具有的挑战性,激发了我正在萎落的热情。在阅读鲁迅之后,我再次感到了力度,思想的以至人格的。我不便夸大这一点,为我所感到的力度或许多少来自我自己的期待。我不能否认我参与构造了我笔下的"明清之际"。事实上,自涉足学术之始,我就在寻求挑战与"力度"。我的"读"的方式、兴趣范围,我的期待,早在新文学研究中就已形成了。但就我所选定的时段而言,深刻性毕竟并非出于虚构。吸引了我的那些问题虽然有轻重之别,但想象着那些零碎的思想,涓滴地汇入由明末到近现代的思想发展中,那种感觉真好!

由一个题目衍生出另一个,关注范围于是乎扩张。排出在电脑硬盘上的,是越来越多的标题,片段,半成品,其中的有一些,或许将是永远的半成品。它们所提示的,毋宁说是兴趣范围与思考方向,求知与求解的贪欲,证明了我正在被所研究的时代多方面地吸引。感觉与想象变得挑剔:我希望占有诸种细节,包括有关制度的细节,及其具体的运作机制。为了我的目的,某些明代小说最终也将被作为材料运用——它们也是"言论",不但构成特定时期"言论环境"的一部分,而且在造成"时论""公论"中发挥过特殊功能。

适应新的课题,不但应当调整方法,甚至有必要调整心理。而我在事实上所经验的,毋宁说是被对象所调整,被历史岁月与古籍所调整的过程。我由那些纸张黄而脆、脱了线的线装书,由那些影印或标点本的古籍中,读出了历史的无尽苍凉;由明清易代之际的攻讦征伐战乱流离中,嗅出了血的辛辣气味。明代士风的热情与狂躁,明代文化(我这里关心的更是"士文化")的斑驳颜色,以描述的难度吸引着我;而士人政治、伦理处境的严酷,他们在此严酷下的内心体验,他们对其生存情境的知觉、对命运的体验,令我感受到震撼。阅读中我曾一再废卷,以平复心绪。但几百年的间隔,毕竟有助于造成心理距离。血色也会如线装书的纸质,因磨蚀而不再新鲜。当选题由"普遍"进入"特殊",激情更被史料梳理中的平静所取代。甚至那一握轻而软的线装书,也令我有不易言说的快感。这种心境又与衰老过程中的心理需求相应。我又一次体验到了我所选择的研究对象作用于我的力量,"选择学术之为选择命运"。

整理个人著述目录,使我完成了一次学术生活的回顾。那些在我已陌生了的文章题目,使得一些辽远的往事,由记忆的深处浮起。而由论题与发表时间构成的序列,提示着十几年间由一个课题向另一个课题的跋涉,其间的甘苦,每一课题的酝酿、积累、成形,以及其后思考重心的转移。我于是像是"看到"了流动在题目间的我自己的生命。刊物名称、发表年代一类字样,散发出一段时间特有的气味,有的还粘连着一点故事,以至小小的个人事件,即如80、90年代之交与海上刊物(《上海文论》《上海文学》等)的结缘;我又记起了在我脚下吱吱作响的《十月》编辑部的地板,黎汀曾在那所西式小楼的光线不足的房间里,谈论我的稿子;又记起了最初在《文学评论》编辑部面对王信时的紧张;又记起了听朱成甲讲修改意见时的情景——我那篇文章是经樊骏介绍到《中国社会科学》这家在当时学院气十足的刊物的;又记起了已故的吴方为《文艺研究》约稿或送校样,坐在我的客厅里的样子;记起了与上海文艺出版社的高国平、张辽民在出书过程中那些愉快的接触与书信往还。经由人"结交"了一家刊物,或因刊物而得一友人,你于是乎渐渐富有。我不知道有的刊物是否还在办着。但我想会另有一些人如我一样,对它们怀着温暖的记忆和感激。你的学术生命是赖有这些才得以完成的。

这自述还将继续,直到告别学术。但作为一篇序言已经太长。就此收住。

1996年8月